COUPLE FOUND SLAIN
After a Family Murder
MIKITA BROTTMAN

刑期なき殺人犯

司法精神病院の「塀の中」で

ミキータ・ブロットマン

仁木めぐみ＝訳

AKISHOBO

刑期なき殺人犯　司法精神病院の「塀の中」で

COUPLE FOUND SLAIN : AFTER A FAMILY MURDER
by MIKITA BROTTMAN

はじめに

ブライアン・ベクトールド氏は私との会話に多くの時間を割いてくれただけでなく、自身の記憶をもとに書いた文章、精神科や警察の記録を提供するなどの方法でも、本書の執筆を助けてくれました。もちろん一次資料にも依拠しています。法廷の録音、書き起こし、刑事記録、図表、写真、事件報告書、直接のインタビューなどです。本書はノンフィクションですが、会話の中にはさまざまな出典から得た情報を活かし再現したものもあり、また名前や個人が特定できる詳細などは変えてあります。

現実の犯罪を扱ったストーリーの多くは、犯罪に至るまでの経緯、事件そのもの、そして正義の追求に重きを置いている。謎を解き、事件を解決したいという思いがその推進力だ。その結果、当然のことながら犯人が逮捕され、収監されるのが結末となる。平凡な人生が犯罪のスリルで束の間輝いたあとで無名の人生に戻り、幕が下りる。しかしこうしたストーリーの終焉は、別のストーリーのはじまりでもある。殺人事件の犯人の大半は三〇歳以下の若い男性だ。彼らは逮捕後、世の人々の目の前からは消えるが、いなくなったわけではない。人生は続くのだ。重警備の刑務所で、司法精神病院で、あるいは死刑囚監房で。

彼らは変わるし、成長もする。新たな興味の対象を発見し、友情を育み、違う仕事をはじめる。彼らの名前を聞いても人々は思い出さなくなる。やがて彼らは中高年になり、古参の囚人として日々の日課をこなす。床を洗い、洗面所を掃除し、食事を運ぶ。社会に戻って静かに暮らすことさえある。有名な例としては(レオポルドとローブ事件の)ネイサン・レオポルドがいる。レオポルドは五四歳で釈放され、未亡人だった花屋と結婚してプエルトリコに移り住み現地の鳥の生態を書いた本を刊行し、好評を得た。

犯罪実話では、事件前後の被害者の人生、社会への影響、犯人追跡、警察官、逮捕劇、裁判、評決などが扱われることが多い。しかし、この本ではそれらとは別のストーリーを扱う。評決が読み上げられ、判決が下されたところからはじまるストーリーだ。Couple Found Slain(夫婦の惨殺死体発見)というのは人目を引く見出しだ。恐ろしく忌まわしい現場の様子が目に浮かんでくる。そして、それ以上の考えに対しては扉を閉ざしてしまう。まるで銃声のように爆発的で、すぐに消えてしまうのだ。

その後のストーリーは複雑かつ混沌としているが、ひっそりと、たしかに存在している。

刑期なき殺人犯　もくじ

1 止まった時間

フロリダ州ポート・セント・ジョー
一九九二年二月二一日（金）午後一時三〇分

ティモシー・ハイタワー巡査は警察署のデスクで事務仕事を片づけているところだった。平穏な週だった。管轄している地域は農地がほとんどの小さな町で人口も少なく、いつも通りつまらない窃盗や不法侵入が多少あるだけで、それ以上の犯罪は起こらなかった。二月は観光客がほとんど来ない。ホタテ貝の旬は終わった。この町で蚊《か》以外の最大の問題といったら、気まぐれにメキシコ湾からやってきて、ケープ・サン・ブラスに上陸するハリケーンぐらいだ。しかも今は嵐の季節でもない。

正面のドアが開いた。ハイタワーが目を上げると若い男が一人、デスクのほうへ歩いてくるのが見えた。瘦《や》せた青白い顔の男で、落ち着かない様子だ。

「どうしましたか?」ハイタワーはそう声をかけながら、急に不安を感じた。

男はハイタワーの目をまっすぐに見て答えた。「悪いことが起きた」

メリーランド州 ヒランデール
二月二一日(金) 午後三時一五分

モンゴメリー郡警察署殺人課の刑事ジム・ドルウリーは仕事から帰宅する途中、出動要請の無線を聞いた。シルバー・スプリングのすぐ北にあるワシントン郊外の町ヒランデールのある家の住人の安全を確認してほしい、と警官たちに要請するものだった。

ドルウリーはちょうど無線指令係の言う住所の近くにいたので、現場に行ってみることにした。到着したのは午後三時半頃だった。

その家はグリーン・フォレスト・ドライブにある中二階建ての煉瓦造りの一軒家で、ゆるくカーブした道路から六〇メートルほど奥まったところに建てられている。家の手入れや管理がされていない徴候が目についた。家の前に空のごみ箱が二つ置きっぱなしになっていたし、ポストはあふれ、届いた荷物がそのままポーチに放置されていた。すでに現場にきていた警官たちは、家の鍵は閉まっているという。ベルを鳴らし、ドアを強くたたいたが、応答はなかったそうだ。ドルウリーは、出かけているのだとしても住人がすぐに戻ってくるはずだと考えた。家の中からテレビの音が聞こえるからだ。しかしポーチにある荷物の消印を見ると、届いたのはほぼ一週間前だったし、ドアにはテレサという人物が書いた、この家の人々の安否が心配なので、警察は連絡してみてほしいというメモが貼られている。ドルウリーは家の裏側に回り、小さな中庭を横切って、ガラスの引き戸の前に立った。ガラスに顔を押しつけてみると、リビングルームの椅子に女性らしき人物が座っているのが見えた。女性の身体にはカラフルなキルトがかけられている。見えるのは頭部だけだが死んでいるのは明らかだった。キッチンの床にうつ伏せに倒れている男性の大腿部から膝下にかけても見える。被害者は二人。殺人事件だ。

裏口の引き戸、そして窓にも鍵がかかっている。ガラスを割りたくなかったドルウリーは消防・救急チームを呼び、ドアを開けてもらうことにした。メリーランド州検視官補のジョン・タウバーにも電話をした。消防・救急チームが到着する頃には科学捜査チームがモンゴメリー郡警察殺人・性犯罪捜査課の刑事四人とともにやってきた。午後四時四〇分頃、彼らは家に入った。

耐えがたいほどの腐臭だった。裏のドアは間仕切りのないダイニングルームに通じていた。キッチンのあいだは石と木でできたカウンターで仕切られている。ダイニングルームのシャンデリアには灯りがついていた。キッチンの天井から吊されたライトもだ。床には男性の遺体が横たわっていた。男性は食事の支度をしているあいだに殺されたようだ。キッチンテーブルには朝食用シリアルの残骸らしきものがある。コンロの横の皿には魚の切れ端が少し置かれ、骨がアルミホイルのシートの上に載っていた。死体の着衣に乱れはなく、皮膚が膨れ上がり、青みがかった緑色に変色していた。ドルウリーは死体の腐敗状況から死後十日以上が経過しているのではないかと推測した。右肩の後ろにはショットガンで撃たれた傷があり、死体の頭部の左側にある食洗機の前に血しぶきが飛んでいる。身体の近くの赤いリノリウム敷きの床が乾いた血で黒くなっているので、被害者は動かされたか転がされたのではないかとドルウリーは考えた。死体のズボンの二つのポケットにはなにも入っていなかった。

家の中はめちゃくちゃな状態だった。何週間分ものゴミが出されておらず、水道は止まっていた。カウンターとキッチンのテーブルの上には汚れた皿や調理器具が食品の缶詰とともに並んでいた。ライスクリスピーが一箱、虫除けスプレーが一缶、ティーバッグが一箱、食用油のボトルが何本か、ゲータレード、香辛料、薬、オレンジ一袋、開封済みの牛乳パック、テイクアウトの空容器、食べかけのバゲット。

女性の遺体はリビングルームの暖炉の横でつけっぱなしになっているテレビの前に置かれたリクライニングチェアに寝た状態になっている。こちらの死体も腐敗で黒っぽく変色し、膨れ上がっている。皮膚は垂れ下がり、肉にはたくさんの蛆《うじ》がわいていた。キルトの下から伸びているチューブが、床に置かれた酸素ボンベにつながっている。キルトをめくってみると、女性の身体にショットガンに撃たれた傷が二カ所あった。右胸と喉《のど》の前面に一カ所ずつだ（弾によって首にかけていた金の十字架が損壊されていた）。ショットガンの散弾で開いた穴はリクライニングチェアーの裏側からも見つかった。警察は凶器の一二口径ショットガンの薬莢《やっきょう》をソファから一発、キッチンの入口に近いリビングの床でも一発発見している。

午後五時一〇分、検死官が到着した。ドルウリー刑事は現場にいた警官にこの家を警備するよう依頼してから、鑑識のカメラマン、ジョセフ・ニーバウアーを呼び、現場の写真撮影を頼んだ。それから州検察局にも電話で事件を報告し、ベル葬儀社に解剖のため遺体をボルティモアにある主任検死官事務所へ移送するよう依頼した。

家の他の部分と同じように、リビングルームはもう何カ月も掃除していないように見えた。うっすらとほこりが積もり、床は足首まで埋まるほどゴミだらけだった。新聞、電話帳、菓子の包装、オレオや朝食用シリアルの空き箱、ビデオテープ、タオル、コップ、汚れた調理器具、薬の壜《びん》、電気毛布、電気パッド、丸められたティッシュ、いろいろな衣類、テディベア、歩行補助器、枕、毛布、ペーパータオル、タルカムパウダーが二缶、プラスティック製の人形の脚、ヘアブラシ、聖書、膿盆《のうぼん》、酸素タンク。テレビガイドは開いているページの「地獄へ落ちる」という言葉に血らしきものが塗りつけられていた。

ドルウリー刑事は玄関のほうに向かった。ホールから地下の書斎に続く短い階段が延びている。書斎はリビングルーム同様に散らかっていたが、なぜかゴミがすべて部屋の端のほうに押しやられてカーペットが大きな円形に露出していた。その円の真ん中には、なにかがこぼれたか、そこで焼かれたかのような黒いシミがある。窓を覆うように毛布がかけられている。書斎の左側の壁の近くに、しみのあるソファと詰め物が飛び出した肘《ひじ》掛け椅子があり、さらにテーブルと二つの大きなスピーカーが付いたステレオセットがほこりをかぶっていた。ゴミの山の内容物はジーンズ一本、菓子の包装紙、毛布、ビニール袋、またオレオの空き箱がいくつか、タオル、ティッシュ、雑誌、スポーツ用の衣類、テニスのラケットが二本、ショートパンツ、カセットテープ、アイロン台、ブリーフケース一つ、コカコーラとペプシの空き缶が二三本、そのうちの多くがつぶされ、平らにされている。サイドテーブルの上にはショットガンから切り落とした銃身の先端部分と空の発泡スチロールの箱があった。警官の一人が本棚の上で一二口径のショットガンの薬莢底部を発見した。

二階の四つの寝室はもう少し片づいていた。ドルウリーが最初に入った寝室は使われていなかったようだ。ベッドはきちんと整えられ、壁には大きな木製の十字架以外なにも飾られていなかった。ドレッサーには毛布の山とレターオープナーとパナマ帽が置かれていた。ドルウリーが二番目に調べた寝室は裏庭を見下ろす位置にあり、キングサイズの四本柱のベッドが置かれていた。このベッドもきちんと整えられている。ベッドサイドのトレイには薬の壜や薬や点眼器やティッシュが雑然と載っていた。部屋の中にはダンボールや膨らませて使うマットレス、ランドリーバスケット、衣類の山でごちゃごちゃしていた。ほかの二つの寝室はさらに散らかっていた。片方に書類の山があり、クイーンサイズのベッドは乱れたままで、シーツの小山、枕、汚れ物があった。

四番目の寝室は狭く細長かった。木製のドアの四ヵ所のへこみは拳で殴った痕《あと》のように見える。ベッドの周りの床には、雑誌と汚れた衣類があった。ベッドに向けて大きなテレビセットが置かれている。その上には、かさのないランプ、ペプシの空き缶が九本、炭酸飲料の半分飲みかけの二リットルのボトルが二本、ガラスのボウルいっぱいの二五セント硬貨、干からびた使用済みのティーバッグがいくつも載っている皿、しょうゆの空き瓶、ヘアブラシ、ステレオ、電気ストーブが二台、点鼻薬のスプレー、丸まったティッシュの山があった。チェストの上には武術のトロフィーが一四個並んでいる。向かい側の壁に沿って置かれている棚にもさらに一二個あった。警察はベッドのヘッドボードの右側の床に一二口径ショットガンの使用済み薬莢を発見した。

この一家に起こったことが何であったとしても、それからは少し時間が経っているようだ。ゴミの山は何年もかかって積もったものらしい。その一方で、この家にはまだ普通の家庭生活が送られていた痕跡も残っている。リビングルームの壁には額に入れた赤ん坊の写真がかけられ、活けられたまま干からびている花や冷蔵庫の扉にマグネットで留められたカトリックのお祈りのカードなどもあった。ガレージには芝刈り機やガーデニングの道具類や袋入りの腐葉土がある。リビングにあるフリルのついたカーテンと上飾りは手作りのようだ。ホワイエのサイドテーブルの上に置かれた素焼きの植木鉢には、スパティフィルムとアジアンタムとカシワバゴムノキが朽ち果てた周囲の様子など知らずに元気良く育っている。

グリーン・フォレスト・ドライブの家の住人の安否を確認してほしいと警官たちに指示したのは、モンゴメリー郡警察本部のジョセフ・ムダーノ刑事だった。ムダーノは死体発見の約一時間前にフロリダ州ポート・セント・ジョー警察署のティモシー・ハイタワーだと名乗る警官からの電話を受けていた。ハイタワーはムダーノにいま警察署にみずからやってきた若い男が、少し前にメリーランド州の自宅で両親を射殺したと供述していると語った。犯行の時期はおそらく一〇日から二週間ほど前ぐらいだが、男は確信が持てないと言っているという。

ハイタワーはムダーノに、男がブライアン・ベクトールドと名乗り、両親の名はジョージとドロシーだと話していると伝えた。ムダーノはファイルをチェックした。ヒランデールではこの二週間、殺人事件は報告されていなかったし、老夫婦の捜索願も出ていない。それでもムダーノは無線司令係に電話をした。確認のためだった。

そしていま、ムダーノはドルウリー刑事に、検死報告書に載せる被害者の情報を伝えた。ジョージ・ベクトールド、六五歳、男性、白人、身長一八二センチ、体重九七キログラム。女性のほうはドロシー・ベクトールド、六二歳、白人、身長一七〇センチ、体重七五キログラム。ポート・セント・ジョーで身柄を拘束されている容疑者は被害者二人の息子ブライアン・アンソニー・ベクトールド、二二歳、男性、白人、身長一七九センチ、体重六八キログラム。

その日の午後、七時二〇分、ドルウリーはブライアン・ベクトールドに対する二件の殺人容疑の逮捕状をとり、ポート・セント・ジョーのハイタワーに電話をして、逮捕状の番号を伝えた。ハイタワーはベクトールドが乗っていた車を押収してあると言った。ベクトールドは犬を連れ歩いていたが、その犬は市の保健所に移したとハイタワーは付け加えた。

午後八時三〇分、ドルウリー刑事は被害者夫妻の娘二人の連絡先を探し出し、電話でこの事件を知らせた。三六歳のキャシー・ベクトールドはヒランデールから三〇分ほどのところにあるメリーランド州パサデナに家族と住んでいて、三四歳のキャロル・プレンティスは一時間ほど離れたエミッツバーグに住んでいる。最初のショックがおさまると、姉妹はそれぞれドルウリーに容疑者ブライアンの基本的な情報を伝えた。キャシーはドルウリーに、弟は「いつも一人でいて、人とあまり話をしない」人物であり、精神科の施設に入院歴があり、「頭の調子がよかったことがない」と語った。キャシーはブライアンがなにか特定の病気の診断を受けたことがあるのかどうかは知らないが、精神科でどんな治療がおこなわれたとしても、それは「足りなかったし遅すぎた」のは間違いないと思うと言った。

ドルウリーはベクトールド家の玄関のドアに貼られていたメモの主も見つけた。近郊のハイアッツヴィルに住む五五歳のテレサ・リザックという女性で、彼女は自分はドロシーの最も親しい友人だと説明した。ミセス・リザックは警察に一一日前の二月一〇日、月曜日に、ジョージ・ベクトールドがリザック家に立ち寄り、最近のドロシーの体調について教えてくれたと語った。そのときジョージは夫婦二人で別荘のあるフロリダへ旅行に行く計画を立てていると言った。しかしすぐに出発というわけでもなさそうだとリザック夫人は思ったという。それから数日後、彼女はベクトールド家に電話をしたが、誰も出なかった。二月一三日か一四日、リザック夫人はベクトールド家に立ち寄り、玄関のドアにメモを残した。

「彼女はいつもブライアンのことで悩んでいました」リザック夫人は友人ドロシー・ベクトールドについてそう言った。詳しいことはよく知らないと認めながらも、彼に精神科の病歴があるのは聞いていたという。「私たちは彼のためのお祈りの会をやっていました」ドロシーから聞いた話によると最近ブライアンは銃を買っていた、とリザック夫人は付け加えた。

ベクトールド一家はグリーン・フォレスト・ドライブに二〇年近く住んでいたが、近所づきあいはまったくしていなかったようだ。通りの住人たちはみな彼らをよく知らなかった。住人たちはドロシー・ベクトールドのことを、四肢が不自由で酸素ボンベを使っていて、以前は毎週訪問看護を受けていたと語った。ジョージのほうはもっとはっきりしなかった。政府のなにかの機関の科学者だという噂もあった。引退したエンジニアだと思っている人もいた。海軍海上戦闘センターの近くのアメリカ海軍に勤めていると思っている者もいた。

近所の人たちはブライアンについてもあまり語ることはなかった。彼は内気できちんとした身なりの青年で、最近までいつも二匹のロットワイラー犬とだけ過ごしていたという。数カ月前に片方の犬が死んでしまい、裏庭にその犬を埋めているところを目撃されている。通りの向かいに住む高校生は、ブライアンはかつて同じブロックの少年たちとバスケットボールをしていたが、数年前からやらなくなり、静かで引きこもった感じになっていたという。別の隣人はブライアンが遠くの大学に行ったこと、一学期だけで戻ってきて、その後はピザの配達の仕事をしていたことを語った。みな共通して、ブライアンは近所でトラブルを起こしたことはなかったが、内気でむっつりとして、問題を抱えているように見えたと口にした。

解剖の結果、ジョージ・ベクトールドはテーブルの前に座って、朝食のシリアルを食べているときに後ろから撃たれたことがわかった。ドロシー・ベクトールドは進行した心疾患を抱えており、前から一度、後ろからもう一度、撃たれていたこともわかった。

2 汝の父母を敬え

精神病は一家に遺伝していた。病名はそれぞれ違ったが。ブライアンには妄想の症状があるおじが一人と、〝気がふれた〟いとこが一人いた。父方の祖父は同じ通りに住む女性と新たな家庭を築くために五人の息子と妻を残して家を出た。しかも妻には性病を移していた。このせいで妻は「神経衰弱」になり、サナトリウムに送られることになった。五人の息子たちは親戚の家に預けられた。このうちの次男がブライアンの父ジョージだ。

大不況時代のピッツバーグで労働階級のカトリックの家庭に生まれたジョージ・ベクトールドは、短気で意地の悪い性格の持ち主だった。誰の手にも負えず、母親がよくなってサナトリウムから退院し、彼の面倒を見られるようになるまで親戚の家をたらい回しにされた。

ジョージは性格は短気だが五人兄弟のうちでもっとも出来がよく、将来を嘱望されていた。開戦と同時に海軍に入隊し、復員兵援護法で給付された金でノースカロライナ州ダラムのデューク大学に通学した。一九四六年に学士を、一九四八年に電子工学の修士を取得している。頭がよく、集中力があって、機械に強いジョージは一人で研究するのが性に合っていた。卒業後はウェスティングハウス・エレクトリック社の研究開発センターで働きながら、のちの博士論文のテーマである超音波と電磁パルス分析のプロジェクトに取り組みはじめた。

そして二四歳のとき、そのウェスティングハウス社で、二三歳のドロシー・エイチェルに出会った。彼女はコンピュタイプというビジネスデータを処理するための初期のタイプライターのような機器のオペレーターだった。黒髪で白い肌のドロシーは人目を惹く美人だ。彼女は中流階級の穏やかな家庭の出身で、賢くて体格もよいが人づきあいの苦手なジョージは、彼女の落ち着いて洗練された優雅な物腰に惹かれた。それは彼一人ではなかった。ドロシーは人気があり、求婚者がたくさんいて選び放題だったのだ。もし彼女を手に入れたかったら、早く行動を起こさねばならないとジョージは悟った。しかし一九五一年に彼がプロポーズすると、彼女は自分のつらい秘密を聞いてもらってからでなければ、結婚はできないと答えた。

ドロシーは一人っ子で母親と祖母に育てられた。いつも兄弟姉妹がほしいと思っていたし、早く結婚して自分の家庭を持ちたくて仕方がなかった。一六歳のとき、卒業を待ちきれずに高校を中退し、ハンサムなビジネスマンとの結婚を狙って秘書の職についた。将来の夫は彼女をピッツバーグに住み続けさせる人でなければいいなと思っていた。寒い気候もどんよりとした空も、石炭を使う工場から出る煤《すす》で服や肌が黒ずむのも嫌だったからだ。

魅力的だが世間知らずのドロシーは、最初に目の前に現れた容姿のいい男性バド・エイチェルと恋に落ちた。バドはハンサムだがビジネスマンではなく、口のうまいテクニカル・イラストレーターで、恋人がほしいと思っていた。お互いにちょうどよかった。戦争中、バドは空軍の射撃手としてマイアミに配属になった。ドロシーは大喜びだった。彼女はさっそく母と祖母をともなってピッツバーグからフロリダ行きのバスに乗り、バドが軍から休みを取り結婚できるのを待っていた。その間、ピンナップ・モデルの仕事を始め、撮影の際に肌がぼろぼろになるほどひどく日に焼けたりした。

ドロシーはバドと結婚してほどなく、自分がひどい間違いを犯したことに気づいた。まずバドの稼ぎではマイアミで生活できないことがわかった。戦争が終わると、二人は陰鬱なピッツバーグに戻り、ドロシーの祖母の家の一部を改造したアパートに住んだ。そして言い争いが絶えなくなった。バドには向上心がまったくなく、あるのはひどい癇癪《かんしゃく》癖《ぐせ》だけだった。戦後パイロットの免許を取った彼は、飛行機の操縦ができればあとはどうでもいいようだった。キャリアを形成することも、貯蓄をすることも、働いて家を買うことも、家庭を築くことも、何一つ真剣に考えていなかった。二人の結婚は二カ月足らずで終わった。

ドロシーはカトリック信者なので、離婚後再婚することはできない――少なくともカトリックの教会でもう一度結婚することはできなかった。ジョージはそのことはまったく気にならなかったが、自分の家族はそこまで寛大ではないのを知っていたので、妻の離婚歴について母親には言わなかった。ジョージとドロシーは一九五一年にひっそりと役所で結婚式を挙げ、すぐに新居のアパートでともに暮らしはじめた。しかし彼女の心には離婚歴があるという事実が重くのしかかり、教会には毎週行っていたのに聖体拝領を受けることも、懺悔《ざんげ》をしにいくこともなかった。一六年後、結婚の取り消しが容易になった際に最初の結婚を無効にした後もそれは変わらなかった。彼女もジョージも五人の子どもの誰にも、この最初の結婚のことは話さなかったので、子どもたちは母の死後はじめてこの事実を知った。

ピッツバーグで、二人は伝統的な夫と妻の役割通りに暮らしはじめた。ジョージは毎日仕事に行きながら、夜はピッツバーグ大学の大学院に通うことが多かった。彼はドロシーには家にいて家事をやってほしいと望んでいた。アパートは特に広いわけではなかったが、ジョージは求めるレベルが高く、それまで世間の荒波から守られていたドロシーは、家事に圧倒されていた。彼女はそれまで掃除も洗濯も食料品の買い物も料理もしたことがなかった。それに追い討ちをかけるように一九五二年、結婚から一年も経たないうちに第一子を妊娠した。生まれた子どもは女の子で、二人はマルシアと名づけた。

ジョージは電子工学の科学修士号を取得すると、航空機器の会社リンク・アヴィエーション社に採用され、フライトシミュレーターや自動検査機器の仕事をすることになり、若い一家はニューヨーク市に引っ越した。ジョージはドロシーの前夫バド・エイチェルとは違い知的で向上心が強く、規律正しかった。博士号取得のための研究をしながらフルタイムで働いていたが、仕事では成功しているにもかかわらず、家族に冷たく、体に障《さわ》るほど酒を飲んでいた。それにひどい癇癪持ちで、家事を手伝うつもりなどさらさらなかった。これは不幸なことだった。すぐにドロシーはふたたび押しつぶされていった。

ニューヨークで二年暮らしたあと、ジョージはニュージャージーのRCA研究所に転職し、追跡レーダーと磁気録画システムの開発の仕事をすることになった。ジョージとドロシーは二歳のマルシアと一九五四年に生まれたばかりの息子ジョージ・ベクトールド・ジュニアを連れて、プリンストンに引っ越した。経済的には余裕がなかった。博士号を取るために、ジョージは週二、三回は夜ピッツバーグまで通学していたからだ。そしてドロシーがまた妊娠したことで、事態はさらに厳しくなった（一九五〇年代、多くのカトリックのカップルは教会に通うことに熱心でない者たちでも、多くが避妊禁止を守っていて、ベクトールド夫妻もそうだった）。一九五六年に次女キャサリン、一九五八年に三女キャロルが生まれた。

ドロシーは子どもたちが幼い頃は育児を楽しんでいたようだが、彼らの成長とともにその愛情は薄れていった。キャサリン・ベクトールドは、赤ちゃんは「置いたところにそのままいる」からいちばん好きだと母親が言っていたのを覚えているという。子どもたちが自分の付属品ではなく、自己を持った個人に育ってくると、ドロシーはどう扱っていいかわからなかったようだ。ジョージはといえば赤ちゃんに接するには短気すぎた。キャロルの泣き声は彼の神経を逆撫《さかな》でした。ある日、赤ん坊の泣き声にいらついてカッとなった彼は、ドロシーに子どもは二人までしかいらなかったと暴言を吐いた。もし二人ともカトリックじゃなかったら、三人目と四人目は堕ろさせていただろうと。ドロシーはショックだった。それに四人もの子どもの世話をしながら、自分も働かなければならないことにも衝撃を受けた。彼女はずっと、妻にとって仕事は腰かけのようなものだと思っていた。妊娠したら仕事を辞めて家庭に入り、家族の世話に専念するつもりだった。それなのに、現実にはいまも毎月のローンを払うためにあくせく働いている。

家計を支えるためにデパートの衣料品のモデルをし、美容師をしてみたり、インテリア装飾の技術を習得したりした。外ではパートの仕事をし、家ではさまざまな家事をこなし、家族に食事を用意していた。さらに四人の子どもの世話までするのは難しいことだった。当時はまだ布おむつの時代で、しかもベクトールド家に洗濯機はあったが乾燥機はなかったので、洗濯物は外に干さねばならなかった。際限なくのしかかる家事の負担と、子育ての大変さ、それに気難しく怒りっぽい夫のせいでドロシーはよく涙を流していた。「母はとても過保護に育ちました。だからこんなことになるとは思ってもいなかったんです」娘のキャシーはそう語っている。「母の育った家はとても変わっていました。両親から何かのやり方を教えてもらうことも一切なかったんです」ジョージは妻が苦しんでいるにもかかわらず、些細な手助けをすることさえ拒んだ。毎週日曜日の朝、彼はソファに座ったたまま、いつになったら教会に行く四人の子どもたちの支度ができるのかと文句を言い、彼らのコートのボタンをかけたり、靴ひもを結んでやったりするようなことすら一度もしなかった。

世の中には子どもを持つことで性格の不一致から目を逸《そ》らしたり、それを解決したりできる夫婦もいるが、ベクトールド夫妻はその反対で、二人の違いがさらに目立つようになった。ドロシーは活発な性格だ。おしゃべりが好きで社交的。母親としてはよく楽しそうに子どもたちに歌ったり踊ったりしてみせ、子どもたちの想像力を刺激するために寝室を色鮮やかに装飾した。一方でジョージはいつもむっつりとして冷淡だった。彼は感情を表すことを嫌っていたし、愛情というものをばかにしていた。たまのハグでさえ意地悪な感じで、まるで相手の生命を搾り取ってやろうとしているかのようだったという。夫婦を知る人たちはなにが二人を結びつけているのか想像できなかった。二人の唯一の共通点は、ビッグバンドの曲に合わせてスウィングダンスをするのが好きということだけ。一緒に踊っているとき、二人は幸せそうだった。

夫が冷たく、よそよそしくなっていくと、ドロシーは友達とのつきあいを求めるようになった。近所の母親たちと仲良くなり、夫が仕事に行っているあいだに、子どもたちを連れてきて、と言って彼女たちを自宅へコーヒーに招いた。子どもたちが遊んでいるあいだ母親たちはおしゃべりをした。そのうちの何人かが地元のブリッジクラブに入っていて、ドロシーにも入らないかと誘ってくれた。ドロシーは近所のボウリングリーグにも参加して才能があるところを見せ、地元で優勝し、トロフィーを獲得した。

友達や趣味は家事や子育てから彼女を解放してくれた。息が詰まり、押しつぶされそうだと感じていた彼女はできるかぎり頻繁に外出し、長女のマルシアが七歳になる頃には、弟と妹の世話を彼女に任せてよく出かけるようになった。五歳のジョージは悪いことばかりしていて、よくトラブルを起こしたし、生後六カ月のキャロルは泣いてばかりだった。マルシアは責任の大きさに怯《おび》えていた。ある寒い冬の夜、子どもだけで留守番をしていたとき、赤ちゃんがずっと泣いているのが心配になったマルシアは、雪の中、弟と妹を連れて外に出ると隣家のドアをノックして助けを求めたという。

ドロシーも子どもたちに一貫したしつけをすることが大事だとはわかっていた。だが彼女にはそれを続けることが難しく、毎日の家事にいらいらすることが多かった。それでも家の中のレイアウトや装飾に凝るのが大好きだったので、休日の行事には十分に手をかけた。カーテンと家具のカバーは四季に合わせて四種類デザインした。毎年クリスマスには本物のもみの木を買ってきて、クリスマスイブまでポーチに置いていた。そしてイブになると子どもたちは新しいパジャマをプレゼントされ、それを着て寝た。ドロシーは子どもたちが寝静まってから深夜までライトや贈り物を飾りつけし、煙をあげて部屋じゅうを走り回る列車のおもちゃを組み立て、子どもたちが年に一度だけ遊べることになっている高価なねじまき式のおもちゃを出した。

一家はふだん慎ましい暮らしをしていたから、こうしたクリスマスのごほうびは記憶に刻まれた。ジョージはドロシーに、博士号を取れたら高収入の仕事に就いて、いままで夫として、父親としての役割を果たさずにきたことすべての埋め合わせをすると何度も約束した。彼は高収入の仕事という点では約束を果たした。論文を書き上げる前に仕事の誘いがきたのだ。一瞬、家族の犠牲はすべて報われるかに思えた。

航空電子工学が急激に発展していた一九六五年、ジョージ・ベクトールドは連邦政府に雇われてフロリダ州オーランドのマーティン・マリエッタ社で軍のための技術仕事をすることになった。ここで彼は応用量子電子工学の研究をする。ベクトールド一家は七歳から一三歳までの子ども四人を連れてオーランドに引っ越し、ちゃんとした地域に家を見つけるまでのあいだ一時的に部屋を借りて住んだ。ジョージはついに博士号を取得し、ご褒美に一家全員を連れて飛行機でオーランドからフィラデルフィアへ行き、彼の卒業式に出席させ、自由の鐘を見せてやった。家族みんな、飛行機に乗ったのはこれがはじめてだった。いろいろな意味でベクトールド家はようやく日の目を見はじめたかのようだった。

一家はセルオガセモドキに覆われた高い木々が取りまく新築のしゃれた家に引っ越した。子どもたちは近所を走り回って遊べるようになった。のどかな郊外で、湖や森や馬屋やオレンジの果樹園がある自然豊かな場所。新しい家にはガラスのアトリウムと磨き上げられたテラゾー仕上げの床に囲まれたプールがあり、もう外へ働きに出なくてすむようになったドロシーはタイヤを重ねて接着したものと、ビニールとウレタンでできたクッションを使って色鮮やかな子ども用の椅子を作った。

子どもたちはこの頃にはそれぞれ違った性格に育っていた。一四歳になったマルシアは父からは知性を、母からは芸術的なセンスを受け継いでいたが、母のようなあふれるばかりの陽気さはまったく見られなかった。両親に放置されて育ったせいで、年齢よりも大人びて真面目になるしかなかったのだ。ドロシーはマルシアが成長してくると、彼女をパートナー代わりのように扱い、ジョージとひどく言い争うと、マルシアのところに行って泣いた。ドロシーはしだいにマルシアに対して夫にするような話までするようになり、マルシアは親友代わりだけでなく、虐待する夫から母親を守る役割まで担うようになった。母と娘の複雑な関係は、ある種の精神的近親相姦のような状態になっていた。

ジョージとドロシーはよくジョージによる体罰のことでけんかした。ジョージは一二歳の息子ジョージ・ジュニアの態度が悪いと激怒していた。一〇歳のキャシーは、両親やきょうだいの時間も愛情も注目も争わなければ得られない真ん中の子の典型のような子どもだった。一家自慢の美少女でもあり、頬骨が高く、黒髪を腰まで伸ばしていた。妹キャロルは八歳で小柄で内気だった。キャシーは妹のキャロルが母親のお気に入りだったと振り返り、家事をさぼるとほかの子どもは厳しく叱られて、たたかれることもあったのに、キャロルだけはほとんど怒られなかったと語る。母ドロシーは子どもたちを争わせ、えこひいきをすることにどこかサディスティックな喜びを感じているようだった。

時が経つとともに体罰は増えていったし、ドロシーのきまりには一貫性がなくなっていった。何を許して何を命じるかを決めておかねばならないことは頭では理解していたが、ちゃんとその通りにする日とまったく気にしない日があり、一貫性を保てなかった。子どもたちは学校のあとで外へ遊びにいったとき、ある時間までに帰らねばならないときと、まったく何も言われないときがあった。時間に遅れてたたかれることがあるかと思えば、別のときには気にしていないようだった。一つだけはっきりしていたのは、子どもたちは大きくなったぶんだけひどく罰せられるということだった。ドロシーは子育てに成功するには体罰が大事だと考えていたようだ。「母は私たちを常にたたいているべきだと考えているようでした」キャシーは振り返る。

ドロシーは厳しくて残酷だったかもしれないが、それでも四人の子育てに神経が擦り切れていないときには、優しく愛情深い母親でもあった。しかし、ジョージには二つのモードしかなかった。冷酷と、もっと冷酷。予想通り彼は博士号取得後もそのやり方を変えず、家庭のために使う時間を増やすわけでもなかった。優しい夫にも父親にもならなかった。それどころか彼はさらに攻撃的になって虐待をした。どんなことでもルールを破れば激しい折檻《せっかん》をした。彼は子どもたちを殴り、あざけって、それを楽しんでいることを隠そうともしなかった。他人や同僚に聞かれたときのために、子どもたちに関する事実は暗記していた。子どもたちは彼を恐れ、できるかぎり避け、その注意を引かないように、必死で気配を殺していた。

つまり家庭は崩壊していた。

そしてそこにブライアンが誕生した。

3 想定外の誕生

一九六八年、四二歳を迎えたドロシーは、自分はもう妊娠出産には無縁だろうと考えていた。ベクトールド家はカトリックだったが、また妊娠したとわかったときドロシーは中絶を望んだ。いまいる四人の面倒も見きれていないのに、子どもがもう一人増えたら自分は限界を超えてしまう、そう思ったのだ。それに年齢的にもハイリスクな妊娠だ（この理由だけでも彼女は簡単に手術を受けられたはずだ）。夫ジョージは、キャシーとキャロルは妊娠中に中絶すればよかったという発言をしたことがあったのに、こんどは産むようキャロルに迫った。にもかかわらず、彼は妊娠中のドロシーの腹部を殴っている。この残酷な行為を、まだ子どもだったマルシアが目撃していた。不幸な始まり方ではあったが、ブライアン・アンソニー・ベクトールドは無事にこの世に生まれてきた。いちばん上の姉とは一七歳、兄とは一五歳、年が離れていた。

恵まれているとは言い難い環境に生まれたものの、赤ちゃんの頃のブライアンのかわいらしさは多くの人が認めていた。きらきらした青い目、カールした金色の髪、いつもご機嫌な気質で、産科病棟の看護師たちに「プリンス・チャーミング」と呼ばれていた。赤ちゃんがやってきたという興奮は数カ月ほどしか続かず、両親はすぐに彼に興味を失ったけれど、マルシアとキャシーは彼をかわいがりつづけた。二人はまるでお気に入りのお人形のように彼をベビーカーに乗せて散歩に連れていったり、彼を浮き輪に乗せプールに浮かせて引っ張り回したりしていた。

ジョージ・ベクトールドは当時、連邦政府との仕事で安定した地位を確立していた。しかしその地位と年収が上がるにつれ、幼い息子への興味を失っていった。どちらかというと兄ジョージ・ジュニアのほうが、ジョージの関心を集めていた。一五歳になったジョージ・ジュニアは長身で力が強く、もう父親の暴力には暴力でやり返せると感じていた。二人が殴り合いのけんかになると、ほかの子どもたちは怯えた。家の前で明るい時間にけんかしていたこともあって、忘れられないという。さらに悪いことに、ドロシーは夫の日常的な暴力の影響で、言うことを聞かせるために子どもに手をあげるのは悪いことだと感じなくなっていた。彼女自身も頻繁に子どもたちに暴力を振るったり、屈辱を与えたりするようになり、あるときはキャシーの顔をベルトのバックルで殴って目の周りに黒あざを作った。ドロシーはしだいに、子どもたちに食事と居場所と衣服という基本的なものを与える以外にどんな世話が必要なのかがわからなくなっていった。自分のことや夫のことで頭がいっぱいだったのだ。家庭内の問題が深刻化していくにつれ、ベクトールド家はさらに地域から孤立していった。

子どもたちはカトリック系の学校に通っていたが、ここでも家と同じようによく屈辱的な目にあわされた。キャシーには学習障害があり、暗記ができないことを修道女たちはあざけっていた。そんなことをしても覚える助けにはならないのに。じっさい事態は悪くなって、彼女は大きな公立中学に移ったとき宿題をこなせなくなった。あまりに生徒の人数が多くて、人混みの中で迷子になったような気がしたし、望んでいるような注目も得られなかった。学年末頃のある日、キャシーはわざとスクールバスに乗り遅れ、洗面所の母のキャビネットで見つけた薬を一瓶飲み干した。ドロシーは娘のしでかしたことに気づいておらず、バスに乗り遅れたことを叱ると、車で学校に連れていき、見せしめのように校長室の外に座らせ、置いていった。

ドロシーがいなくなるとすぐに薬の効果が出はじめた。見ていた人によると、キャシーは突然暴れはじめ、手がつけられない状態で叫び、悪態をつき、頭を壁に何度も打ちつけた。病院に運ばれて胃洗浄を受けたあと、児童精神科病棟に入院となった。本人によるとこの入院中もその後退院してからも、カウンセリングを受けた記憶はまったくないという。学校では普通に進級し、何も訊かれなかった。しかし、これ以降キャシーは自

ドロシー（当時60歳）、ブライアン（同20歳）、キャシー（同31歳）とその第一子（1988年）

殺未遂を何度も繰り返すことになり、あるときは昏睡状態に陥って、このまま目覚めることはないかもしれないという局面もあった。

いつも予想のつかない行動をとるドロシーはこのときもそれを発揮した。退院のためキャシーを迎えにいったときはひどく上機嫌だった。娘がかわいい服やアクセサリーが好きなのを知っていて、きれいな黄色のワンピースと新しい白いサンダルを持参し、それに着替えさせたのだ。そしてまっすぐ家には帰らず、二人でフランス料理の高級レストランに行った。店の周りには高いレンガの塀が延び、テーブルはオイル燃料で灯る篝火《かがりび》に囲まれていた。キャシーは母と二人でおしゃれなレストランで食事をして、とても喜んだ。

自殺未遂のことについては何も言われなかった。

ドロシーは後先も考えずに残酷な言動をすることがあった。彼女はキャシーに、小児科医があなたを養女にしたがっていたと言った。そしてよく、あのとき養女に出しておけばよかったと思うとキャシーに言うのだった。のちにブライアンが大きくなってから、ドロシーは一度ならず、妊娠中あなたを堕《お》ろしたいと思っていた、と本人に話している。

ジョージのマーティン・マリエッタ社との契約は五年間だった。期間が満了すると、アトランタのジョージア工科大学で工学を教える仕事に就き、自分は学生用の寮に入って家を売りに出した。一九七〇年に家が売れるとアトランタに新居を買い、家族もやってきて一緒に住んだ。このときブライアンは二歳だった。彼の唯一のオーランドの記憶は、痛みで気絶してしまうほどのひどい頭痛のことだけだ。

一家は引っ越しの前にすでに緊張状態にあったが、アトランタにきてからその緊張は限界寸前に達した。ジョージはひどく酒を飲むようになっていた。法に触れるトラブルを起こした一七歳のジョージ・ジュニアと頻繁に殴り合いのけんかをしていた。あるときジョージ・ジュニアはコンビニ強盗の計画に関わった。補導された警察署から家に帰ると、ジョージは息子をひどく殴った。この恐ろしい光景は、それを目撃したキャシーとキャロルのトラウマになった。このとき以来、家でのけんかが始まると、キャシーがブライアンを連れて騒音や暴力から遠ざけるために、自分の部屋に匿《かくま》うようになった。

ジョージ・ジュニアは父親の複製のようになった。体が大きく、力が強いことを利用して妹たちをいじめ、母を脅していたという。また母を丸め込んでは自分用に好きな料理を作らせた。母が断ったり文句を言ったりすると、悪態をつき、ときには暴力を振るった。父親が仕事でいないあいだに、体育会系の友達を連れてきては、みんなしてくつろぎ酒を飲み交わし、マリファナを吸い、妹たちをからかった。ジョージ・ジュニアには倫理観も責任感もなかった。しかしスポーツが優秀なおかげで、かろうじて学校は退学にならずにすんでいた。父親似で背が高く頑健で、生まれついての運動選手であり、高校のフットボールチームのスターだった。彼はスポーツに打ち込むことで衝動やエネルギーをそこに集中させることができた。両親は彼がいい成績を収めてもまったく興味を示さなかったが、そんなことには関係なく、彼のエゴはさらに膨れ上がっていった。

警察沙汰のすぐ後に、ジョージ・ジュニアはカトリックの未成年犯罪者矯正施設に送られている。これ以降ベクトールド夫妻は、子どもが問題行動を起こすと、治療的な手段（矯正施設、ディプログラム、精神科のクリニック）を受けさせるようになった。

家族の中でのキャシーの役割は、両親に欠けている感情や思いやりを代わりに示すことだった。きょうだいたちが暴力に何も感じなくなっていった一方で、彼女はさらに繊細になり、殴られた者の代わりに泣いた。彼女は無意識のうちに家族の精神的な安寧という重荷を背負い、黙って彼らの怒りや痛みを吸収していた。

キャシーはその後、自殺願望のある鬱《うつ》状態になって自分の中へと閉じこもっていったが、ティーンになったばかりの末娘キャロルは目に見える形で反抗を始めた。一三歳の頃から、夜家をこっそり抜け出してはアトランタの繁華街をうろついていた。ジョージはそれに殴って対応したが、彼女はさらに熱心に抜け出すようになるだけだった。ついにジョージとドロシーは、キャシーをジョージア州南部にある児童精神科の病院に入院させ、一年ほどすると自殺未遂を起こしたキャロルも同じ病院に入った。姉妹はその後一年間、一緒に入院していた。

ドロシーの母親が亡くなるとベクトールド一家は相続した土地を管理するためにピッツバーグに引っ越したが、上の二人の子どもはアトランタに残った。ジョージ・ジュニアは高校時代からの恋人と婚約し、会計士をめざして勉強していた。マルシアは看護学校に入学した。

ピッツバーグで事態は少し良くなったが、キャシーもキャロルも日差しあふれるオーランドとアトランタのあとなので、湿気が多く灰色の空ばかりの工業都市を嫌った。今度の家は労働階級が住むとても荒れた住宅地にあり、姉妹は周囲になじめず、自分たちを場違いに感じていた。ブライアンは母親と家で過ごしていたが、学校に転入した姉妹は、荒っぽい雰囲気にも他の生徒たちにからかわれるのにも慣れず、つらかった。

キャシーはそれでも一年間通うことができたが、姉より反抗的なキャロルは何度も脱走を繰り返した。一五歳のとき家出するとヒッチハイクでニューヨークに行き、しばらく路上で暮らしていたが、そのうちにフォーエバー・ファミリーというカルト集団に拾われた。指導者スチュワート・トレイルはカリスマ性のある掃除機の営業マンだった。キャロルによると、カルトのメンバーは大きな倉庫に住み、桶から配られるオートミールを食べ、悪魔祓いをおこない、トレイルのじゅうたんクリーニングの仕事を最低賃金でさせられていた。正常とは言い難い生活だったが、それでもキャロルはここで家族と仕事を得られた。ブライアンはこのカルトの悪魔祓いに特に魅了された。六歳か七歳のとき、キャロルが儀式の様子を録音して彼に送ってやったのだ。ブライアンはそれを繰り返し聴いた。人間が悪魔に取り憑《つ》かれるという考えが、このとき彼の頭に焼きついた。

一九七三年、ジョージ・ベクトールドはメリーランド州ホワイトオークにある海軍海上武器センター（当時）に招かれて就職し、一家はヒランデールの近くの新しい家に引っ越した。やっと腰を落ち着けることができたのは救いだった。前の一年は特にトラブルばかりだった。一六歳になったキャシーは一〇年生の一年間で四つの学校を渡り歩いた。ブライアンは五歳にもならないうちに、すでに三つの州に住んでいた。

ベクトールド家の新しい住まいは中二階がある農場スタイルで、一九五七年に建てられた家だった。少しカーブした通りから六〇メートルほど奥まったところにあった。浴室付きのバスルーム二つと洗面所が一つ、地下室、日当たりの悪い裏庭がある。玄関のドアの外には小さな中庭があり、中二階のホールにつながっている。一階にはリビングとキッチンとダイニングがあり、裏庭の横の舗装された場所に出られるガラスの引き戸があった。二階には四つの寝室があり、地下室は書斎になっていた。

ヒランデールがあるモンゴメリー郡一帯は、年収が中の上あたりの家族が住み、治安もよい。一流のパブリックスクールを擁する地区としても知られていた。ワシントンDCが近いことから、大規模な政府機関や陸軍基地、ジョージがリサーチエンジニアとして働くことになった武器の研究本部センターなどのような機関には打ってつけの場所だった。

ヒランデールでドロシーは町になじもうとした。キャシーをカトリック系の学校に入学させ、近所の母親たちと友達になろうと努めたが、誰を家に招いてもジョージが無礼な態度を取るせいで、みな近寄らなくなった。電話がかかってくることも滅多になかったが、かかってくるとしたらセールスの電話以外はいつもドロシー宛てだった。家に客が来ることはなく、しばらくするとドロシーは掃除をしなくなった。夫婦が行くところといえば二人とも中年になってからふたたび通いはじめた教会だけだった。近くのシルバー・スプリングにあるセント・カミラス教会は熱心なカトリックの教会で、教区は活気のあるコミュニティだった。ジョージは週に一度ミサに参加し、ドロシーはさらに聖書勉強会に入り、祈禱会にも通った。夫婦そろってビッグバンドの音楽を聴くのは楽しみつづけていたが、もうダンスをすることはなかった。ドロシーの体調が良くなかったからだ。

一方でジョージはすこぶる健康で、猛烈に身体を鍛えていた。朝はジョギングをしてからジムに行き、三五キログラムのダンベル二つを寝た状態で上げ下ろしし、九〇キログラムのベンチプレスをあげてから、パワーリフトを一〇セットおこなっていた。しかし健康に熱中しだしても、酒を飲むのは止まらなかった。いまや完全にアルコール依存症であり、ブライアンとキャシーによれば極端に支配的な暴君だった。もともと倹約家だったのが、いまや明確に吝嗇《けち》になり、十分な収入を得ているにもかかわらず、家庭にはぎりぎりの金しか出さなかった。車を買うときは中古を買って自分で修理して乗っていた。何も捨てようとせず、家族に黴《か》びたパンや腐った肉を食べさせた。「父はどこかおかしかったんです」キャシーは語る。「詳しくはわからないけれど、あきらかに何か問題があったんです。父には友達がいませんでした。友達ができるタイプじゃなかった。自分の子どもたちでさえ、一人も好きじゃないみたいでした」

ヒランデールに引っ越してきた年の夏、ドロシーはまだ友達を作ろうと一生懸命で、よく上の空になり、キャシーにブライアンの世話を任せきりにしていた。ある日、キャシーはブライアンを連れて近所のプールに歩いていった。ブライアンがプールの隅の浅いところでぱしゃぱしゃ遊んでいるあいだ、キャシーは日の当たるところに寝そべっていた。ブライアンより少し年上の男の子が水遊び用に金属製のじょうろを持ってきていて、それを空中に投げ上げた。じょうろはちょうどぱしゃぱしゃしながら歩いていたブライアンの頭の上に落ちた。泣き声を聞いてキャシーが駆け寄ると、弟は血だらけになっていた。彼女は弟を抱き上げ、ライフガードに手伝ってもらって、更衣室で血を洗い流した。ブライアンの頭には深い切り傷ができていた。

じょうろを投げた男の子の母親がブライアンとキャシーを車で家まで送ってくれた。しかし子どもたちが家に着いたとき、父親は仕事に行っていたし、ドロシーは電話中で、子どものことにまったく関心を示さなかった。それどころか電話をじゃまされてむっとしているようだった。家から出てブライアンの傷を見ることもなく、キャシーに、送ってくれた母親の車で病院まで連れていってもらいなさいと指示した。キャシーは当惑し怯えながら、まったく知らない人に自分と弟を病院まで連れていってほしいと頼まねばならなかった。彼女はずっと水着にビーチサンダルという格好のままで、髪からは水がぽたぽた垂れていた。

病院では、両親か法的な後見人の許可がなければブライアンの治療はできないと言われた。キャシーは病院のスタッフに自宅の電話番号を伝えたが、電話はつながらなかった。ドロシーがまだ通話中だったからだ。最終的に医師の一人が交換手にドロシーの通話を中断してもらい、息子の頭を縫う許可を得た。キャシーはこの出来事にショックを受け、恐ろしかった。このことがブライアンにどんな影響を与えるだろうかと子ども心に心配だった。

キャシー・ベクトールドが早く家を離れたいと思ったのは不思議ではない。彼女は高校を早く卒業した。夏休みのあいだに授業を受け、最終学年は出席しなくてもすむようにしたのだ。卒業後はアトランタに行き、姉マルシアと半年間住んだ。キャシーはまだとても若かったが、自立することや生計を立てるための手段を学びたいと考えていた。ウェイトレスの仕事をして、車を買い、保険料を払うだけの金を稼いだ。自宅に戻ったときには非常に大人びていて、高校時代の知り合いの年上の少年たちとデートするようになった。夜は家に帰らなくなり、両親からもう帰ってこなくてもいいと言われると、ボーイフレンドが家族で住んでいる家にそのまま転がり込んだ。ジョージとドロシーは彼女が出ていっても悲しくはないようだった。

キャシーが一家に欠落している感情を一人で表に出して見せていたのだとしたら、ブライアンの役割は、みなが無視している緊張と怒りを明示することだった。まだ幼すぎて一家がどれだけ機能不全に陥っているかは理解していなかったが、自分が望まれていないとわかるだけの年齢にはなっていた。両親は彼が同じ部屋の目の前にいるときでも三人称で彼のことを話した。彼のことを恥じているようだった。ブライアンが中学生になる頃にはドロシーは鬱状態で疲れ切り、体調が悪いことが多かった。彼女は夫にブライアンの世話を頼むようになった。そんなことをしたらジョージがバーに飲みにいくあいだ、ブライアンはどこかに置き去りにされてしまうのだが。

ブライアンにナイフを渡して、誰かに何かされそうだと思ったらこれを使えとジョージが言っていたことも、ドロシーは後で知った。

いまブライアンは孤独だった。両親のネグレクトから守ってくれる姉ももういなかった。ジョージとドロシーが彼にかまわなくなればなるほど、彼にはさらに関心が必要になるようだった。成長とともに偏頭痛が悪化し、幻覚を見るほどひどくなっていた。中学生のとき、病院で処方されたデキセドリンを飲んで落ち着きを失い、攻撃的になった。ドロシーは彼の怒りを発散する方法を見つけなければと考えた。ジョージが息子には何か格闘系のスポーツを勧めるべきだと言い、ドロシーは自宅から車で三〇分ほどで行けるロックヴィルの格闘技の道場にブライアンを入れた。

キャロルがフォーエバー・ファミリーのカルトに入ったときのように、しばらくのあいだブライアンは自分の居場所を見つけたと感じていた。格闘技の道場で彼は韓国人の武術の達人であり師であるキム・キワンの落ち着いた穏和さに影響を受けた。弟子たちからマスター・キムと呼ばれている彼は、韓国で学んだ厳しい運動メニューをもとにレッスンをおこなっていた。韓国で裕福な家庭の出だった彼はそれほど恵まれていない同級生たちから怖い思いをさせられていたので、武術を学んだのだ。マスター・キムは武術とともに正直さ、忍耐、謙虚さも教えていた。ブライアンは勤勉な弟子だった。彼は学校でやる団体競技は嫌いだったが、空手に出合ったときにはこれだと思った。すべてを自分で決められる。自分のペースで、他人からのプレッシャーもなく、自分のやりたいように練習できる。彼は生まれてはじめて、やる気が出るとはどういうことかを知った。そしてどんどん昇級していった。すぐに彼はドロシーに、放課後は毎日道場へ送ってほしいと頼んだ。

ブライアンがもっとも頻繁に一緒に稽古をしたのは、韓国人のキュー（Qと発音する）という少年だった。彼は黒帯二段で、マスター・キムが名付け親だった。「ブライアンはとても武術がうまかった」とキューは語ってくれた。中国と日本で修行してきたマスター・キムは空手とテコンドーのレッスンに瞑想を取り入れていたが、ブライアンはそれに楽になじめた。ブライアンはいつも口数が少ないタイプだった。瞑想は彼の特長を強化し、一六歳になる頃には黒帯を取っていた。

ブライアンとキューは親しくなり、マスター・キムの稽古のあと一緒に食事に行く間柄になった。キューは私に「僕たちは一週間のうちほとんど毎日一緒に過ごしていた」と語った。二人ともアルバイトができる年齢だったので、同じピザ屋で配達のバイトをしていたからだ。ブライアンは束の間、人生がまた軌道に乗ったと感じていた。新しい気晴らしと新しい友達と新しい仕事と新しい師。すぐに空手道場が彼の生活の中心になった。「僕たちは毎日武術のことであけくれた」キューは語る。「トーナメントのための稽古やお互いを相手にして組み手をするだけでも」ブライアンはいつかマスター・キムのような空手の指導者になりたいと望むようになっていた。

キューはブライアンと同じように両親とうまくいかず、自分の家ではくつろげなかったが、ブライアンの家を訪ねるのは好きで、反対にブライアンのほうもキューの家を訪ねるのが好きだったから、二人は週ごとに交互に互いの家に泊まりにいっていた。二人とも相手の家の家庭は機能不全だと思っていなかった。じっさい、二人とも相手の家庭を理想化して考えていたし、どちらの両親も客の前ではいつもより優しく、まともな態度をとっていた。キューはベクトールド家についていて家が散らかっていること以外は何も異常に気づかなかったという。「僕は彼の両親ととても仲良くしていました。二人は立派な人たちだと思っていたんです」とキュー。「ブライアンの家に行くのはいつも楽しかった。休暇のときもあの家で過ごした。感謝祭の日にはお姉さんのキャシーが帰ってきていた。クリスマスにはマルシアとキャロルとその恋人のヘンリーも。僕はいつも楽しいときに居合わせたんだ」

4 水よりも濃し

ベクトールド家が外部の目にはしっかりしているように映っていたとしても、それは単なる錯覚に過ぎなかった。ブライアンは日ごとにジョージとドロシーの緊張関係を背負い込み、その影響が行動に表れてきた。学校では成績が落ちていった。空手の稽古は人格形成に役立つとされているが、彼はときに癇癪を起こし、同級生を空手の技で攻撃して問題になったりした。そうしたけんかのせいで一度ならず停学にもなった。ある日、彼は学校の精神分析医のもとへ行くようにと指示される。何も悪いことをした覚えのない彼は戸惑った。女性の精神分析医は彼に精神状態について尋ねた。さらに、自殺を考えたことがあるかと訊いた。ブライアンは自殺未遂歴のある姉キャシーに関連した質問なのだろうと思った。そしてまったく警戒せずに事実を話した。もちろん、自殺を考えたことはあるよ。みんなあるだろう?

この答えは間違いだった。精神分析医はキャシーの自傷歴とブライアンの家庭内での孤立から、彼には自殺のリスクがあると考え、ジョージとドロシーにそれを伝えた。ブライアンの両親は教会の善意の友人たちに相談したあと、いまこそ介入せねばならないと決心し……彼を監禁した。具体的にはモンゴメリー郡の児童精神科の施設への入院申し込み書類にサインしたのだ。一六歳の彼はこの病院で人生で初めて精神疾患と診断され（「不定型の鬱」）、多弁になるリチウム塩剤と眠くなるハルドールを処方された。知能検査がおこなわれ、平均的な知性を持っていることがわかり、脳と身体の機能にも問題はなく、ロールシャッハテストでは性格について「性的アイデンティティの混乱と他人への強い敵意と攻撃性」という不機嫌な思春期の子どもなら誰にでも当てはまりそうなコメントが書いてあった。

入院したのは一三日だけだったが、その間ひどい混乱状態だった。入院している多くの子どもたちは恐ろしいことをしたせいでここにやってきていた。一人は継父をショットガンで撃ち殺した。幼い女の子たちに性的暴行をしていた子どももいた。投薬は助けにならなかった。ドロシーが考え直して家に連れ帰るために迎えにきてくれたとき、ブライアンはほっとした（ブライアンの供述によれば「医師のアドバイスに逆らって連れ帰ってくれた」）。

薬をやめられるのはブライアンにとって救いだったが、それ以外はあまり変わらなかった。退院するとすぐに、学校側は彼と両親と姉キャシーにカウンセリングへ行くよう強く要請してきた。ブライアンにとってもキャシーにとっても、このカウンセリングは有害だった。二人の経験上、外部の者はみなジョージに敬意を評し、その超然とした態度や博士号や武器センターで重要な地位にあることにいい印象を持ってしまう。こうした場でジョージはいつもブライアンとキャシーについて練習してきたエピソードを話し、暗記してきた事実を暗唱して、積極的に子どもに関わっている父親だと相手に思わせた。今回もカウンセラーは子どもたちの問題の原因は母親にあると考えたようで、ドロシーは怒り、身構えた。どこかで聞いたことのあるような育児のアドバイスを受け入れようとせず、カウンセリングのあいだは黙って座っていたが、帰宅の途中で他人の指図通りにしたくないからアドバイスには従わないと宣言した。

18歳のブライアンと生まれたばかりのいとこ

その後、ジョージが酒酔い運転で事故を起こしたせいでカウンセリングは終わりになった。命に別状はなかったが、脚にけがを負い、毎日のジョギングやウェイトトレーニングができなくなった。エクササイズのメニューは変えればよかったが（彼はすぐに水泳やエアロバイクなど少し軽いメニューを組んだ）、この事故で目が覚め、酒をやめなければと悟った。そして断酒会に入ってプログラムを忠実に守ったのだ。ブライアンは父親がついに自分の依存症を直視したのでほっとした。しかしすぐに事態はより悪化した。酒を断つまでの三年間、ジョージはそれまでよりもさらに攻撃的になった。気持ちが張りつめ、いらいらし、すぐに癇癪を起こす。以前から不眠症で、眠りにつくために酒を飲んでいたのだが、それが飲めなくなったことで眠りも得られず、怒りっぽくなった。いつ爆発するかまったく予測がつかず、同居している唯一の子どもであったブライアンはもろにその被害を受けた。

ジョージがアルコール依存症からゆっくり回復していく一方で、妻ドロシーの健康状態は急速に衰えていった。一九八三年、彼女は乳がんと診断された。その際、しばらく前からがんはあったのだろうと言われた。それから五年のあいだ彼女は入退院を繰り返した。乳腺腫瘤摘出手術と放射線治療とともに化学療法を受け、吐き気の発作におそわれたが嘔吐はせず、身体が異様にむくんだ。最終的に両方の乳房を切除した。その手術後も化学療法は続いたので、定期的に病院に通わねばならなかった。

空手の指導者になるつもりだったブライアンは、大学には行かなくていいと考えていた。数学と科学は割と成績がよかったのだが、高校卒業後は空手に集中し、ガソリン代を稼ぐためにピザ屋で働いた。彼はできるだけ家の外で時間を過ごそうとした。一〇代の若者の多くがそうだろうが、彼にはとりわけ強い理由があった。なにより父親の怒りの爆発を恐れていたし、母親のいる病室の息詰まるような雰囲気が苦しかった。空手道場にいるほうがよかった。最近稽古に来るようになった謎めいた少女の存在も大きかった。

その少女ヤスミンは仲のよい二人の姉妹とともにマスター・キムの道場に通っていた。ヤスミンは三姉妹のなかでも内気で、いちばん警戒心が強かったから、ブライアンがなんとか言葉を交わすチャンスを得るだけでも長い時間がかかった。はじめて話したときはぎこちなかった。ヤスミンはなかなか自分の考えを表に出そうとしないので、ブライアンは彼女は心の中にたくさんのことを秘めているのではないかと想像した。そんな彼女になんとなく親近感を覚え、どこか縁があるような気がした。二人は生まれも育ちもまったく違ったけれど、武術に対する情熱は同じだった。彼はヤスミンの信頼を得ようとがんばった。そのうち伝わると信じていたブライアンの思いは、ついに叶った。彼のねばり強さが報われたのだ。ヤスミンはブライアンにとって初めての恋人で、はじめての性的なパートナーになった。

イランで生まれ育ったヤスミンはイスラム教徒で、ブライアンは彼女からイスラム教について習った。コーランの朗読テープを聞き、改宗こそしなかったが、豚肉を食べるのはやめた。二年間交際した頃、二人のあいだで結婚の話も出はじめた。ブライアンは結婚したかったが、ヤスミンははっきりと理由は言わないものの結婚には消極的だった。ブライアンは自分がイスラム教徒ではないせいかとも思ったが、のちにできたヤスミンの新しい恋人もイスラム教徒ではなかった。

ヤスミンとの交際が終わると、ブライアンは悲しみに暮れた。しばらくのあいだベッドから出られなかった。ピザ屋の仕事にも行きたくなかったし、ヤスミンに会ってしまう可能性が十分ある空手道場にはもっと行きたくなかった。道場の外ではいまもキューと一緒に過ごしていたが、マスター・キムの指導がなくなったブライアンとキューは道を逸れはじめ、夜になると酒を飲み、マリファナを吸って過ごすようになった。

ブライアンが失恋に耐えている頃、ジョージとドロシーは少なくとも一時的には平穏を得ているようだった。五人の子どものうち四人が家を出て、ドロシーのがんは寛解し、ジョージは六〇歳を迎え退職した。その後、海外の建設エンジニアリングの会社でアメリカ政府の基準を満たすための手伝いをする仕事をはじめた。正社員ではなく短期契約の請負業だ。ドロシーは化学療法を続けていたので、医師に旅行はしないよう警告されていたが、行ったことのない場所に行くのが好きな彼女はそれを無視してジョージの海外出張についていった。体調の悪い日は一日じゅうホテルのベッドにいて、テレビを見て、ルームサービスをとった。税控除の記録によると、二人はジョージの退職から三年後に、フロリダのデイトナの近くにトレーラーハウスを買い、毎年一年のうち五カ月をそこで過ごす計画を立てていた。

この計画にブライアンは含まれていなかった。両親がトレーラーハウスを買ったことを、彼はヤスミンと別れたころ事後報告で知った。毎年五カ月間は不機嫌な父親と過ごさなくてすむのは悪いことではなかったが、それでもその計画に自分が含まれていないことに傷ついた。子どもの頃、一家でデイトナの近くで休暇を過ごしたことがあり、そのときは湿地の探検を楽しんだものだ。けれどいま両親は非常に明確に示したのだ。彼を連れていくつもりはないと。

そんなつらさを束の間でも忘れさせてくれるものが一つあった。マリファナを吸うことだ。ピザ屋の店員のなかに、マリファナを売っている者がいた。ブライアンはすぐに常習するようになる。自分が自分でなくなっていく感覚が好きだった。両親がフロリダにいるあいだ、自宅で一人で吸うためのマリファナを買うようになった。ときどき近所のほかの若者に売って小銭を稼ぐこともあった。マリファナを吸うとあまりにいい気分になるので、ほかのドラッグはどんな感じだろうと興味を持ち、ピザ屋の店員からスピードやコカイン、ラブボートと呼ばれる一種のPCPを買い、頻繁にLSDもやった。じっさい、手当たり次第だった。「この頃、ブライアンはすごくドラッグをやっていた」とキューは言う。「僕たちは一緒に酒を飲み、一緒にマリファナを吸ったけれど、ブライアンはほかにもPCPとかコカインみたいなドラッグをやっていた。僕たちは同じことを信じていた。妄想もたくさんあったし、単なる精神病のせいなのもたくさんあった。けれどドラッグがさらにものすごく追い打ちをかけた」

振り返れば、このとき現実との接点を失っていったのだとわかるが、当時は自分が精神を病んでいるとはわからなかったとブライアンは言う。一九八七年、彼は一九歳になっていた。YMCAで組み手中に膝を痛め、試合ができなくなっていた。恋人に去られ、家族も不在で、空手まで失った彼は集中するべきこともやることもなくなってしまった。一一月のある夜、彼はピザ屋でドラッグをやった帰り、運転中に脱輪し、車が破損した。駆けつけた警官が助手席にコカインの入った袋があるのを発見する。わずか一グラムだったが、ブライアンは販売目的での麻薬所持で起訴された。

彼はピザ屋をクビになり、裁判所から保護観察処分になった。ジョージとドロシーは事態を知ると、息子をリハビリのためにタコマ・パークにあるワシントン・アドベンティスト病院に送った。ここで彼は頭痛がさらに悪化し、破滅が迫っているという感覚を抱くようになる。偏執的になり、ほかの患者たちは自分に不利な証拠を探すため送り込まれた秘密工作員ではないかと疑った。不安が強くなると心拍数が急激に上がり、呼吸困難になった。自分を落ち着かせるため、彼はほかの人々から離れてホールに座り、脈拍が下がってきたと感じるまで身体を前後にゆすりつづけた。

医師たちは彼が妄想をしていると考え、「統合失調型パーソナリティ障害と複数の物質使用障害」と診断した。病院側は精神科の病棟に移して投薬をしたいと伝えたが、彼は拒否した。姉の経験を見ていたので、法律上、病院は彼を三日間しか留めることができないと彼は知っていた。入院治療の延長を求める法廷審問はおこなわれていないから、三日が過ぎれば自分で退院できるのだ。

父親同様、ブライアンは交通事故をきっかけに目を覚まし、一九八八年一月一日にはドラッグを完全にやめる新年の誓いを立てた。簡単なことではなかったが、ブライアンは半端なことはやらない人間だった。ジョージゆずりで意志が強く、頑固だ。彼は耐え抜き、春にはドラッグが抜けていた。そうなると今度はほかの問題に向き合わねばならなくなる。彼は独り者で、無職で、保護観察中で、実家暮らしで、しかも一年のうち五カ月間はひとりぼっちだった。ドラッグを抜いているあいだ一日じゅう寝室にいて、眠ったり、本を読んだり、音楽を聴いたりして過ごしていた。

彼は両親がいないあいだ共に過ごせる相手が必要だと考え、二匹の犬を買った。ロットワイラー犬の雌とその子どもである雄の子犬だ。彼はマキシーンと名付けた。子犬のオニキスは物覚えが早かった。生まれつきのやんちゃな性格を克服すると、すぐにブライアンに服従した。飼い主と子犬は固い絆で結ばれた。ときにはキューも一緒に、二匹の犬を連れて隣のヴァージニア州に入ってすぐのところにあるポトマック川沿いの国立公園グレートフォールズにでかけた。「C《チェサピーク》とO《オハイオ》の運河沿いを犬を連れて長い散歩をしたり、岩に登ったりした」とキューは語る。「ブライアンは驚くほど犬たちに愛情を注いでいた」

ブライアンはマキシーンとオニキスに、人間相手には抱いたことのない信頼を寄せていた。夜、犬を散歩させるのが日課になった。近所の人たちのことをみなスパイかもしれないと疑っていたので、姿を見られないようにしていたのだ。グリーン・フォレスト・ドライブは静かな通りで、家族や年配の夫婦が多く住んでいた。完全な住宅地で歩道はない。昼間に通りを歩いている人はめったに見かけなかった。

この夜の散歩で、けがをしていた膝にさらに負担がかかり、ブライアンはこの身体では空手の指導者になるのは無理だと悟った。そして大学に出願する道を選んだ。自分が賢いのはわかっていた。学校の成績はずっと平均以上で、やる気を出したときには優秀でさえあった。父のジョージはすでにマルシアとジョージ・ジュニアのために大学の学費を出していて、一九九〇年にブライアンがジョージア州ディケーターのデヴライ大学に入学し、電気工学技術を勉強することになったときは満足そうだった。

健全な変化のはずだった。ブライアンは実家を離れ、父親の怒りにまかせた虐待とそれに耐える母親から距離を置き、家庭を持ち会計士としてアトランタで働いている兄のジョージ・ジュニアと暮らすことになった。ジョージ・ジュニアは警察沙汰になった頃のことなど忘れたように、落ち着いた生活を送っているようだった。

しかしブライアンのデヴライでの暮らしはそんなに簡単ではなかった。彼はほかの学生たちより五歳年上だったので、友達を作るのが難しかった。同居人のうち二人は彼を変人だと思った。講義にはきちんと出席し、よく勉強し、やるべきことを完璧にこなしていた。しかし妄想が激しくなりはじめると、緊張状態やいらいらという形で表に出はじめ、ガソリンスタンドのガソリンの値段や誰かに列に割り込まれたなど、些細なことで激怒するようになった。拳銃を隠し持っている同居人の一人を警官ではないかと疑っていた。じっさいはフロリダ州ジャクソンビル出身のコンピューターを勉強する学生だったのだが、ブライアンは彼が自分を尾行していると考え、彼のノックに応えてドアを開けるときには背中にナイフを隠し持つようになった。

さらに悪いことに、ブライアンが思っていたほど兄ジョージ・ジュニアは安定した暮らしをしていなかった。じっさい、ジョージ・ジュニアは金を送るよう定期的にドロシーをせっついていた。その一部は妻が好む派手な家具を買うのに使われた。ジョージ・ジュニアはアトランタにやってきたブライアンを手助けするどころか、彼をアリバイに使い、別の女性と会っているときに、弟と一緒にいると妻に嘘をついていた。さらに、自分が金を借りた相手にブライアンの住所を教えたので、ブライアンは二学期になってから一度ならず、兄を捜す者がドアをドンドンたたく音で起こされた。

ブライアンはこの頃にはキャンパスに住むのをやめて、ほかの六人の学生たちと共同で家を借りていた。シルバー・スプリングから連れてきていたマキシーンとオニキスは車で眠らせなければならなかったが。同居人たちは彼を受け入れてくれていたし、教授たちも彼を気に入っているようだった。ブライアンはあえて難しい講義ばかり取り、問題を抱えていたにもかかわらず、GPA四・〇〔訳注（以降略）・アメリカで一般的に用いられている成績評価。四・〇は最高点〕という完璧な成績を取りつづけた。だんだんと不安が薄れていくのを感じ、警戒を少しゆるめ、他人を信頼し、人と気持ちが通じていると感じ、社会的なつながりを持ってもいいと思えるぐらい心が落ち着いてきた。彼はやはりほかの学生より年上の、三〇代後半の電気技師と友達になった。

そして、すべてが崩れ去った。ブライアンはまだドラッグの件で保護観察中にあり、デヴライでの二学期修了後メリーランド州に帰省したとき、保護監察官から保護観察中は州外に出てはいけないという規則に違反していると告げられる。このときジョージは、ブライアンが大学を続けられるように裁判所にかけあうなどして事態を解決してやろうとはせず、単に授業料の支払いをやめた。両親に金がないわけではなかった。二人は最近、節税のためにデイトナにトレーラーハウスを買ったばかりだったのだから。ブライアン自身はローンを組むには不適格で、選択肢はなかった。彼は大学を中退すると、実家に帰った。

大卒の資格を得られなくなったブライアンはすべてに耐えられなくなった。しかし両親は彼のケアをできる状態ではなかった。夫婦の束の間の休戦もドロシーの健康状態悪化ですでに終わっていた。乳がんが再発し、体重が増加し、心臓は弱っていた。酸素タンクで呼吸を助け、毎週訪問看護師がやってきた。ゼーゼーと音をたてて呼吸をし、声はかれ、瀕死の状態に見える日もあった。ブライアンは母が毎晩、無理やり眠るために咳止めシロップを飲んでいることを知った。母がそうする理由を彼は知っていた。父ジョージは母の体調が悪くなればなるほど、彼女をひどく扱うからだ。苦しんでいる妻を前にして、彼は元のように彼女を見下し、冷酷な態度をとった。ドロシーが長期入院をしたとき、ジョージが病院に行くときはブライアンもついていった。ある日、病室で父親が、おまえを愛したことは一度もなかった、結婚しなければよかったと言っているのを聞いて、ショックを受けた。「おまえは俺の人生を台無しにした」父はそう言ったのだ。

ドロシーの病状はさらに悪くなり、ひどく苦しむようになった。電話では聞こえないほど小さな声しか出せなくなった。病状の悪化と痛みから逃れることができず、息子を安全な環境に置いたり、精神的なケアをしてやることは、もう彼女にはできなかった。すでに自分自身のケアすらもできなくなっていたからだ。あまりにつらくなった彼女はブライアンに自殺を手伝ってほしいと頼んだ。キャシー、キャロル、マルシアが見舞いに来ても、同じことを頼んだ。看護師であるマルシアに対しては特に強く懇願した。呼吸困難に陥って、一日じゅう苦しみつづける日もあった。つらい日々が長く続いた。

キャシーはすでに結婚していたが、仕事後はできるかぎり、車で母に会いにきた。あるとき病室に行くと、父が妻を無視して本を読んだり、窓の外をぼんやり眺めていたりするのを見て衝撃を受けた。ドロシーはキャシーに気づくと寒いと言い、キャシーは毛布を取ってきてやり、それから飲み物を渡し、医師に母親の容態について訊きにいった。父親は誰かの面倒を見るというのは何をすることなのかを知らず、自分の冷淡さのせいで誰かが苦しんでもまったく気にしない人間なのだとキャシーは悟った。


その年の冬、マキシーンが死んだ。ブライアンは裏庭にマキシーンを埋めた。それ以来、頭痛がひどくなり、同時になんといっていいかわからない気分に陥った。鬱というよりも、退屈の濃い霧のようなものに包まれて、好奇心ややる気やユーモアや人生への興味が奪われていくといった感じだった。ガスを吸って倒れる前にごくかすかににおいを感じ、知らぬ間に意識を失っていくのと同じような。彼は自分の感情が動かなくなったことを感じた。食欲もなくなった。夜は悪夢を見てよく眠れなかった。疲れ切り、消耗したまま目を覚ます。だんだん一晩じゅう起きていて、日が昇ってからようやく眠るようになっていった。

両親がフロリダへ行ってしまうと、ブライアンは食料品の買い物ぐらいにしか外出しなくなったが、毎回同じ車に尾行されていると感じていた。その車が家の外に停まっているのを見たこともあるという。彼は寝室のドアに三つの錠をかけ、窓を毛布で覆った。夜、オニキスを散歩させていると、木々の下であやしい人影が動いている。複数人が自分を監視しているようだ。ブライアンは彼らの正体を知ろうとした。そういえば自分の祖先のなかにナチスだった人がいるというような噂を聞いたことがある。ヒトラーの突撃隊の初代隊長だったジョセフ・バークトールドは、名前が少し違うし、ブライアンは自分と血がつながっているのかどうかは知らなかった。でももしその血を継いでいるのだとしたら、彼を監視しているのはホロコーストのときにジョセフ・バークトールドが殺したユダヤ人の子孫なのではないだろうか。ブライアンが見かけるたびに、彼らは違う変装をしている。一般市民のような格好をしているときもあれば、警官の制服を着ているときもあり、軍人に変装しているときもある。

三月のある夜、彼はほうきに乗った魔女たちが裏庭を飛んでいるところを見た。

一九九一年の夏の終わり頃には、尾行していた人々が頭の中に入り込んできた。彼の夢の中に侵入してきたのだ。彼らは思考を読みとるためのマイクやサブリミナルメッセージを送るスピーカーなどの機器をブライアンの頭の中に設置した。自分がマインドコントロールの人体実験に使われていることに気づいた彼は、いまこそ逆襲のときだと知った。

車でワシントンの裏通りをうろついて、銃の売人を探した。ドラッグの売人は見つかったが、銃を売っている者はいなかった。ドラッグの売人の一人にどうして普通に店に行って銃を買わないんだ？　と訊かれた。店のことなど考えたこともなかった。一一月、ブライアンはシルバー・

スプリングのＫマートコネティカットアベニュー店に行って、パンプアクションショットガン、モスベルグ５００と鹿などの大型獣用の霰弾バックショット一箱をわずか二〇〇ドルちょっとで買った。

服の下に隠せるように銃身の端を切り落として短くし、どこへ行くときも持ち歩き、シャワーを浴びるときでさえ手離さなかった。銃を置くのは寝室に入って鍵をかけているときだけで、そういうときでも、弾をこめた状態でドレッサーの上に置き、銃身をドアのほうに向けていた。

フロリダから帰ってきてブライアンの様子を見た両親は心配するというより当惑した。キャシーは父親からブライアンの行動がおかしく、妄想をしていると聞いた。父親によると、ブライアンが身代わりの人形を作って自分の服を着せ、自室の窓のところに立たせて、外からは、彼が常に家にいるように見えるようにしていたという。父はまた、ブライアンはときどきダイアルしていないのに電話に向かってしゃべっていて、銃を買い、その銃を手に家じゅうをパトロールしているとも言った。父は自分の身の危険は心配していなかったようだ。ブライアンは外部の敵から家族を守っているつもりなのだろうと考えていたようだった。

翌年の二月にはブライアンはまったく眠れなくなっていた。最初はあえて眠らず襲撃にそなえ警戒していたのだが、いつしか眠ろうしても眠れなくなってしまった。休息を求めて必死になり、部屋を歩き回り、不満が爆発して自室の壁をこぶしでたたいた。

そしてある朝、日が昇ったすぐ後に、ブライアンは自分の身体がリラックスしてきたのを感じた。まる一週間かそれ以上眠っていなかった。それがいま、ついに、眠りにつけるのだ。しかし突然の激しい騒音で飛び起きた。階下のキッチンで父親が激怒して叫んでいる。ブライアンが聞き取れたのは、「俺の兄弟のウォルター」という言葉だけだった。

ブライアンは即座に立ち上がると、ドレッサーの上に置いた銃を取り上げて階下に降り、廊下をキッチンへと歩いていった。ジョージはまだ怒鳴りながらダイニングテーブルの前に座っていた。ブライアンは背後の右側からショットガンを構えると父親の背中を撃った。撃たれた勢いで父の身体は床に倒れた。食洗器の前面に血が飛び散った。

ブライアンは振り返って母親のほうを向いた。母はリクライニングチェアに座り、酸素タンクにつながれている。テレビはついていた。ブライアンは母の顔は見なかった。銃をあげると撃った。母の左胸に当たった。リクライニングチェアの後ろに回り込むと、背中も撃った。

この瞬間に彼は気づいた。これが現実だとはまったく感じられなかった。

5 罪の重さは

ブライアンは逃亡した。

メキシコ国境をめざし、州間高速道路九五号線を約一三〇〇キロメートル、ガソリンを入れる以外ノンストップで走った。何日も、たぶん何週間も寝ていなかった。南西のテキサス方面に向かっているつもりだったが、じっさいには真南に向かって走っていたことが、フロリダ州ジャクソンビルに着いてわかった。地図とオニキス用のドッグフードを買うために停まり、こんどは州間高速道路一〇号線を西に向かって出発した。ビロクシのあたりで、路面に血のようなものが見えるようになった。そして彼はハイウェイのあちこちに動物の死体があることに気づいた。いままで見たこともないような生き物ばかりだった。四肢は裂け、身体はありえない格好によじれている。約三二〇キロメートルのあいだ、彼は車の下にこうした生き物の死骸を引きずって、路面を血塗れにしながら走った。

アラバマ、ルイジアナ、テキサスを抜けて、昼も夜も走りつづけた。日は昇り、やがて沈み、また昇った。ガソリンと食べ物を買う以外は停まらなかった。時間の感覚はなくなり、三日間か、あるいは三週間だったのか、走りつづけた。あるところで、バックミラーにパトカーが見えた。そこから三〇〇キロメートル以上走ってもついてきた。ブライアンはスピードを落とし、パトカーに追い越させた。パトカーが横を通るときに、運転者を見て、すぐに誰かわかった。テレビ番組『全米警察24時 コップス』に出てくる刑事の一人だったという。ブライアンは思った。俺の逮捕は『全米警察24時 コップス』で扱われるのだろうか?

ラレドを過ぎたところで、ブライアンはついに車を止め、駐車場の向かい側にある空き地に駐車した。しばらく車の中に座って、窓をノックされるのを待ったが、何も起こらなかったので、犬を連れ、銃を手に、銃撃戦に備えて路地に隠れた。自分が頭を撃たれるところを想像した。死ぬ覚悟はできている。ずっと前から覚悟はできていた。けれどオニキスはどうなるだろう?

車に戻ると駐車場の真ん中まで移動した。しばらくすると、四、五人のメキシコ人男性たちがやってきて、自分たちの車に乗り込み、ブライアンの車の周りを走りながら、唾を吐いてきたという。自分が白人だから敵意を持たれたのだろうか。ここは町の中でもメキシコ人地区だから。人種問題が原因だと考えたら少し気が楽になった。つまり彼らはブライアンの犯行が理由で彼を嫌っているわけではないからだ。それでも彼らの態度には腹が立った。ここで退いてはならない。

メキシコ人の一人が車を停めて、こちらに向かってきた。ブライアンは車から降りて自分を守る準備をした。しかしその男はブライアンの横を通り過ぎていった。ブライアンは笑い出した。メキシコ人たちはブライアンに関心など持っていなかった。大変なことになったと思ったのはすべて偶然の出来事だった。関係なかったのだ。世界に意味などない。そう思った。

ブライアンはメキシコに向かう計画を変更した。急に方角を東へ一八〇度転換し、フロリダ方面に向かったのだ。これから何かが起こるという気がしていた。赦《ゆる》しを求めて神に祈った。神のしるしを求めた。

サンアントニオのはずれでブライアンはヒッチハイカーを一人乗せた。路上生活をしている男性だった。ヒューストンに行くのだと言い、伝道所の住所を持っていた。ブライアンが運転しているあいだヒッチハイカーは語った。私はキリスト教徒で、バーバラ・ブッシュとコネクションがある。もし興味があるなら、ヒューストンの伝道所に連れていってあげるよ。たぶん部屋をもらえるし、仕事探しも手伝ってもらえるだろう。彼はそう言った。

男性はナンシー・レーガンともコネクションがあると言った。それどころかあのレーガン夫人のドラッグ撲滅キャンペーンのスローガン「ただノーと言お

高校のプロムでのブライアン(当時18歳)

う」を最初に思いついたのは自分なのだという。彼はブライアンに一緒に祈ってほしいと言い、ブライアンは祈った。そして、ヒューストンの伝道所に一緒に行くことまで同意した。しかしヒューストンに入って、男性の言うとおりに伝道所に向かって車を走らせていたとき、男性がすれ違った車を運転する刑事のような男に合図を送ったのを見た。それで、ブライアンはこのヒッチハイカーを信じられなくなった。伝道所に着くと、気が変わったと言った。伝道所の中には入りたくない、ソーシャルセキュリティカードを持っていないし、それに犬を置いてはいけないから、と。

ヒッチハイカーを降ろした後、ブライアンは町の中をあてもなく走るうちに廃墟になったビルを見つけた。格子がついた窓のガラスは割れている。車を停めると建物に近づいていき、窓の一つに銃を押し込んだ。続いて弾もすべて投げ込むと、車に戻って、そのまましばらく座っていた。一時間ほど経った頃、複数の人が建物のほうへ歩いてくるのが見えた。そしてその後しばらくして、パトカーがやってきて停まり、警官たちが降りてきた。みなが去っていったあと、ブライアンはもう一度建物のところに行き、窓から中を見てみると、銃はなくなっていた。

胸のつかえがとれたような気分だった。その後、彼は眠りに落ちた。ステーションワゴンの後部座席でオニキスと横になり、二日間眠りつづけた。そして目覚めたときには両親を殺したことを忘れていた。思い出してからも、本当の出来事だったのか自信がなかった。あれは事実だったのかと彼は考えつづけた。家に電話して確かめてみようと思ったこともあった。すべては妄想か幻覚か悪夢だったのか。頭の中であの場面を思い返すと、自分の行動は奇妙に機械的で、まるで夢遊病のようで、以前にあったことを繰り返しているだけのように感じた。まるで水の中にいるように、もう息をしていないかのように。

それまで何週間も不眠に悩んでいたが、今度は反対の状態になった。起きていられないのだ。二日間眠ったのに、彼はまだ疲れ切っていた。フロリダ州の境を越えたとき、ラジオからキリスト教の説教者の声が聞こえてきた。彼は生まれてはじめて、説教の言葉が自分にとって意味があると思った。ペンサコラの西一三〇キロメートルというところで、州間高速道路一〇号線をはずれて南へ向かった。あたりが暗くなってきた頃、メキシコビーチのすぐ外側にあるエルガバナーRVパーク&キャンプ場に行ってみた。駐車場の42-Aに駐車すると、オニキスと一緒に車内で眠った。季節はずれのキャンプ場にはほとんど人がいなかった。翌朝、シャワー棟から受付のある建物に戻る途中、旅行者用のパンフレットが並べられているのに気づいた。パンフレットと一緒にキング・ジェームズ版聖書もあった。彼は聖書を手に取ると車に持ち帰り、読みはじめた。一日じゅう、昼も夜も読みふけった。そうして三日間キャンプ場に滞在した。毎朝シャワーを浴びにいき、あとは一日犬の散歩をする以外、ずっと聖書を読んでいた。読んでいるうちに正気が戻ってきたような気がした。

神が癒してくれている、そう思った。

「私は犯行現場から逃走しました。自首したいのですが」ブライアンは警察署の受付にいた警官に話しかけた。キャンプ場の最寄りの町、ポート・セント・ジョーまで車でやってきて、署までの道を人に訊き、ここまでやってきたのだ。

「わかりました」警官は応え、ブライアンの名前を書き留めた。「その犯行はいつでしたか？」

ブライアンははっきりわからなかった。「一〇日ぐらい前だと思います。七日前だったかも」

「わかりました。七日前にはどこにいましたか？」

ブライアンはメリーランド州の自宅の住所と電話番号を伝えた。

「ご自宅には、我々が電話でお話を訊けるご家族か誰かがいますか？」警官が訊いた。

「家族は私が殺しました」ブライアンは言った。「両親を殺したんです」

警官は彼を連れて廊下を通ると小さな部屋に入り、座るように勧めると、彼に快適か、水を飲みたくはないかと訊いてから去っていった。一五分後、年上の警官を連れて戻ってくる。二人はブライアンにこの聴取は録音していると伝えた。

最初に対応した警官がテーブルをはさんでブライアンの向かい側に座り、年上の警官はブライアンの横の椅子に座った。二人とも真剣で熱心な様子だった。

「では」と最初の警官が言った。「詳しいことを話してもらえるなら、その前の様子を聞いてもいいですか、ブライアン」

「私にわかるのは、六年か七年前から正気を失っていたことです」ブライアンは言った。

「君が正気を失っていると言ったのは誰かな？」

「自分で正気を失っているとわかっていました」

「ご両親を殺す原因になるようなことが家であったのかな？」警官は訊いた。ブライアンは、警官は自分の言うことを信じていないのだと思った。

「はっきりはわからないけれど」ブライアンは答えた。「そのときはいろいろなことがありました」

「なるほど。では本当に手短に、君の家の場所を確認させてください」と警官は言った。「なんという町でしたっけ？　何市？」

「メリーランド州ヒランデール」

「メリーランド州ヒランデールね。何郡になりますか？」

「モンゴメリー郡です」

「モンゴメリー郡。わかりました。それでご両親は何歳？」

「よくわかりません」

「よくわからない？」

「六七歳と六六歳」

「ご両親とは一緒に住んでいたの？」

「家にいないときもありますが、だいたいは一緒でした」

「近所の人、隣に住んでいる人の名前はわかりますか？」

「何人かはわかります」ブライアンは言った。「カーターズさんとクレインズさんです」

「わかりました」警官は言った。「その人たちはすぐ隣に住んでいるのかな？」

「カーターズさんの家は通りをはさんで向かい側です」ブライアンは言った。「クレインズさんは右隣の家です」

「もう一度住所を教えてもらえる？」年配の警官が訊いた。「メリーランド州のご両親の家のね」

ブライアンは警官たちにもう一度住所と電話番号を伝えた。今回は年配の警官がメモ用紙に書き留め、同僚にうなずくと部屋を出ていった。残った警官はブライアンに質問を続けた。

「犯行の方法を教えてもらえますか、どうやってやったのかを」

「銃で撃ちました」ブライアンは言った。

「ご両親、二人とも撃ったのかな？」

「はい」彼は答えた。

警官はブライアンに彼が使った銃の種類を尋ね（「一二口径のショットガンです」）、さらに弾の種類も訊いた（「ダブルエージェント・バックショットです」）。ブライアンが撃ったとき両親がいた場所も訊いた（「父は朝食をとっていました。母はリクライニングチェアに座っていました」）。警官は同じ内容を何度も質問した。彼はブライアンがドラッグをやっているか、幻覚を見ているのではないかと考えているようだった。

「少しずつ、思い出せるかぎりでいいんだけど」警官は言った。「君が部屋を出て階段を降りはじめたときのことを教えてくれないか。目を閉じて自分の部屋の様子、それから階段を降りるところを思い浮かべて、思い出したこと、なにが見えたのかを言葉で私に教えてほしい」

「自分の記憶も、起こった出来事もよくわかりません」ブライアンは答えた。「自分がなにかをしたのか、それがただ起こったのか、そしてそこになにか違いがあるのか。覚えているのはただ、あそこにいて、自分が自分じゃないような気がしていたこと。まるで取り憑かれているようだった。自分は生きていないみたいで、あそこにいないとかそういう感じ。まるで、ああ、わからないけれど、テレビに映っていることとかそんな感じで、自分がそこにいないみたいで、なにも起こらなかったみたいなんです。自分がそれとはまったく関係ないみたいな感じなんです」

「わかった。では、部屋にいて、その後階段に降りるところまでいったね。階下に降りたら、どう進んでいけばいいのかを教えてほしい。どっちへ行けばいいのか教えてもらえるかな」

「私がいるところからまっすぐです」

「わかった。お父さんはどこにいるかな?」

「ダイニングルームにいます」

「わかった。お母さんは?」

「撃ったとき、ちゃんと母を見なかった。母は私のまっすぐ前に座っていました。私は黙って、銃を向けて、それで……」

「ご遺体をどうしたの?」

「父はキッチンに移動させました。父を撃ちました。そうしたらどういうわけか彼は起きあがりました。どうやって立ち上がったのかわからない。即死みたいだったのに。でもなんでか、父は本当に強いんです。本当に強かった。すごく鍛えてて。なんでか父はぱっと立ち上がって、三メートルか三・五メートルぐらい離れたキッチンに飛び込んだんです」

「君が撃ったときにお父さんはどこにいましたか?」

「ダイニングルームに座っていました」

「わかった。お母さんはどこに?」

「リビングルームにいました」

「わかった。それでお母さんに何をしましたか?」

「なにもせずそのままにしてきました」

「身体になにかかけたりしなかったかな?」

「なにも。父を動かしました。脚が突き出ていて……」

「お母さんとお父さんは仕事をしていましたか?」

「父は引退していました」

「ご両親はずっと家にいましたか? それとも旅行したり、出かけたりしていた? どこかに長期滞在とかしていましたか?」

「長期滞在はよくしていました。父はフロリダにトレーラーハウスを持っているんです」

「フロリダのどこですか？」

「デランドです」

「ブライアン、質問をしてもいいかな？」

「はい」

「ご両親を殺したのはたしかなのかな？　お二人はフロリダのトレーラーハウスに行っているのではないかな？」

「たしかです。本当にあったことなんです」

「全部君の夢だったとか、考えたことだったとかの可能性もある？」

「はい。あります」

「車はどこから乗ってきた？　自宅からかな、それともフロリダのトレーラーハウスからかな？」

「自宅から乗ってきました」

「わかった。ではこのことを警察に言おうと思った理由を教えてもらえるかな？　警察に来て、我々に話して、楽になろうと思ったきっかけはなにかな？」

「神様が私にそれを望んでいるんだと思います」

「後悔しているかな、ブライアン？」

「わかりません」

「後悔しているかどうかわからない？　このことが現実だったのかどうかわからない？　本当に起こったのだと思う？　それとも可能性はあるのかな？　ご両親が……」

「……あなたの話は聞きたくない！　そんな……そんなこと言わないで。それは……」

「わかった、わかった」

「……そんなのはまるで……そんなのはまるで……まるで僕が……」

「……そんなつもりじゃないんだ……」

「……あなたにそう言われるととても変な気持ちになる」

「けれど訊かなければならないんだ。わかった。変な気分にはさせない」

「たぶん自分がそう願ったり、望んだりしていたことのような気がしてきて、それでそんな……」

「ああ、そんなつもりではないんだ」

「そういう気持ちになりたくない。これが現実じゃなかったみたいな」

「わかった。でも、私は君に質問しなくてはならない。それが仕事なんだ。いいね？　ご両親がトレーラーハウスにいる可能性はあるのかな？」

「いや。ない。わからない。わかってるでしょう。あんなこと起こらなければよかったと思っている。現実がもっと違うものだったら。でもわからない。そう思っていないかも。本当にあったと思う」

「そうなんだね。君の心の中では、起こったんだ。君が知っているかぎり、それは起こった」

「そう。なにかが起こった。なにか悪いことが起こった。でもそんなことが起こったような感じがしない」ブライアンは言った。「悪夢のような感じだった。眠りにつくときかなにかみたいな。眠りについて、その次に気づいたときには階下にいた。なにかをやったのが自分だったような感じがしないんです」

ドラッグをやっていたのだろうか？　警官は考えた。本人はドラッグは五年前にやめて以来やっていないと言っている。警官はそれを信じていないようで、何度も同じ内容を質問した。やがて年配の警官が戻ってきて、ブライアンが言った番号に電話をかけても誰も出ないと言った。警官二人は部屋を出て、しばらくして戻ってきた。

「ブライアン、君はさっき精神に問題があるような気がすると言ったね。どうしてそんなふうに思うのかな？」年配の警官が訊いた。

「たしか五日前まで、尾行されていると思っていたから」ブライアンは答えた。「社会に虐げられているとかそんなふうに考えていたんです。どこへ行っても、誰かが俺を尾けてくる。なにをしてもなんらかの理由でやめさせられてしまう。社会が俺を標的にしている。なんらかのグループの奴らが俺を監視していると」

「ご両親は君を虐げている社会に含まれていると思っていた？」

「いえ」ブライアンは答えた。

若いほうの警官が彼に乗っている車の種類を訊き、ブライアンは父親の青いスバルステーションワゴンだと答えた。警察署の外に停めてあって、犬が車の中にいる、と彼は言った。

それから警官たちは両親の死体は誰かに発見されていると思うか、犯行を知っている人はいると思うかと訊いた。

ブライアンは死体はもう発見されていると思うと答えた。自分が立ち去った後すぐに警察が発見しただろうと考えていた。近所の人たちが銃声を聞いていたかもしれない。家と家のあいだは七メートルしか離れておらず、隣家の車は私道に停めてあったから、住人は家にいたはずだ。警官がやってくるまでには二、三分しかかからなかっただろう。

「すでに誰かが知っているはずです」ブライアンは言った。

「たしかにそう思うのか？」警官が訊いた。

「もう誰かが知っているはずです」ブライアンは繰り返した。

もう一人の警官がまた、両親を殺した動機を尋ねた。

「頭がおかしくて、取り憑かれていたから」彼は答えた。

「『頭がおかしい』とか『取り憑かれていた』とはどういう意味かな？」警官が訊いた。「どういう意味かな？『頭がおかしい』とか『取り憑かれていた』のがどういうことかもう少し詳しく教えてくれないかな」

「尾けまわされていました。俺をからかって、尾けまわしてる奴らがいた。それから声を聞いた。

部屋に誰かがいると感じていました」
「信仰心はあるか？」警官が訊いた。
「あります」ブライアンは答えた。「五日前、あれは悪魔に取り憑かれていたと気がついたんです」

後に事件報告書でティモシー・ハイタワー巡査は以下のように述べている。

　彼は自分が両親を殺したことを誰かに話すことにこれ以上耐えられなくなった……両親を撃った動機については、悪魔にやらされたという説明しかできず、自供は神の指示だと語った……彼はさらに悪魔の手先である陰謀人のグループに尾行されていると信じていたとも報告されている……事件は二週間ほど前のことだったと彼は考えている。一二口径のバックショットを装塡したショットガンで撃ったと言った。悪魔に取り憑かれていたと言っている。自分の両親を殺すことによって罪を犯したが、いまは彼に語りかけてきた天使によって赦しを得たと信じていると述べている。

　ハイタワーはメリーランド州警察に電話をかけた。一時間もしないうちに折り返し電話がかかってきた。送還許可を得るまで容疑者の身柄をポート・セント・ジョー警察署で拘束しておいてほしいとメリーランド州警察から依頼された。ブライアンの車は消防署に保管し、犬の調教師がオニキスを迎えにきた。ブライアンはオニキスと離れたことで深く傷ついた。オニキスはほんの子犬の頃から彼になついていて、一番の親友だった。この犬はすべてをブライアンと共に経験してきたのだ。

ハイタワーは報告書にこう書いている。「彼は自分が両親を殺したことより犬が警察によって保健所に連れていかれることのほうにショックを受けていたようだ」

ブライアンはポート・セント・ジョー警察の留置場で四日間を過ごした。メリーランド州は多くの州と同じように受刑者や逃亡犯の長距離移送を外部に委託している。四日目にハイタワー巡査は民間営利団体の移送会社係員にブライアンを引き渡した。二人の男性係員はブライアンを外に連れ出すと、手錠をかけ、腰と足首に鎖をつけ、スモークガラスのバンの扉を開くと鉄格子の着いた後部部分に乗り込ませた。バンにはすでに五人の受刑者が乗っていて、息が詰まるような暑さの中、すし詰めになって座っていた。エアコンはなく、快適に過ごすことも眠ることもできないし、もちろんトイレもない。メリーランド州に着くまでには二週間かかる。まず北へ向かって、ミシシッピ、アラバマ、テネシー、イリノイ、ミシガンでそれぞれ囚人を乗せたり、降ろしたりする。それから東に向かってオハイオに行き、そこからまた北に向かってニューヨークへ、それから南のメリーランドまで、ペンシルヴェニアとデラウェアを経由して向かう。

バンは一日に二回、マクドナルドに立ち寄る。後部にいる男たちは鎖を解かれ、店内に入って、トイレに行くことを許され、チーズバーガー二つと大きなサイズのソーダを与えられる。夜になると彼らはその土地の拘置所に収容される。受刑者の一人はとても若く、容姿がよかったので、警備員の一人がにやにやしながら、ワセリンを一壜《びん》買っておくといいとその受刑者に言っていた。

収容所での夜は、蓋《ふた》のないトイレがある大部屋でみなで一緒に眠った。一番ひどかったのはミシシッピの収容所だ。地下にある、まるでダンジョンのような約一二メートル四方の部屋で、一軒家のガレージぐらいの広さしかなかった。壁に作り付けの檻に入った白黒テレビがあるが、一つのチャンネルしか映らない。元からいる囚人が、自分はこの十年間、弁護士さえもつけてもらえずこのダンジョンに閉じこめられていると言い、ブライアンに助けてくれと懇願した。彼はここで死ぬのを恐れていた。ブライアンは助けたかったが、できることはなにもなかった。その囚人の名前をメモしたくても鉛筆さえ持っていなかった。

メリーランドに着くと、係員たちはブライアンをロックヴィルの近くのセブンロックスにあるモンゴメリー郡拘置所に連れていった。ここで警備員たちは彼の手錠をはずし、オレンジ色のジャンプスーツを着るようにと渡した。収監房が並ぶ長い廊下を連れられて歩いていくとき、テレビでニュースが流れていた。ブライアンはアナウンサーが自分の名前を言っているのを聞いた。見上げると自分の顔が画面に映っていた。彼の逮捕と送還は地元の重要ニュースとして扱われていた。ほかの囚人たちがどう思うか、彼にはわからなかった。すごいと思われるのか、それともこのせいで攻撃されるだろうか？

どちらにしてもたいした違いはない。囚人たちは次から次へとこの拘置所にやってきては、どんどん出ていく。敵も友も作る機会がなかった。彼はここに誰よりも長い三カ月半いたが、裁判の件を円滑に進めるのは難しかった。ブライアンは自分では弁護士はいらないと思っていた。自分のしたことはわかっている。犯行の重大さも、自分の責任であることもわかっていた。刑務所に服役する覚悟はできていた。しかし周囲の人たちは意見が分かれていた。

両親殺害のニュースを聞いたとき、兄と姉たちの反応は複雑だった。ジョージ・ジュニアとキャロルは非常にショックを受け、ブライアンに腹を立てていたが、キャシーとマルシアは二人とも動揺はしたものの、ブライアンが深刻な病気であることを理解していた。弟は正常な精神状態ならそんなことはできないと二人は知っていたのだ。それに筋は通っていないかもしれないが、ブライアンが両親を撃ったのは、彼にとっては慈悲の殺人だったのではないか、ブライアンはドロシーを苦しみから救おうとし、父親はブライアンを止めようとして撃たれたのではないか、と二人は考えていた。。

二人はブライアンの行動を理解しようとするなかで、両親の死をひどく悲しんではいたが、ジョージとドロシーが彼ら子どもたち全員を肉体的にも精神的にも虐待してきた事実のせいで複雑な気持ちだった。彼らは多くの意味でひどい親だったし、無傷で逃げられた子どもは一人もいなかった。みな大人になってもその傷を抱えている。ブライアンはまるできょうだい五人の代表になって、長いあいだ抑圧されていた怒りを示したかのようだ。しかし一方でキャシーとマルシアは両親が子どもたちを愛していたことも知っていた。ジョージとドロシーは恐ろしい人間ではなかった。二人とも混乱し、圧倒され、親になるために必要な資質を備えていなかっただけなのだ。単なる善悪の問題ではない。もっと複雑なのだ。

当時サウスカロライナ州に住んでいたマルシアは車でキャシーのところにやってきた。そして姉妹二人で自分たちの家庭ではなにがおかしかったのか、なぜ誰もブライアンの行動を当局に知らせなかったのだろうと話し合った。ブライアンの犯罪は、兄と姉四人も共有している苦しみが大きくなった末の行動だったと言い合った。毎日ドロシーを訪問していたホスピスのスタッフについても疑問を話し合った。彼らは事態がここまで悪化しているのに気づいていただろうか？家の中はめちゃくちゃで、ブライアンがショットガンを持って歩き回っていたことには。

姉妹はベテランの被告側弁護士マーク・ヴァン・バヴェルに弁護を依頼した。バヴェルははじめてブライアンに会ったときのこと振り返り、「とてもさわやかな青年」だが、「あきらかに精神が異常だった」と語った。ヴァン・バヴェルは拘置所の弁護士との面会用の個室でブライアンと話し合った。「彼は両親を殺したのは悪魔に取り憑かれていたからだと話してくれました。彼は奇妙な行動を取り、ショットガンを手に家の中を歩き回っていた。恐ろしい危機が爆発寸前になっていたことに両親がなぜ気がつかなかったのか私にはわかりません。拘置所で私は彼と話すことができましたが、彼はつねに建物内の音や騒音に気を取られ、それらが悪意によって起こされているものと解釈していました。エアコンの音やドアが閉まる音とかそんな物音です。彼はそれが自分を監視している人々や機器によって起こされている音だと思っていたのです」
ブライアンの友人キューは父親のレストランで働いているときに、やってきたマスター・キムからブライアンの事件を聞いた。「みんなでいったいなにが起こったのかを理解しようとしました」キューは言った。「ものすごくショックでした。最初は信じられなかった。なにかの間違いだと思った。僕が知っている彼はそんなことができる人じゃなかったんです」

統計によると両親を殺した子どもが再び殺人を犯すことはほとんどない。彼らの恐怖や怒りの対象はもう死んだからだ。両親を殺した青少年に関する経験に基づいた分析を幅広くおこなった犯罪学者キャスリーン・M・ハイデの調査によると、ブライアンの犯罪は典型的な親殺しだという。ハイデはこう書いている。「家庭内で起こった殺人はショッキングで不穏なものだが、珍しいものではない」アメリカ国内だけでも、毎年三百件以上の親殺しの殺人事件が起きている。ほぼすべてのケースがブライアンの家庭のような機能不全と共依存を抱えた家庭で、長年片方あるいは両方の親による身体的虐待、言葉による虐待、ときには性的虐待がおこなわれた末に親殺しが起こっている。親殺しは子どもが追いつめられ、押しつぶされ、絶望したり、どうしていいかわからなくなったりして限界を越えたときに起こることが多い。とても耐えられないような状況に対する絶望の末の反応なのだ。

統計的に多い犯人像は、一〇代後半か二〇代はじめの男性で中流家庭出身の白人、きょうだいや親の一人を殺した場合は残ったほうの親の無意識の望みを実現させた形で殺している可能性がある。多くの者が平均以上の知性を持っている。孤独である場合が多く、友達はあまりおらず、一番よく使われる凶器はその家に元からあった銃だ。

こうしたケースでは犯人は虐待の被害者であるか精神を病んでいるのかのどちらかだ考えられることが多い。まるでその二つが同時にあてはまることはないというかのように。ハイデが調査した多くの例では、子どもは助けを求めたり、その状況から逃げだそうとしていたが、失敗したり無視されたりしている。親殺しの犯人の多くは人とのつきあいが少なく、友達はいたとしても少ない。家族にはアルコール依存症やドラッグ濫用の前歴がある者が多く、被害者の死が一時的にせよ、犯人にとっての救いになっているケースがほとんどだ。事件後に犯人が精神疾患と診断されることも多く、なかでも一番多いのは統合失調症だ。じっさい、この二つはとても関連が深いため、親殺しは「統合失調症的な犯罪」と呼ばれている。

激しい虐待の最中に親を殺したケースもあるが、多くは親が無防備な状況にあるときに殺害している。部屋に入ってきたところ、テレビを見ているとき、料理しているところを背後から、ベッドで眠っているときなどだ。こうした親の平均年齢は五〇代半ば。多くのケースで犯人は犯行時、解離の状態にあったと報告されることが多い。のちに犯行を思い出せた場合も、非現実的で夢のようなとか、あるいはあいまいななど、まるで他人に起きた出来事のように感じるようだ。

親が本当は死んでいないと信じていたり、親を恐れつづけている発言をしたり、自分の犯行について話したがらないことも多い。これはPTSDの症状であるが、反省のなさや冷淡さの表れだと誤解されることが多い。

モンゴメリー郡の検察官ジョン・J・マッカーシーはブライアンの精神鑑定書の提出を要求し、マーク・ヴァン・バヴェルは同意した。鑑定は一九九二年七月に精神科医ローレンス・ライフマンによっておこなわれた。内容は三時間の構造化面接といくつかの精神分析の検査だった。一九九二年七月二九日付けのドクター・ライフマンの最終報告には次のような所見が述べられている。

［ベクトールド氏は］工作員が実家の部屋に侵入してきているのに気づいた……彼によるとこの工作員たちは他の惑星から来た存在で、人々の思考を解析し、支配することができる……彼はほとんどの時間を自室で過ごしていた。部屋から出ることはほとんどなかった……ごみだらけの中で暮らしていて、魔除けのために自分のまわりを囲むように尿を詰めた容器を並べるという奇妙な儀式を執りおこなっていた……彼は両親が彼の夢の内容を知っていると信じていたと述べている……彼は自分はつねに自分をだまそうとしてくる悪魔と戦っていると考えていた……黒魔術を避けるための、水に関わる、鏡にワックスを置く儀式がある……逮捕から数日のあいだのことについて、ずっと起きていられなかったら「なにか悪いこ

とが起きる」と考えていたと語った。

ドクター・ライフマンの鑑定書によると、ブライアンは「精神疾患、特に妄想型の統合失調症」を患っていて、供述している犯行時に「自身の行動の犯罪性を認識する能力と自分の行動を法律の範囲内におさめる能力が事実上なくなっていた」。

一九九二年当時、統合失調症と診断されるのはがんと診断されるのと似たようなものだった。慢性の脳疾患であり、寿命が二十年は縮まると考えられていた。しかし現在までに、「統合失調症」とは単一の疾患ではなく、脳の複数の機能不全が集まったものと理解されるようになった。遺伝的に多少の異常があっても、環境的な要因がなければ、特に脳がまだ発達段階にある幼少期と思春期に非常に強いストレスを受けなければ発症しない。さらに最近ではこの分野の研究では統合失調症が独立した疾患であるかどうかにも疑問が持たれていて、「統合失調症スペクトラム障害」と分類し直されている。この新しい分類では、思考の混乱と談話心迫が軽度の特徴的な症状である。重度の場合は通常、ブライアンのように、妄想、幻覚、躁状態を伴う。さらにもっと最近では、統合失調症という診断名の使いやすさや妥当性は患者支援の活動家や精神医療従事者に強く疑問を投げかけられている。彼らはその診断名は妥当でも信頼できるものでもなく、「統合失調症」とは単にほかのカテゴリーに当てはまらない深刻な精神障害すべてに使える名前になっていると主張しているのだ。

ブライアンが知るかぎり、彼のきょうだいにも両親にも統合失調症と診断された者はいないが、精神障害を患った者は父母どちらの家系にもいる。しかし統合失調症においては、遺伝形質も要因の一つではあるものの、それだけでは発症しない。出生時のトラブルや幼少時の神経系統へのウィルス感染、トラウマになる出来事、マリファナの常習、強いストレス、さらには猫の糞に棲む寄生虫への曝露など、複数の要因が重なって起こる可能性がある。統合失調症と診断された多くの人と同様に、ブライアンの場合も原因は特定されていない。

ブライアンの診断についてドクター・ライフマンは、「犯行時に責任能力はなかった」としている。結果として、マーク・ヴァン・バヴェルは弁護側の精神科医を依頼する必要がなくなった。「検察側の精神分析医が［ブライアンを］NCR（not criminally responsible 刑事責任能力なし）と鑑定したので、こちらはそれにのっとって弁護を進めていく。そういう状況であったのは非常に明白だからだ」とヴァン・バヴェルは振り返っている。一九九二年一〇月八日にモンゴメリー郡控訴裁判所で審問が開かれ、ブライアンは陪審による裁判を受ける権利をみずから放棄した。一一月三〇日、判事ジェームズ・マッケナはブライアン・ベクトールドをメリーランド州保健精神衛生局のクリフトン・T・パーキンス病院センターに収容するという裁判所命令を出した。そこはメリーランド州唯一の最重度の警備に守られた司法精神科施設で「入院患者のケアと治療をおこなう組織」であった。

6
「フォーカス・オン・フィクション」

メリーランド州における精神科病院の差別廃止実現に貢献した有力な精神科分析医の名前を冠したクリフトン・T・パーキンス病院センターは通常、パーキンスと略して呼ばれている。三五〇人分のベッドを持ち、いつも満員だ。患者のなかには重大な犯罪を犯した者もいて、責任能力の有無や裁判を受けられる状態であるかどうかを鑑定するために収容されている。また、刑務所やメリーランド州のほかの精神科施設から、暴力的で攻撃的な行動のために送られてきて、措置入院させられている者もいる。大半は裁判に耐える能力がないと鑑定されたり、精神疾患の影響下で犯した罪で有罪になったりした者たちだ。

一九五九年に建てられたパーキンスは、特徴のない赤煉瓦造りの建物だ。ボルティモアとワシントンのちょうど間ぐらいにあるジェサップから南に一・六キロメートルほどの場所、ハイウェイから少し引っ込んだところにある一八ヘクタールほどの敷地にある。ジェサップは倉庫や貯木場や工業用倉庫がある港に近い田舎町だ。重警備の精神科施設はどこも同じだが、パーキンスはスタッフが患者の個室以外のすべての場所を常に監視できるように設計されている。個室は首吊り自殺のリスクを最小限にするようにできている。脱走の恐れがあるので建物の外にもよくできた監視システムがあり、出入りができる箇所は限られている。

二〇一三年四月、私はボランティアとして、パーキンスの患者向け読書会を主宰しはじめた。会の名前は「フォーカス・オン・フィクション」（必ず「依存症《アディクション》」と聞き間違えられる）。「中等度から高度」の機能を持った患者が対象であり、「患者の生活を一般生活に近づけ、落ち着いた雰囲気を作り出し、退屈と暴力を減らすのを助ける」ことをめざしている「フォーカス・オン・フィクション」の例会は二〇一三年はじめから二〇一六年の半ばまで、二週間に一度おこなわれた。「フォーカス・オン・フィクション」は治療のためのグループではなく、参加は自由だった。それでも患者の多くは、ある人の言葉を借りると私には「ファイルにコメントを書き込む」権限があると信じていた。私はそんなことはないとはっきり言ったが、信じてもらえたかどうかわからない。たとえばあるとき、頭がよくて想像力の豊かなピーターに、次の週のディスカッションのテーマにするため短編小説を書いてもらえないかと訊くと彼は怯えていた。「そんなの冗談だろう」彼は言った。「そんなことしたら、絶対、私に不利なように使えてしまうし、じっさい必ず使われる。あなたはわかっていないんだ。奴らはここではすべてのものを深読みするんだ」ほかの複数の患者もディスカッションに参加しないのは、なにかの発言のせいで面倒なことになるのを恐れているからだと言っていた。メモを取ったりしない、と私がどれだけ保証しても彼らの反応は変わらなかった。

患者のなかには発症したときに大学生だった者もいて、彼らはあきらかに知的で、自分の考えをはっきりと表現することができた。一方で、虚ろな目をして口を開き、一言もしゃべらない患者たちもいた。こうした患者たちがどうして毎回出席してくれるのか、私にはよくわからなかったが、彼らの大半はちゃんと出席してくれた。どちらにせよ、参加者はそのときによって変わった。もっとも熱心な参加者でも、仕事や病棟のグループ、裁判、投薬などさまざまな理由でしばらく来られないことがあった。

著者。パーキンスにて（2013年9月）

毎週、私は次の回の準備として短編小説のコピーを患者たちに配るが、一五人ほどいるメンバーのうち読んでくるのは三、四人だけだ。残りの人たちは忘れてしまうか、時間がなかったとか、コピーをなくしたとか私に言う（ありえない言い訳に聞こえるかもしれないが、ホチキスを使って綴じることは許されていなかったので、ありえなくもない）。通常は筆記用具を使うことも許されないのだが、我々は「ショーティー」という小さな、曲がるボールペンを使うことは許されていた。こうしたことやその他の障害などのせいで、我々は結果的にそれほどフィクションだけに集中《フォーカス》することはできなかった。

ブライアンは第一回のミーティングからのメンバーだった。私は彼を頭がよくて上品な言葉遣いをする礼儀正しい男性だと思った。愛想がいいが、目立つ場所に立つのは好まないタイプのように感じた。当時の彼は四〇代後半でがっしりとした体格、豊かな茶色の髪を真ん中で分け、耳の上を刈り上げていた。人を惹きつける明るい青色の目をしている。そのまなざしは真面目で落ち着いていた。私は彼の熱心さや知性やユーモアのセンスに興味を惹かれた。グループの中であまり自信がない参加者を励ます姿勢も立派だと思った。彼は特に一九歳のヒスパニック系の女性ティアに優しかった。ティアは責任能力の鑑定のためにパーキンスに来ていた。

ティアは一緒にいるのが楽しい女性だった。いつも課題を読んできたし、いつも自分の意見を持っていた。おしゃべりで元気がよくて、歳よりも幼く見えるのは、愛嬌があって開けっ広げな性格のせいかもしれない。自分が体重や容姿を気にしていることや、病院の服装規定に苦労していることを話題にしていた（お気に入りのUGGのブーツを持ち込めないと言われたときにはとても憤慨していた）。さまざまな制約の中でもいつもきれいにしていた。見るたびに違う髪型にしていて、夜髪を濡れたペーパータオルで巻いてカールさせる独創的なやり方を説明してくれたこともある。

ティアは表面上は楽観的で生き生きとした社交的な女性だが、もちろんそれが彼女のすべてではない。彼女の陽気な性格は本物だが、苦しみを隠すためのものであるのもたしかだ。ティアはパーキンスの多くの患者と同じように、恐ろしい犯罪の裁判に耐えられるかどうかを鑑定されているところだ。産後鬱の状態で、新生児だった息子を発作的に殺してしまったのだ。そのうち、その張り詰めた精神状態がうかがえる出来事があった。あるとき、看護師に付き添われて「フォーカス・オン・フィクション」にやってきたのだ。彼女は看護師を「私の〝マンツーマン《一対一》〟さん」と紹介した。これは患者を一日じゅう常に監視するという役割だ（二対一やさらには三対一も聞いたことがある）。つまりティアは実際に自殺の危険があるとして監視されていたのだ。それでも彼女の「マンツーマンさん」は頭の硬い人ではなかった。読書会がはじまると、ティアのお付きの人はセレブのゴシップ雑誌とガムを一枚取り出し、椅子の背にもたれるとくつろいでいた。

　あるミーティングのときに、架空の伝記の形式をとったある短編小説について話し合ったあと、私は参加者たちに自分たちの伝記を書いてみてくれないかと言った。制約を一つ設けた。六語以内で仕上げなければならないと。ティアの作品は刺激的で彼女の本質をついていた。「大きな夢。ダンサー、女優、美容家、看護師（Dream Big: Dancer, Actress, Cosmetologist, Nurse）」この数週間後、彼女は殺人の裁判を受けられると鑑定された。その後出た判決は懲役一五年だった。

　ティアが退院した翌日、私は「フォーカス・オン・フィクション」の後、残ってしばらくブライアンと話をした。私はこの時点では彼のことは名前と病棟しか知らなかった。私たちはティアの話をし、彼女がいなくてどれだけさみしいかと語り合った。彼女は読書会にとてもたくさんのエネルギーをもたらしてくれた。彼女がいなくなったらだいぶ変わってしまうだろう。ブライアンは彼女に好意を持っていたことを認めた。実際、自分の恋人になる気はないかと訊いてみようと思ったが、彼女がまだ一九歳だと知ってやめたという。ブライアンはこのとき四八歳だった。「私には若すぎた」彼はそう言ったが、残念そうだった。「一九九四年生まれなんだよ。信じられない」

「一九九四年にあなたはどこにいた？」私は訊いた。

「ここ、パーキンスにいた」ブライアンは答えた。「いまよりも退院に近い状態だった」

ということは、彼は二十年以上パーキンスにいることになる。私は驚いた。彼は安定していて、分別があり、知的だと感じられたからだ。二十年以上も閉じこめられるなんて何をしたのだろうと思ったが、本人に訊くのはためらわれた。患者が自分の犯罪について語ることはほとんどなく、患者同士でもその話はしない。彼らはいまいる病棟とか、警備のレベルとか、飲んでいる薬とか、パーキンスに来てどのくらいになるかなどを話題にしていて、互いに相手の犯罪について訊いているのは見たことがない。なによりもこの話題を持ち出すのはかなり遠回しな言い方でも危険だ。それどころか私の知るかぎり、セラピーの面談で犯罪についてふれる場合も、現在の症状や投薬の調整に重点をおいて話すようだ。最初私はこのことに戸惑った。この病院にいる患者には、私の読書会のメンバーのなかにも、地元では大々的に報道されたり、ときには全国メディアにも報じられるような有名な事件を起こしている者がいるし、テレビを観るのは患者たちの日々の主な活動なのに。おそらく患者たちはメディアで報じられている事件と病棟にやってきた新入りの患者を結びつけることができないのだろう。それはありえないことではない。私だって警察のホームページの容疑者の顔写真コーナーで見た、興奮した目つきをして、髪が乱れていて、危険な感じの凶暴な犯人と物静かで礼儀正しい善人である読書会のメンバーを結びつけるのが難しいことはよくある。

「フォーカス・オン・フィクション」の会の前後にそれぞれの参加者と話すときに、最初の頃は病院に来たきっかけを訊くこともあったが、すぐに本人に訊くのはいいやり方ではないと気づいた。彼らはものすごく簡略化した答え方をする。個人的な事情をはぶいて、すべてを即物的な数語で表すのだ。「ドラッグで深刻な問題を抱えていた」「産後鬱になって」「精神崩壊で」「父親に殺されそうになった」「薬を持ち逃げして警察に逮捕された」

こうした要約はそれ以上質問されるのを避けるための方法だと私は知った。ティアの楽観的な六語の自伝のように、こうした省略版の説明は彼らの精神科の記録ファイル（その中では彼らは危険な病気だと書かれている）や検察側の主張（彼らを邪悪な怪物として述べている）とは別のバージョンなのだ。患者自身によって改訂された表現では、彼らのかつて希望に満ちていた人生は恐ろしい病気が突然おそってきたために中断したと表される。最初、私はこうした自分を正当化するような改訂について深く考えていなかったが、後に事実をこのように理解するのは自然で健全な見方なのだとわかった。人はみな自分自身について、特に自分の過去の行動、自分の失敗を矮小化したり、成功を際立たせるために都合のいいことだけを選んだり、抽象化したり、ゆがめたりして思い描いているのではないだろうか。そしてこの自己像をいったん作り上げてしまうと、それを守ろうと強く思う。他人はそれほど好意的に見てはくれていないのに。じっさい、我々は世間一般が共有する「成功した人生」の概念から離れた状況になればなるほど、自己像を守らなければという強いプレッシャーにさらされる。

だからこそ、私がブライアンに彼の犯罪について訊いたときの、彼の答えは珍しかった。彼はありのままの事実をそのまま答えたのだ。「私は両親を殺した」

一年ほど後、ブライアンはクリフトンズ・コーナーという病院内の共有スペースでの仕事を任された。ここでは患者たちがのんびり過ごしたり、コーヒーを飲んだり、テレビを観たり、ボードゲームを楽しんだりすることができる。ブライアンは仕事の時間が重なるので、「フォーカス・オン・フィクション」に出席できなくなった。そこで私は読書会の後、彼に会いにクリフトンズ・コーナーに行った。彼がコーヒーを淹れてくれ、私たちはしばらく一緒に過ごしておしゃべりをした。ブライアンに対する私の印象はずっと変わらない。彼は病院の中でも外でも、私の知るどんな人と比べても精神的に不安定に聞こえる発言をしたことがなかった。後に、私は彼と電話で話すようになり、私が読書会の主宰をやめた後は、訪問者として彼に会いにくるようになった。私たちの話題はだいたい彼の現状について、彼の友達や患者仲間のこと、病院での生活でばかげていると思うことなどについてだった。ときどき私は自分の話もした。彼の子ども時代や過去の思い出について話すこともあった。彼の話はいつも要点を押さえてわかりやすく、筋が通っていて、名前や詳細も驚くほどよく覚えていた。彼はいつも頭がさえていた。強い皮肉のセンスがあったし、その心は生き生きとして豊かだった。精神を病んでいるようにはまったく見えなかった。彼のリスク評価や精神鑑定に書かれているような、顕在性の精神症状も、攻撃性も、妄想も鬱積した暴力性ももちろん見たことがなかった。

精神疾患は創造性と結びついていることが多い、というよりも文化的な神話ではそう語られている。ブライアンはたしかに創造力が豊かだが、通常言われるような果てしない想像力を持っているわけではない。彼は何度も知能を検査されるたびに「平均を上回る」という結果が出ているが、絵や詩の才能があるわけではない。熱心な読書家や執筆家でもない。彼の創造性は、実用的で目に見える形の、将来特許を得たいと思う発明などのような現実的なものに発揮された。その一方で愛想がよく、礼儀正しく、温厚だが、精神科分析医とのやりとりでは論理的でないと思う会話をし、決して手に入らない報酬を求めて苦労しつづけなければならない日々のなかでは、穏やかではいられないときもあった。

私は最初、ブライアンがこんなにも長いあいだパーキンスにいるのは、彼の犯罪がそれだけ衝撃的なものだったからだと思っていた。彼は実家で、日常生活を送っているなかで父母の両方を殺した。両親を殺すのはイメージ的にはどちらか一人の親を殺す場合の二倍悪いわけではない。それよりもはるかに悪いのだ。家族の実態は変わってきているのに、アメリカではいまも神聖なものとして扱われ、子どもが自分を生み出してくれた親の命を奪ったと聞くと人々はいつも衝撃を受ける。親殺しがショッキングなのはほかのタブーと同様に、我々が自分たちの両親に対して抱いている不安定で矛盾した感情を思い起こさせるからだ。タブーはけっきょく、我々のもっとも強い願望の反動なのだ。

しかし私はすぐに、パーキンスには家族を殺した者がブライアンのほかにもたくさんいることを知った。じっさい、入院患者のなかではとてもよくある犯罪だった。一九八二年、妄想型統合失調症と診断された当時二一歳のH・Hは、母親とおばとおじと祖母を殺した後に映画に行っていた。彼は九年後にパーキンスを退院している。一九九〇年、一九歳だったR・Sはライフルで父親を射殺した。彼は一〇年後に退院している。一九九一年に同じモンゴメリー郡の二〇歳のJ・Kは父親と継母を殺した。父も継母も著名な医師で、家族で暮らす自宅で料理を作っているところを殺された。J・Kは一四年後に退院している。一九九四年一月に母親を鈍器で撲殺した二二歳のT・Sはわずか三年後にパーキンスを退院している。一九九六年に四九歳だったD・Lはベセスダの自宅で年をとった両親を射殺してたてこもり、警察と四八時間のにらみ合いをしたが、六年後にパーキンスを退院している。二〇〇三年に二五歳だったG・Oは拳銃で継父を射殺し、一三年後にパーキンスを退院している。こちらも二五歳のB・Hは二〇〇一年に母親と家族の友達一人を棒で殴った後に刺殺した。彼は一二年で退院している。二〇〇八年には二二歳のC・Tがリクライニングチェアで新聞を読んでいる継父を野球のバットで撲殺し、その後同じバットで飼い犬も殺した。彼は八年の入院の後パーキンスを退院している。私はこの患者たちの退院が正当ではなかったとか、早すぎたと言いたいわけではない。ただブライアンの犯罪はパーキンスではまったく珍しいものではないのだ。

ブライアンはいつも自分は精神病ではないと語っていた。もちろん自分の精神は正常だと言う人がみな正しいとは限らない。じっさい、統合失調症の患者の約五〇パーセントには自分の精神には問題がないと誤って信じるという症状がある。これは病態失認と呼ばれる症状で、精神病から生じる副産物だ。それでもブライアンの言葉が納得できるもので、筋が通っていると思う者は私だけではなかった。二〇一六年、ブライアンはレオナルド・ハーツベルグの鑑定を受けた。ハーツベルグはベテランの司法精神科医で、ブライアンの公設弁護人が、近くおこなわれる審問で弁護側の証人として証言してくれるだろうと考えて依頼したのだ。ハーツベルグ博士は二〇一六年に二回、二〇一八年にも二回、ブライアンに会っている。博士はブライアンには「精神病的な思考はなく」、偏執性でも妄想型でもなく、統合失調症の徴候も統合失調感情障害の徴候も見られないと述べている。「合理的な確信を持って」、「ベクトールド氏は社会に戻ったとしても、彼自身にも他人にも危険にはならないと述べるのが私の仕事だ。ほぼ一二年のあいだ、基本的に彼の挙動は安定している」。

あるとき、ブライアンは闇取引で手に入れていたコーヒーが切れてしまい、仕方なくカフェイン抜きで過ごすことになった。これは悪くなかったかもしれないと彼は考えている。二カ月半のあいだカフェインなしで過ごすと、頭がはっきりしてきたという。しかし自分が置かれている状況では、頭がはっきりしているのはいいこととは限らないと気づいた。その結果、「透明人間と椅子取りゲームをする」と言い表した悪夢のような現実に直視せざるを得なくなるからだ。彼はいまや五〇歳に近かった。世に知られた犯罪を犯した患者がパーキンスから毎日退院していく、あるいはそんな気がする。その一方でブライアンは二七年間ここに入院しているのに、まだ退院の検討さえされていないという。彼は完全に途方に暮れていた。自分がなぜ不公平な扱いを受けるのか彼にはわからなかった。私にもわからない。私はこの謎を解きたいと思った。そのためにはブライアンの犯罪、彼の病気、重警備の精神病院での彼の生活をできるかぎりすべて知らねばならない。

7 第八病棟

広く言われていることとは違って、「心神喪失状態のため無罪」の訴えがじっさいになされることは非常に少ないし、刑務所を出るのが目的なら簡単な方法ではない。八つの州での調査では、すべての裁判記録中この訴えが使われているのは全体の一パーセント以下で、使われた場合も成功率はわずか二六パーセントだ（さらに、成功したケースの九〇パーセントの被告は事件より前に精神疾患の診断をされていた）。精神科の病院に収容されると、法によって、被告は社会に復帰しても危険がないと判断されるまで病院を出てはならない。それまでにどんなに時間がかかっても。無期限に司法精神病院に入院しつづけている者は多数いる。彼らのその後を追跡している連邦機関はない。彼らがどんな理由でどれだけのあいだ閉じこめられているかの記録もそれを管轄する機関もないのだ。「この場所が最悪なのは無期限にいなければならないということだ」ディーンという患者は話してくれた。「いつになったら出られるのか、そもそもいつか出られるのかどうかもわからない」

いまでも「心神喪失状態のため無罪の申し立て」について人々が話をするとき、多くの州では「刑法上は精神異常」という言葉は使われなくなった（法廷における一般規則で「精神異常」という言葉は使われなくなった）。かつてなら「精神異常により無罪」とされた人物はメリーランド州のほか多くの州では現在「刑事責任能力がない」とか「NCR（Not Criminally Responsibleの略）」と表される。

しかしその犯罪に関して「責任能力がない」と見なされるのは「無罪」になるのと同じではない。「無罪」は無実の罪が晴らされたことを示唆している。しかし「責任能力がない」のほうはそうではない。その人物がほかの意味ではその犯罪に責任があるとしているのだ。おそらく倫理的には、とか事実上は、とか。法廷が精神疾患にかかっているあいだに――「心神喪失状態」というのはいい言い方だ――犯罪をおこなった人に「罪」はないという結論が出たとしても、多くの人々は善悪とか正邪といった基準で物事を考える。誰かをその人の過去と現在の行動から判断するのは仕方がない。その人が暴力犯罪を犯していたら、「次はいつやるだろうか？」と考えるのは止められないのだ。

つまり犯罪は汚染のように扱われる。そしてパーキンスは少なくとも象徴的には隔離の場所であり、心身の「健康」が混同されている。二〇一七年までパーキンスを管理する組織はメリーランド州保健精神衛生局（かつての名前がいまも法廷の書類やウェブサイトやロゴマークやレターヘッドに使われている）という名称だった。この名前は精神疾患は感染によって起こることを示唆しているようにも読めるし、「不健康」な行動をする人間は病院へ、というイメージを持つ人には、「病院センター」であるパーキンスに犯罪者が送られるのは納得のいくことだろう。この名前だと単なる病院以上のものに聞こえる。実際はそれ以下の、病院と刑務所の中間のようなものなのに。

パーキンスには通常の病院にあると思われるような設備がない（じっさい、深刻な病気やけがをすると、ほかの病院に移送される）。あるのは病棟と小規模の精神科のクリニックだけで、一般医〔専門を持たず複数科を診る医師〕はいるが、レントゲンや超音波やCTスキャンや手術室などはない。普通の病院のような喧騒はないし、消毒薬のにおいさえしない。一般に、病院とは動的な場所であり、常に患者が入れ替わっているものだ。患者の平均入院年数が六年以上であるパーキンスは収容所とか施設と呼ぶべきだ。ここでは物事はとてもゆっくりとしか動かない。毎日は前の日と同じだ。特殊なことがないかぎり。

ブライアン。A&Eテレビのドキュメンタリー番組の「拘束衣を解いて」の回より

刑事責任能力がないと判断されてパーキンスに送られた患者は犯罪者ではない。ここは刑務所ではないが、外から見るとそう間違えられやすいだろう。病院は乗り越えて逃げられないよ

う内側に曲がった塀で囲まれていて、警備のレベル別に軽警備、中警備、重警備と病棟が分かれ、それぞれに複数の病棟がある。重警備の病棟は常に鍵がかけられ、中警備では一定の時間は施錠されていて、軽警備の病棟では常に鍵はかけられていない。病院が建てられたのは一九五九年で、最初は二階建てで重警備の病棟六棟が庭に張り出すように建てられ、長い塀に囲まれていた。一九七二年から一九八四年のあいだに建物が増え、管理センターとリハビリ病棟と八〇床の中警備病棟が加わった。

パーキンスの患者のなかには「裁判を受けられる状態ではない」とみなされた者がいる。私の読書会のメンバーの一人、プエルトリコで生まれ育ったジェレミーは、庭師として働いているときに二件の殺人で逮捕されたのだが、「裁判を受けられる状態ではない」の意味をこう説明してくれた。

「裁判を受けられる状態ではない」としてここに送られてきた患者は、まず裁判を受けられる状態になったと診断されなければいけない。そうなったと判断されるには、投薬指示に従うことも必要だ。それから起訴事実と、裁判長から陪審員から廷吏から保安官補まで、法廷にいるさまざまな人々を理解できることを示さなければならない。そういうことのすべてを理解できると示せたら、そのときはじめて起訴されるために裁判所に行けるんだ。

裁判を受ける能力と犯罪に対する責任があるという判決が出ると、彼らは刑務所に送られる。精神疾患のために責任能力がないという判決が出れば、パーキンスに長く滞在することになる、とジェレミーは説明してくれた。

裁判から一定の時間が経過し、よい状態を観察されたら、重警備の病棟から出られるんだ。中警備の個室でしばらくちゃんと過ごせたら、グループの部屋に移り、投薬の指示を受け入れていれば軽警備の病棟に移れる。軽警備の病棟では二時間の外出ができるようになるから、家族に会ってくることもできる。門限を破らず、行動パターンが変わらず、投薬指示にも従いつづければ、だんだんと時間をのばしてもらうことができて、最長で七二時間まで外出できるようになる。もちろんその後帰ってくるんだけどね。そして監視付きの住宅に住んだり、自宅に戻ったりすることができるようになったと医師が判断するまで、軽警備の病棟で過ごすんだ。

一九九二年夏、ブライアンは最初の鑑定後、第三病棟の新入院ユニットに入れられた。彼は事件前は自分の問題について誰にも話したことがなかった。いまは少しは話している。彼のここまでの人生はとても困難だったが、自分にはこれからまだたくさんの時間があると自分自身に言い聞かせていた。彼はまだ若く、身体は健康で、回復したいという意志があった。精神疾患を卒業して、前に進みたいと願っていた。中断したままになっている大学を卒業し、キャリアを築き、旅行をし、結婚し、家庭を持ちたいと思っていた。罪を犯した責任は感じていたが、前向きな気持ちだった。自分の人生を送ることに喜びを感じ、自分がなしとげたことを誇りを持って振り返れるようになりたいと思っていた。

しかし新入院ユニットで前向きな気分でいつづけるのは簡単なことではなかった。タイルとコンクリートブロックの壁とリノリウムの床という機能重視で色のない建物で、自然光がほとんど入らない。患者たちは廊下をぶらぶらするぐらいしかやることがなかったが、それを埋め合わせるだけの長所もあった。ここは男女混合の棟なのだ。パーキンスには女性患者がほとんどおらず、女性用の新入院棟を別に作るのには人数が足りなかった（女性患者は男性患者よりもトラブルが多いので、人数が少ないことをスタッフはありがたいと思っている）。

ブライアンはパーキンスにきてしばらくして、患者仲間でかわいらしいブロンドのトレイシーと知り合った。彼は知り合ってすぐに彼女に好意を持ち、彼女のほうでもそれは同じだった。二人はセラピーグループの合間に互いを知り合い、たくさんの共通点があるのがわかった。一緒に図書館に行くようになったが、それは必ずしも読書のためではなかった。ブライアンはほかの患者たちから、図書館には本を探す以外の使い道もあることを教えてもらったのだ。本棚の陰でそういうこともできるよ、と。司書のミス・チョンはあきらかに見て見ぬ振りをしていた。

そして一カ月ほどのあいだ、ブライアンとトレイシーはそうしていた。二人は週に二回図書館で会い、静かな片隅を見つけると抱き合った。しかし新入院棟は一時滞在の棟であり、みな長くいることはない。だから二人はあまりに早く離れねばならなくなった。トレイシーは中警備の棟に送られ、ブライアンは重警備に送られた。重警備の棟は八つあるが、彼が送られたのはもっとも制限が厳しい第八病棟だった。

ブライアンは警備員の後について二カ所のドアを抜けて娯楽室に入った。騒音でわけがわからなくなりそうだった。鉄製の柵で守られたテレビはいつもついていて、音量は最大だ。患者たちは叫び、言い争い、独り言を言っている。床で寝ている男がいる。別の男はうつろな目で壁を見つめている。耳の横に掲げたラジオの音楽に合わせて踊っている男がいる。動物園の不幸な動物のように円を描いて歩いている男。きゃしゃな感じの男はささやき声で独り言を言い、両手で奇妙なジェスチャーをしながら、同じ場所を行ったり来たりしている。防護ガラスの向こうのナースステーションから白い手術衣を着て歯が欠けた看護師が疑い深げな目でブライアンを見ている。ガラスにはテープで「許可を得ずに近づいてはいけない」という注意書きが貼ってある。その隣の壁には五つのルールが書かれたポスターが掲げられていた。

性的接触禁止
ばか騒ぎ禁止
他人に触れることは禁止

握手あるいは「ハイタッチ」は一定の状況においてと、長距離の移動の際は許可される
面会の最後の軽いキスは可能

突然、がっしりした体格の男がゴミ箱に襲いかかり、何度も抱えあげては投げ落としはじめた。それに続いて、別のノグゼマ社のスキンクリームをパックのように顔に塗りたくった男が娯楽室を走って横切り、飛び上がるとテレビ台に向かって空手のキックを繰り出した。テレビ台は危なっかしく揺れた。

こんな無法地帯めいた騒ぎが起こっているのに誰もそれに気づいていないようだった。ナースステーションにいるスタッフたちも、揺れるテレビの前にバス停でバスを待つ疲れた乗客たちのように前屈みに座っている三、四人の患者たちも。そのうちの一人は濃い白髭をはやした年配の男で、仰向けに横たわり、頭をのけぞらせ、口を大きく開いていた。後にブライアンは静かに座っている患者たちこそ、この病院でもっとも問題のある患者たちの一部なのだと知った。彼らは薬でぼうっとさせられていないときは、いま蹴っている男や叫んでいる男よりも遥かに危険なのだ。

ブライアンはパーキンスの患者の半数以上が妄想型の統合失調症と診断されていることを知った。この病気はどんな年齢からでもなることがあるが、成人する前後の若いときに発症することが多く、患者は女性より男性が多い。つまりこの病院にはブライアンのような患者がたくさんい

る。聡明で真面目な若い男性で、年齢は一〇代後半から二〇代前半、おそらく大学に行くとか軍に入るなどの理由で最近実家を出たばかり、そして「精神崩壊」、つまり統合失調症のはじまりを知らせる最初の発作のさなかに不可解な事件を起こした人だ。

パーキンスのほかの病棟と同じく、第八病棟は中心部にナースステーションと娯楽室があり、そこから二本の廊下が延びている。それぞれの廊下には大部屋が八室、共用の浴室が一つ、隔離と拘束が必要な患者のための「隔離室《クワイエット・ルーム》」が一つある。この「隔離室」には両側に柵がついた特殊なベッドがあって、手首や足首を拘束するためのストラップや腹部を固定するベルトも備えつけられている。ドアには食事を出し入れするための鋼鉄製の格子でできた窓がついている。

警備員はブライアンの先に立って片方の廊下に進んだ。廊下のビニール製のタイルは古いしみで汚れていた。そしてブライアンは七人の患者と相部屋である彼の部屋に通された。一人につき一台のベッド、小さなチェスト、鍵のかからないロッカーがある。壁はむき出しのコンクリートブロックだった。このとき季節は初夏で、むっとするように暑かった。空調設備といえば、娯楽室にあった小さな窓用エアコンと二本の廊下にそれぞれ一つずつある大きな換気扇だけだった。ブライアンは荷物をベッドに置くと、洗面所に行った。そこにはトイレの個室のドアの下に横たわって、自分の尿でできた水たまりの上で眠っている男がいた。

日々の日課は単純だった。午前六時に警備員（パーキンスでは「精神医療サービス技術員」と呼ばれている）に起こされる。警備員は廊下を歩いてきて、鍵の束でドアをたたく。患者は六時三〇分までには起きて部屋を出なければならない。一時間後の「目標の会」までやることはなにもないのだけれど。「目標の会」ではそれぞれの今日の目標を決める（ほかの患者が設定してくれる目標には「怒らない」、「母に手紙を書く」、「本を一章分読む」、「日記を書く」、「泣かないようにする」などがある）。午前八時、カフェテリアに入る。というより、カフェテリアの外の列に並びはじめる。食事にありつくまで一五分も待つことがよくある。ようやく中に入り、決められたテーブルにつくと――食事の間ほかの棟の患者たちと交流することは禁止されている――小さな箱に入ったシリアルと牛乳パック、トーストやスクランブルエッグが運ばれてくる。食器はプラスティック製で、スプーンなども同じだ。というかスプーンなどではなくスプーンだ。ナイフやフォークは「安全上の理由から」使うことが許されておらず、すべてをプラスティック製のスプーンで食べなければならない。シリアルやスクランブルエッグでは困らないが、スパゲッティや魚やサラダを食べるのは、特に震えがある患者にとっては大変だ。食事のときにひどく散らかしてしまう者もいる。

朝食の後は病棟に戻る。午後八時三〇分、薬が配られる。病棟はこのときだけは静かになる。どういうわけか、薬の配布は聖なる儀式のように執りおこなわれている。会話もささやき声で、まるで不用意に物音をたてると魔法が解けてしまうかのようだ。薬の配布が終わると、入院患者たちは中庭に出てたばこを吸うことができる（この当時はまだ喫煙が許されていた）。朝食後は部屋に鍵がかけられ、彼らは閉め出されるが、病棟を出ることもできない。午前一〇時、病棟のミーティングがある。テレビがようやく一時間ほど消されている。ミーティングではスタッフが患者たちに病棟のルールを再確認させる。コーヒー、紅茶などカフェインの入ったものはすべて禁止。寝室に食べ物を持ち込んではいけない。ほかの患者に触れてはならない。ハードカバーの本は禁止。電話での会話は一〇分以内にすること。武器や自殺の道具に使われる可能性があるものはすべて禁止。ベルト、ストラップ、ロザリオのビーズ、バスローブのひも、バスタオルなどだ。携帯電話、ノートパソコン、バックパック、ナイフ、ペン、財布、ハンドバッグなども禁止だ。持ち込み禁止品のリストには傘、ドライバー、スパイクシューズ、釣り竿などもある（ブライアンは患者が持っていてもいいもののリストを発表したほうが早いんじゃないかと言っていた）。

午後一二時三〇分に昼食。続いて午後一時にたばこ休憩。その後、患者たちは午後三時まで自由に過ごす。ほとんどの患者はテレビの前にだらしなく座っている。居眠りしている者が多い。看護師になにか訊きたいことがあったら、ナースステーションから六〇センチほどのところの床に描かれた線のところに立って、看護師が書類仕事を終えて対応できるようになるまで待つ。ブライアンは看護師が忙しいことも、一日じゅう患者の質問に応えているわけにいかないことも理解しているが、このやり方は患者を下に見ているようで品がないように思っている。

休み時間にやることはほとんどなかった。本が少しあったし、ボードゲームやパズルなどもあるが、あまり使われていなかった。ブライアンは退屈を紛らわせようと電話でキューやキャシーと話したり、聖書を読んだり、トランプをしたりした。彼はすぐにトランプのゲーム「パートナースペード」の王者になった。天気がいい日は外に出て、第八病棟に隣接する舗装された小さな中庭に行くこともできたが、そこでもやることはあまりない。叫んだり、歌ったり、走り回ったり、互いにヘッドロックをかけあったりしている人々に囲まれていると、会話を続けるのも難しい。

午後三時から午後四時一五分は「静かに過ごす時間」で、部屋に戻され、昼寝が推奨されている。午後四時一五分、またたばこ休憩があり、午後四時三〇分には会話のやりとりができる者たちはグループセラピーを受ける。ブライアンは最初このグループセラピーは助けになると感じていた。グループを主宰する二人の精神分析医ジュリー・サッサー・バーゴスとケヴィン・リチャードソンに好感を抱いていた。二人が本当に自分のことを助けたいと思っているのがわかったから、彼らをがっかりさせないようにがんばっていた。グループセッションはきついときもあった。初期の頃には、患者たちは自分たちの犯罪やそこに至った経緯を率直に語っていた。ブライアンは、大変だったが、自分は一人ではないと感じる助けになっていたと振り返る。

午後五時、患者たちは自室に入り、鍵をかけられた後、午後五時三〇分に夕食のため出ることを許される。午後六時、シャワーを浴びて歯を磨き、午後七時、使える金がある者は売店に行って、スナックやたばこを買ったりできる。明日もまた早く起きて同じ日課を始められるように、みな午後八時には就寝することが推奨されている。

時間は決まっていないが一日一度、だいたいは午後に、第八病棟担当の精神科医ハニフ・ゴパラニが患者一人ひとりと彼のオフィスで一〇分ほどの面談をする。彼はいつも忙しかった。ブライアンはパーキンスの医師たちの中には病院外で診療をおこなっていたり、ジョンズ・ホプキンス大学とかどこかで教える契約をしていたりする者もいるのだろうと考えていた。最初、ブライアンは自分の担当医とあまり長く話せないことにがっかりしていたが、すぐにそのほうがありがたいと思うようになった。ゴパラニ医師が病棟にいるあいだ、患者たちは彼に近づいたり、話しかけたりしてはいけなかった。それでも医師はいつもできるかぎり早くに面談を切り上げ、「事務作業」や「研究」のためにオフィスに閉じこもっていた。

定期の面談でブライアンはゴパラニ医師が彼の話をまったく聞いていないようだと感じていた。医師は(のちに自分のカルテを見て知ったのだが)、目を合わせるかどうかとか声のトーンとか顔の表情など「症状の表れ」と考える身体的サインにだけ注目している。ブライアンが病棟のミーティングに遅れたり、考えを話さなかったり、食事を抜いたり、いらいらしているように見えたりすると、すべては異常を示すものと解釈されてカルテに書き込まれる。医師との面談は無意味どころではなく、実際に自分の退院のチャンスを減らしていて有害だとブライアンは思うようになった。

幸いなことにゴパラニ医師はブライアンの治療チームのメンバーの一人に過ぎない(もっとも重要なメンバーではあるが)。チームは看護師、ソーシャルワーカー、心理士、セラピスト、カウンセラー、グループを運営する補助スタッフなどから成っていて、警備員まで入っていることとさえあった。治療チームと月に二回、ブライアン本人も含めてミーティングがあり、彼の「個人治療計画」について話し合う。彼のスケジュール、参加するグループ、計画、目標、感情の安定度、セラピーの進度、そしてもっとも重要なのが投薬について、あるいは薬を飲んでいないことについて。

この頃のパーキンスでは主治医が処方した薬はなんでも飲むように強く推奨されていたものの、病棟でおとなしくしているかぎり、強制はされなかった。そしてブライアンはおとなしかった。彼は最初から医師に鎮静剤や抗精神病薬は飲みたくないと伝えていた。彼はこの数年間でいちばん精神が落ち着いていると感じていたから、それを維持したかった。ブライアンはゴパラニ医師がそのことに腹を立てていると感じることがあったが、その理由はわからなかった。

第八病棟には専属の心理士とソーシャルワーカーとアートセラピストがいるが、病棟の営業時間終了後は看護師と警備員しか残らない。夜勤のスタッフたちはよく夜に、体格のいい患者に後を任せて、どこかへ行ってしまう（酒を飲みにいくとブライアンは聞いている）。任された患者はすぐに暴力的な罰を加えたりして楽しんでいた。スタッフがいるときでさえ、暴力は驚くほど当たり前になっていた。警備員たちは患者たちがけんかしていても決着がつくまで何もせず、座って見ているだけだった。人々は手当たり次第に互いを攻撃していた。あるときリー・トロッターという患者が木製のテーブルの大きな脚を素手で引き抜くと、それを武器のように振り回した。ゴミ箱にボディスラムをかますのが好きなダンテ・ヴァナブルはあるとき沸騰している湯をやかんから直に飲み、顔と口に火傷を負い、「炎の湖」を飲み込んだと主張した。

ブライアンが第八病棟にやってきた日にトイレで眠っていた男、ヘクター・クレイヴンは特に危険だった。彼は自分はもともと猫だったのが魔女によって人間に変えられたのだと主張していた。警備員の目の届かないところではガラスの壁を乗り越えて、ナースステーションのデスクの陰で排尿した。ベビーオイルを体じゅうに塗り込んで、裸で病棟を走り回るのも好きだった。警備員たちが捕まえようとしても手が滑って逃げられてしまうのだ。ヘクターには意志に反して歯ぎしりをし、あごを噛みしめる症状があり、原因はストレスの可能性もあったが、投薬の副作用だったのかもしれない。暴れだす前にはいつも、あごをかちかちと激しく鳴らす。彼に手を激しく噛まれた警備員は指を失った。

患者たちには仕事の有無の違いがあり、病院スタッフとの治療上の面談予定もあるので、それぞれ異なるスケジュールで動いている。病棟でおこなわれることの多い治療のミーティングは退屈で、それは外でおこなわれるときも同じだった。ほかの治療ではないグループ（合唱、料理、美術、弁論、音楽、太極拳）は自由参加だったが、これは指導できるボランティアかスタッフがいるときにしかおこなわれないし、しかも参加できる患者は限られていた。残りの時間は病棟内の寝室以外の場所で過ごさねばならないので、患者たちはテレビを観たり、椅子に座ったまま眠ったり、トランプをしたり、電話をしたり、読書をしたりしていた。原則的にほとんどの時間はなんらかの活動をしていることになっているが、実際には椅子で眠るか、テレビの前にぼんやりと座っているだけの不毛な時間が長かった。

パーキンスは「へびとはしご」のゲームのような特権システムで運営されている。この病院に入院するのは長いへびの身体をすべりおりて、個人から患者になるということだ。みな患者から個人に戻るためにへびを登っていかねばならない。警備レベルが低くなると、少しずつ特権が増えていく。それにどれだけ時間がかかるかは、診断、犯罪の重大さ、年齢、リスク評価のレベル、病院外の家族や友達との関係など複数の要因によって決まる。数カ月しかかからないときもあるし、三十年以上にもおよぶときもある。ここから出られずに終わる人もいる。失ったり得たりできる特権には、外部の人との面会できる権利や食事をテイクアウトできる権利、病棟外のグループに参加する権利やジムに行く権利、戸外に出る権利、病院内での仕事をする権利などがある。うまくやれば、監視付きで病院外に外出することができ、それから監視なしでの一時帰宅、そして最終的には条件付きの退院となる。

第八病棟の患者たちのほとんどが十分な金を持っている、というより十分すぎるほど持っているが、売店のジャンクフードか週に一度の食事のテイクアウトぐらいにしか使い道がないと知ってブライアンは驚いたという。パーキンスと刑務所の大きな違いの一つは、ほぼ全員が社会保障給付小切手を週に四〇〇から九〇〇ドルぐらい受け取っているということだ。退役軍人給付管理局からも小切手を受け取っている者もいる。さらにずっと面会に行っていない罪悪感を軽くしたい家族から五ドルとか一〇ドル送られてきている者も多い。金を貯めて責任能力と意思能力を専門にする弁護士を雇い、その後民間の精神科医に鑑定依頼をする金まで払える者もいる。精神科医からオーケーが出さえすればパーキンスを退院することはぐっと容易になるが、常に賭けであることには変わりない。

監視が行き届いていないことにはメリットもある。毎週、重警備の病棟の患者たち一五〇人がそろって、スタッフや警備員と共に戸外で過ごす。週に一度のこの休み時間は病棟に隣接する狭い中庭ではなく、病院の塀の内側のフットボール場ほどもある広大な草地で過ごす。ここではバスケットボールのシュートを練習したり、ウォーキングやジョギングをしたり、バレーボールや野球をしたり、トランプでピノクルというゲームやバックギャモンをしたり、ダンスの練習をしたりできる。拘束されている患者たちも新鮮な空気を吸うために外に出される。日課から一斉に解放され、一体感を得られる。彼らが共有しているのは病気だったとしても。

毎週、週の終わりには掲示板に昇格の順位を書いた患者のリストが貼り出される。早く先に進みたいブライアンは規則を守っていた。ジョアンナ・ブランドという医師は当時「彼はプログラムへの参加は許されるかと質問した。精神衛生のクラスなど自分が参加できるすべてのグループに興味を示していた。グループへの参加と重ならなければ、病棟の清掃プログラムも好んでいた。彼は知的な質問をする」と述べている。この「積極的な適応」のおかげで、彼の名前はゆっくりとリストの上位へと昇っていった。一九九三年八月、パーキンスにやってきてまだ一年と少しの頃、彼は中警備の病棟に移された。

何カ月ものあいだ約束の地であった中警備の病棟は期待を裏切らなかった。ブライアンの新しい病棟にはエアコンも本物の鏡もやわらかいベッドもきれいな洗面所とトイレもあった。ここではコーヒーを飲むことも、私服を着ることもできる。彼はすぐに仲のよい友達を作った。そのうちの一人、ベトナム戦争の帰還兵ローランド・ドラムゴールドは天才的なIQを持ち、ボードゲームをするのが好きだった。もう一人はカーティス・ベルトン。彼は嫌われている同僚を拳銃で射殺しようとした（が外した）。カーティスはあるとき、病棟からかつての上司に電話をかけて、退院したらまた仕事に就けるかと訊いた。パーキンスに広まっている真偽のあやしい噂によると、この上司はカーティスの復職を承諾したばかりでなく、射撃のレッスン代も出してやると言ったという。

ホールの向こうには女性の病棟があり、ブライアンはこちらの病棟の患者たちとも知り合いになった。女性たちは付き添いなしで病棟を出ることはできないが、患者たちは図書館や教会やアクティビティのグループなどの場でおしゃべりをした。ブライアンはトレーシーが彼と別れてほかの患者とつきあうようになって以来、新しいガールフレンドを探していた。彼女に振られたことは打撃だった。キューから彼らのかつての師マスター・キムが亡くなったと聞いて、彼の心はさらに暗くなった。落ち込んだ彼が立ち直るのを助けるために、新しい精神科医ファラマルズ・モクタリは低用量の抗鬱剤を処方した。

新たなガールフレンドについては、ブライアンはハティ・クラムブリットに目を付けていた。

赤毛でスレンダーな元売春婦で、母親の家に放火してここにやってきた。ハティはブライアンに、子どもの頃、有名な雑誌の大物編集者だった父親から性的虐待を受けた恐ろしい経験を話してくれた。ハティは淡々としていて、すべてのことをとてつもない冗談のようにしてしまう。彼女はブライアンを友達と思っていたが、よく彼にじゃれついた。そのたびに二人はけんかの振りみたいになっていた。ハティがパンチを繰り出すと、ブライアンはかがんで身をかわす。二人は同じユーモアのセンスを持っていた。ブライアンは彼女を心配し、手をさしのべたいと思っていたが、彼女は彼を真剣にさせたくないようだった。「恋愛関係に関してはみななんらかの異常があると思う」ブライアンは語った。「そのもとは家庭にあると思うんだ」

ハティが退院すると、彼はハティの友達でやはり元売春婦のエロイス・ディクソンと知り合った。エロイスはハティとは正反対でいつも疲れていて陰気だった。彼女はたばこ一箱でセックスするよと言ってきたが、ブライアンは断った。彼女の申し出に乗ったほかの男たちはクリニックに通うはめになった。淋病をもらわなくてもトラブルなら十分足りているからとブライアンは言っていた。

8 リハビリと抗精神病薬

パーキンスで警備レベルの再検討がなされるとき、患者はリスク評価も含む精神鑑定のフルコースを受ける。これは年に一度おこなわれることになっている。しかしブライアンはすぐに、必ずしもその通りにはならないことを知る。それでも、彼はすばらしく進歩していた。入院して二年が経った一九九四年六月、ブライアンは近くのクラウンスヴィル病院センターの心理士のインターン、ステファン・ルーセントによる精神鑑定を受けた。

結果は概ね良好だった。ブライアンは「二五歳の独身白人男性、服装、身だしなみはきちんとしている」と書かれていた。ルーセント医師によると、ブライアンの発言全体は、「かなり明晰なところが目を引く」。知能検査は「一貫して平均の範囲におさまっている」し、ロールシャッハテストでは「二年前と比較して明白に良い」と述べられている。鑑定の結果、ブライアンの診断は元の妄想型統合失調症から「一度の発作の後、実質的に寛解している」に緩和された。ルーセント医師はブライアンが「臨床的な鬱状態」ではないし、「形式的思考障害」を示していないし、「現時点では安定し、精神病ではない」と書いている。

　診断というのは諸刃の剣だ。精神病のようなとらえどころのないものに関しては救いになることもある。自分の一連の経験に名前がつき、他人と共通の認識を持ち、治療の方法があり、治る可能性さえ出てくるからだ。それでもきっちりとした分類をするのはどこかに無理が出る。その人が統合失調症であることを示す血液検査や遺伝子マーカーがあるわけではない。精神病、特にパーソナリティ障害は個人の人生の歴史や性向や気質と複雑に絡み合っていて切り離せないもので、他人と同じ経験をしたり、まったく同じ症状を示すことはない。

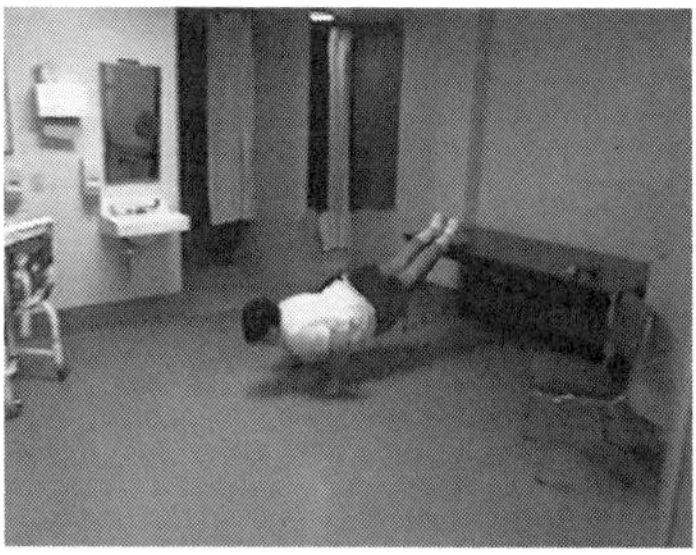

ブライアン。A&Eテレビのドキュメンタリー番組の「拘束衣を解いて」の回より

　精神病の人の診断は主に担当した臨床医の判断による。つまり精神科医には強大な力があるのだ。水疱とか腕の骨折などのような身体の病気や怪我の場合はどの医師に診せてもほぼ同じ診断が下るだろう。しかし精神病ではそうではない。精神科のシステムの中で過ごしたことのある人ならわかると思うが、違う医師に診察を受ければ受けただけ診断名が増えていく。もちろん診断名は勝手に付けられるわけではない。同時に起こるこ

とが多い経験を集めた名前だからだ。しかしこうした経験を集めたものは「病気」ではない。少なくとも医学的には違う。

このように一貫した信頼できる診断が下せないことは精神科にとって長く悩みの種だった。診断が現実的な回復のさまたげになっていると考える人たちもいる。身体的な疾患と違い、精神疾患は個人的にも法的にも社会的にも、スティグマ〔ある属性を持つせいで差別や偏見の対象として扱われてしまうこと〕になるおそれがあるからだ。

スタンフォード大学の精神科と法科の教授デイヴィッド・L・ローゼンハンは「精神医学の精神疾患の分類はよく言っても無意味で、悪く言えば有害で誤解を招き、侮蔑的だ」と主張している。一九七三年一月一九日にサイエンス誌に発表した記事で、ローゼンハンは彼を含む八人の精神病歴がない人たちが全米の私立と公立の一二の精神病院に入院する試みに成功した経緯を述べている。この中で調査員たちは、病棟では自分たちのごく普通の行動が病的な症状として解釈されてしまうことを発見している。たとえば調査員の一人がこの記事のためのメモをしていたところ、「書くことに執着している」と分類された。ローゼンハンは病院そのものが行動の意味を誤って解釈しやすい特殊な環境を作り出していると説明している。調査員たちは病院のスタッフに自分は正気であると全力で納得させようとしたが、全員「統合失調症が寛解した」として退院した（入院後七日から五二日で）。

アメリカの精神科医が特に好んで統合失調症の診断を下すことはデータも裏づけている。これはこの診断名で表すことができる経験の範囲が非常に広いからだ。軽度のものでは社会的孤立、欲求不満全般、人生に喜びや関心がなくなること、不安、感情の鈍麻、心的動揺などがあげられる。反対に重度のものでは、反復運動、妄想、幻聴や幻視、狂乱発話、記憶喪失、カタトニーなどがある。一度統合失調症と診断されるとその病名は一生ついて回る。統合失調症は「治る」ことも「回復する」ことも、「診断ミスだった」とか「正常である」と判定されることもなく、必ず「寛解した」とされるのだ。

ブライアンは犯行に至るまでの数年間、精神を病んでいたとはっきりと自覚している。自分に統合失調症に分類される症状がたくさんあったことは認めつつも、ポート・セント・ジョーのキャンプ場で聖書を読んでいるあいだに正常に戻ったと信じていた。しかし彼の担当医たちは意見が違う。彼らはブライアンはいまも統合失調症であり、妄想を抱いていると考えている。ブライアンの言動のほぼすべてを彼らが下した元々の診断の証拠と解釈するのだ。そのため、ブライアンはだんだんと、特にスタッフが立ち会うグループセラピーやコミュニティのミーティングのときには自分の感情をあまり話さなくなった。常に警戒を欠かせず、自分でも神経過敏になっているのを感じたブライアンは、部屋にこもって人との接触を避けるようになった。

病棟でのそんな様子を見たルーセント医師は、表面上は安定して適応しているように見えるが、たくみに感情を隠し、自分の犯罪を直視しなければならない状況を避けていると結論づけた。無意識に自身の負の感情を他者に投影しているとも。ブライアンは治療のための活動に打ちこんでおらず、ただ目に見える行動をなぞるだけで、本当の考えは明かしていないと医師は述べている。「こうして防衛することで彼の脆弱な自己意識は守られている」「彼の〝心を開かせ〟、なにから自分を守ろうとしているのかを話し合うことはさらに難しい」医師はブライアンが自分自身からも問題を隠していると考えている。「彼が治療上の人間関係の中で安全だと感じられるまでには何カ月も何年もかかるかもしれない」と結論し、こう付け加えている。「彼に〝心を開く〟ようプレッシャーをかければ、さらに時間がかかるだろう」

ブライアンはこの記述に腹が立った。自分はすべてのルールに従ってきたのだから、制限のない病棟に移動できるものと思っていたのに、医師たちは彼はまだその状態にないと考えているのだ。モクタリ医師はルーセント医師の評価を読んで、自身の犯罪とそれを引き起こした精神病に彼が向き合ってからでないと、軽警備の病棟に移すことはできないと判断した。その第一歩として、ブライアンは自分の麻薬使用と依存的な性格を直視しなければならないと医師は考えた。遺伝的に統合失調症にかかりやすい要素を持っている人が大麻を常習するとそのリスクがさらに高まるし、大麻は精神病の症状を悪化させることもわかっている。ブライアンは一〇代に大麻を常習し、統合失調症に関連があるとされているPCPも常習していた。モクタリ医師はブライアンをリハビリテーション病棟に送ることを決めた。麻薬使用歴についての理解を深めさせるために。

ブライアンはこの決定を受け入れた、というよりそれ以外の選択肢はなかった。だが、彼はこの考えはばかばかしいと思っていた。モクタリ自身が処方した抗鬱剤しか薬は飲んでいないし、ドラッグは自分の意思でやめてから四年間やっていない。リハビリテーション病棟に行くのは、自分が正気であることを証明するための試練の一つに過ぎない。

リハビリテーション病棟は依存症患者たちの病棟だ。ブライアンは一九九四年九月にこの病棟に入り、前向きでいようと最大限の努力をした。すでにびっしりのスケジュールにさらに新たな活動が加わった。芸術療法、ガーデニング、感情障害のグループ。時間があればいつでもトレーニングをした。一日に腕立て伏せ一〇〇〇回を目標にしていた。いつもの通り、患者仲間たちとの友情から力をもらう。彼らとは自分たちの不満や後退について話し合った。ガーデニングのグループは特にみなが親密だった。ブライアンは同じリハビリ病棟のケニー・ロスと一緒に畑にする小さな土地を与えられた。二人は土を入れ、厚く腐葉土を敷き、それから春になるとトマト、唐辛子、ハニーデューメロン、パパイヤを植えた。その夏は暑く、湿気が多かった。彼らが蒔いた種はみな育った。パパイヤは三〇センチを超える高さまで育ったところで、ヘクター・クレイブンが誤って踏んでしまった。

当時パーキンスは変動の時期だった。ブライアンがやってきて以来改築工事が続き、一九九六年一〇月にようやく新しい建物が完成した。メリーランド州精神衛生局長をつとめ、パーキンスの監督長でもあったスチュアート・B・シルバーの名前をとって、シルバーウィングと名付けられたこの建物には、二〇床の新入院棟と三〇床の際中警備病棟が五棟、内科のクリニック、食事施設、教会、図書館、会議センター、面会室、さらには小さなジムまであった。シルバーウィングは開放的で居心地がよかった。廊下には植物が並べられ、壁には患者の絵が飾られていて、二階分の高さがあるガラス天井のアトリウムに続いている。ショッピングセンターを思わせるような広々とした場所だ（じっさい、ここは「治療モール」と呼ばれている）。

　ブライアンは多くの時間をシルバーウィングで過ごしていたが、居住しているのは別の場所だった。もう重警備病棟の患者ではなかったからだ。一九九五年一〇月、彼はリハビリ期間を終え、ついに軽警備の病棟に推薦されたのだ。彼は舞い上がった。次の段階で社会に出られるかもしれない。パーキンスでの自分の記録にはなんの問題もないはずだから、チャンスは十分にあるだろうとブライアンは考えていた。しかし、ことブライアンに関するかぎり病院ではいつも順調に進むことはない。ちょうど彼が手応えのある進歩を重ねはじめたとき、新しい院長がやってきた。M・リチャード・フラガラ医師は軍の精神科医だったが、それは見かけにも表れていた。無口できちんとした身なりをした新院長はパーキンスに新たな厳しい管理体制を導入した。手始めはどんな小さな違反でも減点するシステムだ。それによってスナックやタバコなどの特権を失う可能性がある。減点は「注意の方向を変えられない」ときにも適用された。つまりその日のアクティビティーに前向きな態度で参加していなければ減点されるのだ。

　ブライアンはこの変化に戸惑ったし、フラガラが作った新しいルールにはもっと動揺した。それは、患者は異なる警備レベルに移る前に法医学臨床検討委員会《CFRB》という委員会のジャッジを受けるというものだ。暴力のリスクを評価した上で、さらなる特権が認められたレベルへの移行を許すか、逆に特権を取り消し、さらに厳しい警備レベルの病棟に降格するかを決定するのだ。CFRBは特定の人間だけで構成されているわけではなく、病院内の患者に関わるすべてのスタッフと、さらに希望すれば直接関わっていないスタッフも参加できた。フラガラ博士は、患者は一年に一度、入院した日に毎回評価されるべきだと主張した。委員会のメンバーは公表されなかったが、病院の第一線で働いている人々、つまりソーシャルワーカー、精神科医、司法精神科などのトップともちろんフラガラ自身も含まれているのではないかとブライアンは考えていた。

もう一つ残念だったのは、有意義だったグループセラピーが終わってしまったことだ。一九九六年の米国における医療保険の相互運用性と説明責任に関する法律（HIPPA法）の患者の機密保持についての規制の影響だ。ブライアンは第八病棟のグループセラピーのセッションが大いに助けになっていると感じていた。しかし、いまや新しいHIPPA法の環境下では、こうしたオープンなディスカッションの場は消えた。論じられるテーマはすべて現在の症状を減らすことに限られた。セラピストも分析医も患者の背景や生育歴を話すことには興味を持たなくなった。かつて主流だった精神病の「家族動態」という考え方は、精神病は器質性の疾患であるという考えに代わっていた。出自が関係あるとは思われなくなったのだ。その結果、患者たちは子ども時代について、これまでの人生について、両親について、自分の犯罪について話す機会を失った。「グループセラピー」自体は続けられたが、名ばかりのものだった。テーマを掘り下げたディスカッションはなく、単なるおしゃべりと変わらなかった。

違う意見の者もいる。「フォーカス・オン・フィクション」のメンバーの一人、ジェレミーは深く掘り下げた話をしなくても、グループセラピーは有意義だと言う。「ほかの人が自分と同じように感じていると知るのは役に立つ」と彼は語ってくれた。「幻聴を聞いたり、自分だけツイていないと感じたり、あるいは自分に対してなにか陰謀が企てられていると思ったりしても、ほかの人たちが同じことを言っているのを聞くと、自分だけじゃないとわかる。その人たちがどう耐えているか、どう対処しているか、どうやってそこから前に進むのかを知ることができる」

ブライアンは違うように感じていた。個別のセラピーでも、過去をそれほど掘り返さなくなっていることに彼は気づいた。患者の投薬の調整ばかりに話が集中しているのだ。「精神障害の診断統計マニュアル（DSM）」が最近改訂され、精神病の診断はその患者がある一定数の症状を示さないと下されないことになった。そのためセラピーは患者ごとに能率化、標準化され、その成功も失敗もカルテやグラフや表にまとめられる。

同時にさまざまな症状向けの薬が、従来よりも副作用の少ない安全な形になって市場に出回るようになった。最初はSSRI（選択的セロトニン再取込み阻害薬）だった。プロザックやゾロフトやウェルブトリンのような抗鬱剤が登場した。次には新世代の「不定型」抗精神病薬としてリスパーダル、クロザリル、ジプレクサなどが出た。こうした薬はパーキンスのような精神病患者をたくさん抱えている司法精神科の病院には特に有用だ。このように投薬に頼る傾向が強くなり、症状を減らすことに重点が置かれるようになったせいで、精神医学は医学の別の流れに入ることになり、精神病による混乱は正しい投薬によって管理でき、治すことさえできるのだと見せかけるようになっていった。

抗精神病薬の新薬が世に出ると、患者を「もうろう状態」に導くことができる薬だと（精神科医向けに）喧伝される。抗精神病役の主な効果は、外部からの刺激に対する感受性を鈍らせることにある。服用した患者の意識と知的能力は保たれるが、やる気や活動性は失われる。それまで妄想や幻覚に注意を奪われていた患者たちは頭がはっきりしてきて、緊張感が緩和されるが、感情の幅は狭くなり、反応は少なくなる。こうした薬は基本的にすべての精神活動を鈍くする鈍器のようなものだ。最初は抵抗している多くの患者も、しだいにその抵抗を弱め、感情が鈍麻して、なにもわからなくなっていく、彼らをそうさせるために有効な薬なのだ。

そして副作用だ。不安、眠気、目のかすみ、震え、発汗、吐き気、めまい、気分の落ち込み、頭痛、嘔吐、舌のもつれ、空腹、情動不安、発疹、腹痛、不眠、体重の増加などに加え、もっとも問題なのは脳萎縮症だ。

逮捕前はジョンズ・ホプキンス大学の学生だったディーンは、パーキンスにはよいところもあるが、投薬に関してはその限りではないと考えている。「ここの人たちはすばらしいよ」と彼は語る。「ここで一番いいことは、治癒のための時間がたくさんあることだ」ディーンはブライアンと同じ妄想型統合失調症と診断されていた。「ここにいて最悪なのは、自分ではコントロールできないような影響が出る薬を飲まなきゃいけないことだ。僕は現在六種類の薬を飲んでいる。ベル麻痺の薬を投薬されたんだ。顔の片側半分が麻痺して口を開けることができなくなったし、片目も開かなくなった。ハルドールは最悪だったね。副作用のほとんどはあの薬のせいだった」

ジェレミーは強制的に飲まされた薬でひどい副作用に苦しんだ。多量のセロクエル（抗精神病薬）とデパコテ（躁状態を止める）とコゲンティン（震えを抑える）を投薬されたのだ。「投薬できる薬のレベルの範囲は最大から最小まで決まっていて、そのどの辺にするかは患者の態度に基づいてスタッフが指示する」彼は語る。「薬が多すぎて手が震えてくることが何度もあった。本を開くことができなかった。自分が手の動きを止めておけないことがずっと気になって仕方なかった。外の、社会の中にいて、ちゃんと生活できて正常だったときのような感じではなくなってしまった」

「フォーカス・オン・フィクション」の別のメンバー、クリフは五〇代前半の元教師で健康で知的に見える。私が最初に会ったとき、パーキンスに来てまだ一年足らずだった彼は、教室で生徒たちを前にしている姿が容易に想像できた。けれど双極性障害の診断を受けたあとは、急速に悪化していった。投薬のせいでありとあらゆる問題が出たのだ。「彼らは私にクロノピンを飲ませようとした。ヴァリアムのようなタイプの薬で依存性が強いんだ」彼は語った。「私はまったく賛成できなかった。なぜって、私が社会にいるときに使っていた薬だからだ」クリフにはアルコール依存症だった過去がある。だから依存性のある薬を飲みたがらないのだ。しかし、それが治療を複雑にしていた。もう一つの問題は心臓の状態だった。医師たちは彼に害のある副作用が出ない薬で心臓を安定させようとしていた。

ある年の夏、休暇の後久しぶりにパーキンスに行った私はクリフの病状があまりに悪くなっているのを見てショックを受けた。私は彼に短編小説を朗読してほしいと頼んだ。以前の彼なら難なくこなせることだったが、いまや彼はろれつが回らず、目の焦点はぼやけていた。翌週には彼は遅刻し、私の横に座って、落ち着かない様子でもぞもぞしていた。最後に会ったとき、彼は松葉杖につかまって歩き、前歯が一本なくなっていた。彼に尋ねると、バランスを崩して（最近飲んでいる薬デパコテの副作用だ）転び、足の指を何本か折ったのだという。彼は歯をどうしたのかについては記憶すらなかった。

ブライアンは患者仲間に同じような変化が起こるのを見てきた。動作がぎこちなくなり、穏やかになり、一貫性を失い、体重が増加する。抗精神病薬を飲んだ患者は一日じゅうテレビの前のソファにだらしなく座り、ぶつぶつ言いながらよだれを垂らしている。ブライアンの目には、こうした患者たちは世間一般の考える現実からたましいの世界へと境界を越えていってしまったように映った。体はここにあっても、心はどこか別のところにある。彼らのようになりたくなかった。自分の頭ははっきりしていると感じていたし、なぜ薬が必要なのかわからなかった。このとき彼はパーキンスに来て三年が経っていた。これは患者の平均的な入院期間だ。彼は安定を維持できていた。ゾロフトを飲むことに同意したときも、用量は低く抑えていた。けれどブライアン自身はこうした行動を自分の強さの証だと思っている一方で、モクタリ医師はこうした状況こそが彼のリスクを高めていると考え、彼をもっとも規制の厳しい重警備の病棟に戻すことについて定期的に話し合っていた。犯した犯罪の暴力性のせいで自分の「リスクファクター」は常に高く見積もられ、どんなに病棟で静かに平穏に過ごしていても、その評価はずっと変わらないのだとブライアンは知った。

一九九六年、リハビリ期間を終えたブライアンはCFRBにかけられた。恐れていた通り、委員会は彼にはまだ軽警備の病棟へ行く準備ができていないとジャッジを下した。モクタリ医師の意見に同調したということだ。妄想を消すためにさらなる投薬が必要だ、と彼らは述べた。防衛的、脅迫的なさまざまな行動や、スタッフが彼のファイルに書き込んだ不安要素、また医師たちの信頼を得ていないことなどをその理由に挙げている。抗鬱剤の量が十分でないと言い、パーキンスのほかの患者たちのように彼にも抗精神病薬を飲ませるべきだとした。彼らは彼に、このまま拒否しつづけると寛解へのさまたげとなり、いままで傷がなかった記録にはじめての違反として記されるだろうと言った。

すでに長くパーキンスにいたブライアンは、仮面をかぶる術は学んでいた。彼はここに来てから怯えているし、繊細になったし、ときどき不安に押しつぶされそうになる。偏執的になっていても不思議ではないだろう。彼自身は自分を妄想症だとは思っていないが、妄想症患者はみな自分は妄想症だと思っていないのは事実だ。自分の病気を自覚していない患者は特に治療が難しい。妄想は変えられず、理屈を受けつけない。妄想症の人々は自分の「真実」に強固な信念を持っていて、客観的な見方や極端でない見方をすることができない。自分も周りのみなと同じなのだということを受け入れられない。日々の生活上の問題に直面した彼らは、常に自分が危害を被り、侮辱されていると感じている。深い恨みを抱き、自らの恐れが真実である証拠を執拗《しつよう》に探しつづけることで社会と関わっているのだ。彼らは通常の会話において想像もつかない隠された脅威や攻撃を感じ取ることがある。こうした誤った信念が圧倒的になってくると、妄想と呼ばれることになる。

こうした状態のときは、患者を患者自身の思考から遠ざける作用を持つ抗精神病薬は有効かもしれない。病的に自信が強まりすぎている患者の治療には一定の効果が見込めるのだ。抗精神病薬を飲んだ患者は猜疑心が薄れ、指示を受け入れやすくなるので、治療が容易になる。しかしこの効果はすべての前向きな感情を捨てなければ得ることができず、結果として感情が鈍麻し、自己の感覚は減退することになる。

ブライアンの主治医たちは、彼の自意識を減退させるのはいい方針だと思ったようだ。「過激かつ脅迫的な発言で人々を遠ざける」とは、彼のファイルへの誰かの書き込みだ。侮辱されていると感じたとき、自分には武術の覚えがあるとブライアンがよく言うのも本当のことだ。パーキンスに来てからじっさいに武術を使ったことはなかったが、必要なときには使えるようにいつも身体を鍛えていようとしていた。だから抗精神病薬の服用を続けることが必要だとモクタリ医師から告げられたとき、彼は不満だった。この三年間、自分の頭ははっきりしているし健康だとブライアンは言った。

すっかり嫌いになっていたモクタリ医師としばらく議論した末に、ブライアンは、自分は格闘技の心得があるのだと言った。相手に深刻な被害を与えることができる、と伝えたのだ。これは間違いだった。この言葉で医師はブライアンがいまも精神が安定せず、妄想を持つ危険な患者だと判断した。その通りだったのかもしれない。モクタリは広く使われている抗精神病薬リスパーダルを処方し、ブライアンを違う病棟に送った。

自分に選択権はないことを知ったブライアンは、これは勢いをつけるために必要な後退なのだと思おうとしたが、自分で自分をだましていることはわかっていた。数週間のうちに彼は闇の世界に落ちた。歩いているとき両腕は体の脇に垂れ下がっている。顔はなんの表情も浮かべることができない革の仮面のようだ。

最初、彼はこの霧と戦おうとした。ほかの患者に、二時間ごとに起こしてほしいと頼んでいた。そうすればトイレに行くことができるし、あまりに動きが鈍くなってこの病棟のサディストや退屈している者たちからサンドバッグにされてもやり返せるようにするためだ。しかし彼は戦いに負け、そのうちに戦意を失った。すぐに毎日は同じ一日になり、昼も夜も違いがなくなった。朝食まで椅子で眠り、ベッドに戻ると、昼食のために少し起きていて、それからまた椅子で夕食まで眠る。夕食後は薬の時間である八時まではなんとか起きていられる。それから彼はまた気絶したように眠るのだ。
身体が彼を裏切っていた。彼は不能になり、失禁した。まるで、よろよろと歩く獣、半分人間で半分死体のようになった。

ブライアンはリスパーダルが嫌いだった。全身がだるくなり、頭にもやがかかったようになるだけでなく、耳鳴りが止まず、頭蓋骨の周りの感覚がなくなる、鬱、めまい、常に眠い状態に陥った。深夜にふと、刑事責任能力なしという申し立ては恐ろしい失敗だったのではないかと思うこともあった。たしかに両親を撃ったときは正気ではなかった。けれどパーキンスではなく刑務所に行っていたら、体も心も麻痺するような量の薬を飲まされることはなかっただろう。不能にも失禁にも縁がなかっただろう。有罪になった犯罪者は見下されるが、刑事責任能力なしの者はまぎれもなく社会ののけ者になる、それが彼にはわかった。

ある朝、病棟に新しい精神科医がやってきた。ブライアンのこれまでの担当医たちはみな高圧的な態度を取り、近寄りがたかったが、この新人研修医ジョナサン・ブリスキンは率直で親しみやすかった。彼が最初にしたのは、ブライアンの要求に応え薬を減らすことだった。ブライアンは冬眠から目覚める動物のようにゆっくりと、ぼうっとした状態から抜け出していった。

ブリスキン医師は三〇代の半ばでパーキンスのほとんどの医師たちより若かった。ブライアンはブリスキン医師とごくふつうのことを話すだけで気分がよくなった。誰かと本当の会話をしたのは、彼という人間に興味を持った誰かと、彼を単なる「妄想型統合失調症」としか考えないわけではない誰かと話をしたのは、数カ月ぶりだと気づいた。ブリスキン医師との会話では、対等に扱われているように感じるようなやりとりもあり、それはとても珍しいことだった。だから安心して質問ができたし、それに対してブリスキン医師は正直に答え、率直に応じた。会話がとても楽しくて、自分が精神病院の患者だということをときどき忘れてしまうほどだったという。ブリスキン医師は協力的で壁を作らず、病院の外でのプライベートについても話してくれた。彼は若き研修医であり、仕事を離れたときにはミドルネームのカロニムスを名乗って、ジャグリングやマジック、一輪車やアクロバットで観衆を楽しませている。冷たく、もったいぶったモクタリ医師や形式ばって警戒心が強かったフラガラ医師とは正反対だった。

ブリスキン医師の助言で、ブライアンはリスパーダルをやめて、代わりにステラザインという別の抗精神病薬を五ミリグラムを飲むことになった。五ミリグラムというのは精神病の症状がぶり返さないようにするための予防的な用量だった。薬を減らし、コーヒーを十分摂ると、ブライアンの頭のもやはすぐに晴れた。鏡をじっくり見てみた結果、もやがかかっていた数カ月のあいだに身体がすっかりゆるんでしまったことに気づいた。彼はトレーニングを再開した。最初は腕立て伏せも連続五回しかできなかった。かつてこなしていた回数から考えると哀れなほど少なかった。それが翌年、一九九七年のはじめには元の体力をほぼ取り戻すに至っていた。

ブライアンはブリスキン医師とほぼ毎日会い、この若い医師の正直さと熱意と共感に支えられた。さらにすばらしいことに、一年に一度の評価の際にブリスキン医師は、ブライアンがもう精神病ではなく、「統合失調症の症状も実質的に残っていない」し、「治療が非常に容易」だと述べた。これ以上ないほどいいレポートだった。ブライアンは周りの患者たちと比較して自分がとても鍛え上げられた身体をしていると気づいた。ブリスキン医師によれば、ブライアンは遅からず軽警備の病棟に移れるくらいよくなるだろうということだった。軽警備病棟では監視付きで病院外への外出が可能だ。ブリスキン医師は言った。「最短で一年後。それに、私の意見では君は退院する準備もできていると思う」

9 「拘束衣を解いて」

一九九七年の半ば、パーキンスの上層部はA&Eテレビの『インベスティゲイティブ・レポーツ』という番組が「拘束衣を解いて」というエピソードを撮るために撮影クルーを病院内に入れることを許可した。このドキュメンタリーは一般の人々に「心神喪失状態による無罪の抗弁」について知ってもらうために制作された。一九八一年にロナルド・レーガン暗殺未遂の犯人ジョン・ヒンクリー・ジュニアが心神喪失状態のため無罪になって以来、人々は心神喪失状態を根拠とした無罪の抗弁に怒りを抱いてきた。ヒンクリーは明らかに妄想を抱いていて、女優ジョディ・フォスターへの執着が犯行の原動力になった。人々は、被告の精神に問題があった場合に陪審が簡単に「無罪」の評決を出せてしまう法システムに問題があると考えていた。ヒンクリーの評決がきっかけで法律が変わり、被告が心神喪失状態による無罪を申し立てるのはずっと難しくなった。この評決から三年以内に、三四の州と連邦議会で心神喪失状態を立証する責任が弁護側に移り、八の州が「有罪だが精神疾患がある」という別の評決を採択し、一つの州（ユタ州）で心神喪失状態による無罪すべてを廃止した。連邦議会は心神喪失状態による無罪の抗弁の定義自体を狭めた。一九八四年の狂気防衛改革法で「自分の行動の性質や善悪を判断できなくなるほど」の「重度の」精神疾患が犯行時だけでなく、通常時にもあったと弁護側が立証することが必要になった。

　しかし「拘束衣を解いて」が撮影された頃にはこうした懸念はそれほど強くなくなり、振り子が反対方向に振れていた。ビル・カーティスがホストをつとめ、クリフトン・パーキンスとニューヨークのカービー司法精神医療センターで撮影されたこのドキュメンタリーは「刑法上の精神異常の事実とフィクションを明らかにする」とうたっていた。導入部でカーティスは心神喪失状態による無罪の抗弁とは刑務所行きを逃れる簡単な方法ではなく、被告が重度の精神病でないと成立しないと説明した。この意味では、この番組は一般に実体を知ってもらうことで精神病がおよぼすスティグマを減らそうとしていて同情的だ。しかし同時に決まりきったイメージに迎合的ともいえ、暴力的な男たち、破滅した人生、奇妙にゆがんだ性的衝動などを視聴者にほのめかして

ブライアン。「拘束衣を解いて」より

いる。「閉ざされたドアの向こう側」の「言葉にできないほどの残酷さで暴力行為をおこなった」、「精神を病んだ危険な」人物と対面することになると暗に伝えているのだ。

「拘束衣を解いて」では二九歳のブライアン・ベクトールドが精神科の入院患者として撮影され、琥珀色のデジタルビデオテープに保存された。彼はこの回の放送で最初に紹介された患者の一人で、もっとも印象に残る人物だった。当時はパーキンスに来てちょうど五年を過ぎたころで、まだ心を閉ざしておらず、真面目で、自分の治療や予後について前向きだった。だからカメラに映されることを承諾したのは驚きではない。

映像で最初に登場する彼は、自室で椅子に座っている。彼の横にあるチェストの上には犬たちの写真が額に入れて飾られていた。ブライアンは整った顔立ちで肌は白く、目は青い。その日着ていた青と白のポロシャツが肌と目の色を引き立てていた。もうポート・セント・ジョーのハイタワー巡査が述べていたような痩せた若い男ではなく、いまやそのたくましい胸と太い首はウェイトリフティングのアマチュア選手のようだ。豊かな黒髪を病院でみながしているマッシュルームカットにして、無精ひげとあごひげの中間ぐらいの感じに濃いひげを刈り込んでいる。話をするときは真面目だが内気な様子で、やや警戒もしていた。話すときに語調を落とすと薬のせいで少し声が震えた。「両親を撃つ一〇分前には、自分がこれから両親を撃つなんて思いもしなかった」彼はインタビューに応えて語っている。「自分にこんなことが起こるなんて考えたこともなかった。自分がこんな立場になるだなんて。これが自分の運命で、自分が両親を殺すなんて……

そしてその事実と、日々ともに生きていかなければならないなんて」

カメラがブライアンの顔をアップにしたあと、ベージュのスーツに白いネクタイをした自信ありげな男性の映像に切り替わり、ジョナサン・ブリスキン医師とテロップが出た。「ブライアンは犯行時、妄想症を患っていたのです」精神科医は説明した。「彼は自分の身に危険が迫っていて、もっと悪いことが起こるのを防ぐためにやらなければならないと思い犯行におよんだのです」

番組の後半、ブライアンが病棟のホールを歩き、忙しくないナースステーションと騒々しい娯楽室を通り過ぎる映像が映った。そこにビル・カーティスのもったいぶった大声のナレーションがつき、ブライアンの犯罪が語られた。この場面でのブライアンはカーゴパンツとベージュのポロシャツという服装で、手にはコーヒーカップを持ち、カメラの前を通り過ぎるときに、ぎこちなく一口飲んでいる。このシーンはなんらかの理由でスローモーション加工されていて、そのせいでどこか不自然な印象を与えている。

番組がもう少し進むとブライアンが再登場する。精力的にトレーニングの日課をこなしているシーンだ。ロットワイラー犬が三段重ねのクラブハウスサンドイッチを食べているイラストつきのTシャツを着た彼はテーブルの上に足を乗せ、床にこぶしをついて、猛烈に腕立て伏せを続ける。「鍵をかけられる病棟からの移行はのろのろと長い時間がかかる」ビル・カーティスが解説する。「ブライアン・ベクトールドは両親を殺害した後にパーキンスにやってきてから五年間、問題行動をしたことはない。しかし彼の犯罪は非常に暴力的であるから、医師たちは彼になかなか自由を与えようとはしない」

しかしその年の秋までに、日頃の態度と治療への反応がよいことから、軽警備の病棟への移行が推薦された。一一月、彼は付き添いを条件に病院外への二時間の外出を許された。最初の行き先には高級理容サロンを選んだ。これは忘れられない経験になった。

その日の朝、ブライアンは病院の廊下を出口に向かって歩いていった。警備用のドアを抜け、ロッカーと金属探知機と待合スペースがあるロビーに入った。低い音量でテレビがついていた。ローテーブルには「グッド・ハウスキーピング」とか「ペアレント・アンド・チャイルド」などの雑誌が何冊か載っている。縦型のガラスケースには患者たちの美術作品が飾られていた。病院の「精神科医療サービス技術員」に付き添われてブライアンは病院の正面ドアから外に出た。朝の外気はひんやりしていた。足の下でゆるく坂になっている駐車場の地面が妙な感じで、危なっかしく思った。五年間、平らなところしか歩いてこなかったからだ。理容サロンできれいな女性に髪を洗いカットとブローをしてもらった。予想もつかないほどすばらしく気持ちのいい体験だった。パーキンスの外では彼が両親を殺したことも、精神病院で暮らしていることを誰も知らない。外の人たちにとって彼は、単なる髪をカットすることが必要な若い男に過ぎなかった。

ブライアンは軽警備の病棟にいるあいだに合計一四回外出している。病院の塀の外でまったく問題なく行動して帰ってきたので、退院への可能性はさらに高まったと彼は考えていた。いまやパーキンスの平均入院年数を二年超えていた。この間、彼は入院してきては退院していく患者たちをたくさん見てきた。なかには彼と同じか、さらにひどい犯罪を犯した人たちもいた。しかし彼がそろそろ自分も退院申立ての審問を申し込むべきじゃないかと言うと、治療チームは決まって、まだ早いと答えた。自分が投薬に積極的ではないのが理由ではないかとブライアンは疑っている。地域訪問で病院外に出ることも許されたが、ほかにどんな特権を得ることができるのかはなかなかわからなかったし、条件付きの退院は遠い道のりに思えた。

パーキンスでは特権を与えたり、奪ったりするのが患者の自己像を築く（あるいは打ち砕く）ための主な手段だった。このシステムは施設全体でも個人レベルでも使われていた。患者の行動は常に監視されているので、みな警戒を怠ることはできない。リラックスできるのは年間に二日しかなかった。八月のファミリーデイと一二月、年に一度のクリスマスパーティは日々の病院生活の日課が数時間だけ免除される。患者は友達や家族を三人まで招くことができて、スタッフやほかの患者やそのゲストらとともにビュッフェ・スタイルの食事を楽しむことができる。こうしたパーティではリブステーキや小エビなどのごちそうを食べたり、商品が当たるくじ引きをしたり、写真を撮ったり、夏は戸外に座って、おしゃべりをし、自由に交流して、ダンスをすることさえできる。

クリスマスパーティの前の何週間かは、病棟対抗の飾りつけコンテストの準備期間だ（時が経つうちにこの伝統は競争が激しくなりすぎて打ち切られた）。一九九七年、優勝の賞金は一五〇ドルで、患者たちの給料と比べたら大金だった。しかし病棟の患者全員で分けることになるので、患者一人当たりが受け取れる額はかなり少ない。賞金より大切なのは、ほかの病棟のやる気満々なチームと競い合うというスリルだ。パーキンスでは患者が自分を際立たせる機会はあまりないし、ライバルと対決するチャンスはまったくないので、このコンテストは象徴的に大きな意味を持っていた。審判を、このためだけに病院にやってくる四人の「外部の人たち」（病院の評議員）がつとめることも重要性を増していた。

この年、戦いは熾烈だった。ブライアンの病棟では患者たちがそれぞれ雪の結晶やトナカイ、キャンディの杖や天使、妖精といったユニークな装飾を作り上げた。壁や窓は綿のボールでこしらえた雪で飾られ、テレビセットは居心地のいい暖炉に変装させられ、プラスティック製の椅子の背面には「幸せと喜び」という言葉がテープで書かれていた（この文字の順番が乱れることはなかった。椅子は床にねじで留めてあったから）。この装飾は色鮮やかで人目を惹いたが、一歩下がって見てみたブライアンは、この椅子にだらしなく座っている男たちからは幸せも喜びもほとんど感じられないなと思わずにはいられなかった。ほとんどの者が半分意識がなく、一人の頭の上には不似合いなトナカイの角が載っていた。

彼の病棟はコンテストで優勝できなかったが、軽警備の病棟にいてよかったというブライアンの思いは変わらなかった。病棟の精神科医にはそれほど好意を持っていなかった。ポール・ネグロというプエルトリコ人の中年男性で、けんかっぱやそうな物腰で、なまりがきつい。さらにセラピストにも落胆していた。ジェイソン・ファーリーという若いソーシャルワーカーで、白髪交じりの髪にもかかわらず、大学を出たばかりのようだった。最初ブライアンはファーリーは若いから、ブリスキン医師のようにリスクをいとわない新しい考え方をするのではないかと期待した。しかしブリスキン医師の若さは資産といえたが、ファーリーの若さは負債だった。ブライアンの見たところ、彼は頭でっかちな優等生だった。ファーリーが自分はロックバンドをやっていて、アンプを運べる力があるのはメンバーの中で自分だけだと自慢していたとブライアンは振り返る。ファーリーは痩せたガリ勉のような見た目だったので、それが本当だとブライアンには思えなかった。また自分の勇敢さを自慢して、もしもブライアンと自分が軍に一緒に所属したら、自分のほうが兵士として優秀だと思うと言ったという。ファーリーは自分の経験のなさに焦り、それをこけおどしの自慢話でごまかそうとし、ルールを曲げようとするのを拒んだのだと思う、とブライアンは結論づけている。

さらにブライアンが偏頭痛に悩まされると、ファーリーはいつものつまらない横暴さを最悪の形で示した。看護師たちはファーリーからブライアンには通常のタイレノール二錠以外のものは与えてはならないと厳しく指示されていた。一般的な頭痛ならそれで十分だったかもしれないが、ブライアンの偏頭痛はそうではなかった。彼は物心ついてからずっとこの偏頭痛に悩まされてきた。非常にひどい苦しみだった。頭を殴られるような痛みが一日じゅう続く。どんなに些細な光も音もにおいも、彼の感覚に襲いかかってくる。娯楽室の片隅に丸くなって、身体を前後に揺らし、繰り返し嘔吐しながら、助けを求めつづけた。彼にはもっと強力なものが必要だった。タイレノールはなにもないよりはましかもしれないが、大量に、頻繁に飲まなければまったく効かない。しかしどんなに彼が懇願しても、看護師たちは通常の用量である二錠以上は絶対にくれなかった。彼は待機中の医師たち全員と看護師長にも苦しみを訴えたが、何を言っても、何をしても、事態は変わらなかった。

その苦しみの埋め合わせにはまったくならないが、偏頭痛が薄れてくると、さわやかな気分になった。すばらしく食欲が出て、なにを食べてもおいしく感じ、特に日曜日に地元のレストランから取り寄せられる出前の食事は最高だった。彼は中華料理を注文するとそれを一週間かけて食べた。チキンウィングを朝食に、スペアリブは昼食に。高たんぱくな食事のおかげで毎日のトレーニングメニューをこなすエネルギーが出た。そして彼は血圧と血糖値とコレステロール値を常に観察し、正常範囲にとどめていようとしていた。偏頭痛以外は心身ともに健康だ、ブライアン自身はそう思っていた。彼はずっとブリスキン医師の言葉を思い返しつづけていた。「軽警備の病棟に一年いれば、退院の準備ができるだろう」しかしその期待は、彼の手ではコントロールできない一連の出来事によって阻まれようとしていた。

誰かが自分に関する嘘を広めている、彼はそう信じていた。パーキンスには常に根も葉もない噂が渦巻いていて、ゴシップ好きの看護助手や退屈した警備員、それしかすることのない患者がひそひそとささやき合っていたが、ブライアン自身がその噂を聞く側になるのはこれがはじめてだった。

ある朝、ブライアンが娯楽室にいると、友人のエンゾ・サルガドが隣に座って、声をひそめ話しかけてきた。「誰にも言わないでくれ。でもボノ医師がアタッシュケースをポーチに置きっぱなしにしている」彼は言った。「俺はいま自分のファイルを読んできたところだ。お前のもあった。見てこいよ」

ブライアンは病棟に隣接する小さな中庭に出た。ドアのすぐ横のベンチの上に茶色い革製のブリーフケースがあった。鍵はかかっておらず、マニラ紙のホルダーでパンパンになっていた。ホルダーの一つに彼の名前が書いてある。中には書類が数種類入っているだけだ。ブライアンはボノ医師には一度か二度しか会ったことがなかった。これをここで読み通す時間はない。彼はファイルの中身をざっと眺めると素早く書類をホルダーに戻した。記憶に残ったのはほんのいくつかの言い回しで、不可解な言葉ばかりだった。「反ユダヤ主義」、「人種差別主義者」、「アーリア民族軍などのネオナチグループとつながりがある可能性」などだ。

ブライアンは驚愕した。「あいつは頭がおかしいよ」彼はエンゾに言った。「俺が人種差別主義者でアーリア民族軍と関連があるというんだ。そんなのおかしい。俺は黒人の子たちと一緒に育った。親友は韓国人だ。初めての恋人は中東系の人だった」

エンゾは言った。「誰かがお前を陥れようとしているんだ」

「完全にばかげてる」ブライアンは繰り返した。「俺は今でもDCのゴーゴーミュージック〔ワシントンDCの黒人のあいだで発生した音楽〕を聴いてる」

「そんなの関係ないんだよ」エンゾが言った。「奴らは自分たちの信じたいことしか信じない」

あとでボノ医師のノートについて考えてみると、すべてのつじつまが合いはじめた。彼はアフリカ系アメリカ人のスタッフたちがほかの患者より自分に厳しい口調で話すことに気づいていたし、彼らはときどき彼を夕方の軽食に呼ぶのを「忘れる」。当時、病棟には監視カメラがなく、警備員の多くは親切で道理をわきまえた人々だったのだが、なかには、特に刑務所で働いていた前歴を持つ者たちのなかには、倫理観がなく残酷な仕打ちをする人物もいた。

警備員たちは給料が低く、退屈し、怒りを抱えていることは誰もが知っていた。ブライアンは彼らがなんの理由もなく患者をからかったり、たたいたり、つねったりするところを見たという。彼らは夜、テレビでおもしろい番組がないときは、患者をからかって娯楽とした。患者を怒らせようとして枕で殴ったり、ののしったりもする。パーキンスのヒエラルキーでは警備員は患者の一つ上の階級でしかない。彼らはもろいエゴを支えるために「狂人たち」を見下し、自分たちとその「下」の患者たちの違いを強調する。こうして警備員たちは、虐待されて不満をため込んだ患者たちの怒りの的となり、患者は権力をひけらかす警備員から攻撃されるという関係性ができあがる。

「私は一度ならず警備員から、お前はずっとここにいなければならないが、俺たちは毎晩家に帰れるんだと言われた。くだらないことにこだわるんだ」

「フォーカス・オン・フィクション」のあと、クリフが話してくれた。「ある看護師は俺に薬を渡してくれなかった。持病の糖尿病で血糖値が危険なほど下がったときも、それに対処するための食べ物をくれなかった。奴らは俺たちを怒らせようとしていじめてくる。とにかくしつこいんだ。俺も前はそれで腹を立てていた。だからいまも重警備にいるんだけどね」

ブライアンは入院患者とスタッフの緊張関係はある程度理解できた。けっきょくのところ警備員たちが誰よりも患者のことを知っている。医師や看護師たちと違って、一日八時間以上患者と一緒にいるのだから。警備員は患者のどんな精神状態も知っている。それぞれの患者が動揺したときや幸せなときや不安なときやパニックになったときの様子も知っている。そして、警備員たちは患者たちの予測不能な癇癪の標的ともなる。けれど彼らは医師ではない。医療関係のプロでさえないのだ。じっさい、誰かを管理し、ケアするには能力が十分ではないのだ。

ブライアンが妄想症なのか、それともアフリカ系アメリカ人のスタッフが彼に敵意を持っているのかは私にはわからない。しかし私は自分の経験から、パーキンスが疑惑と不信の温床になりえることは知っている。六年ものあいだ、毎日言動をいちいち細かく調べられ、病気である証とされていれば、ブライアンが警戒心を抱き、疑い深く、緊張した状態になっても私は驚かない。スタッフは常に監視をし、メモをし、分析している。ほかの人なら個人の選択や性格の傾向として扱われるもの、たとえば孤独を好むとか清潔さを好むなどがここでは、精神病の症状として扱われてしまう。家庭での問題は、患者が生まれる前のことであっても早期の「痕跡」や「徴候」として深読みされる。病棟では、通常の行動にも病的な意味が見いだされる。朝食を食べられなかったのは「行動化」だと解釈されるのだ。

患者は自分の病気についてほとんど理解していないと見なされるので、医師たちの多くは患者について「間接的な」情報をほかのところから収集する。たとえば彼らが言ったこと、図書館で閲覧した本などだ。どんなこともみな病気の表れとされ、それは一方的で、とてもバランスを欠いている。

だから私はブライアンのファイルの「だらしない服装」、「嘆き」、「従順さが少ない」、「警戒心が強い」などの治療メモの正当さには疑いを持っている。私にはそういった傾向は重警備の病院に閉じこめられた際の当然の反応のように思える。しかしブライアンの精神科医はこうしたことを彼に巣食った精神病の症状だと見なしている。そのせいでブライアンはさらに恐れ、警戒心を強める……こんな繰り返しが続いた結果、ブライアンは人々が自分を疑うのは自分が妄想症だからなのか、それとも自分が人々を信じられないのは彼らが自分を疑うからなのか、わからないと言っている。

最終的にブライアンは、彼に関する噂を広めているのは警備員たちではなく、患者の誰かだという結論に達した。誰なのか特定することはできなかったが、疑わしい者は何人かいた。そのうちの一人は色黒でむっつりした三〇代の男性ジェフ・パジェット。パジェットもブライアンと同じように運動神経がよく、とても強かった。いつも攻撃的で敵対的な態度を取ってくるが、ブライアンにはその理由がわからなかった。パジェットは虐待されていた継父に襲いかかって殴打し、その罪で刑務所に服役したことがあると聞いていた。そして釈放された後に、建物を爆破したという。パーキンズに来てからも、彼は爆発寸前に見えることがある。

もう一人の容疑者はマーク・エリオットというユーモアのセンスがある健康な男性だ。パーキンスに来る前に大学を卒業し、高収入の仕事に就いて落ち着いていたが、突然プッツと切れて仕事を辞め、母親を殺した。パーキンスに来た当初は知的で問題を起こさなかったため、軽警備の病棟に移ったが、ブライアンと同様に、投薬を拒んだことで重警備に戻され、強制的に鎮静させられた。いまでは大量の抗精神病薬で常に頭がぼんやりしている。そのせいで混乱がひどくなって、幻覚と現実の区別がつかなくなったのかもしれないとブライアンは考えていた。

自分の思考も彼らのようにわけがわからないものになっているのだろうかと考えるときもあるが、現実と幻想の区別がついていることだけははっきりわかっていた。六年前、精神病を発症し、ひどい幻覚を見たのはわかっている。そして精神病の人たちは自分が「正常」ではないことを認識していない場合があるのもわかっている。それでもブライアンはいま、六年前とは違い、その前の元の自分に戻っていると確信している。

しかしブリスキンが「事実上統合失調症の症状はなにも残っていない」と断言してくれたのに、ブライアンの「第一軸」（DSMの精神病の主な臨床的障害を含むカテゴリー）の診断は「妄想型統合失調症」のまま変わらなかった。これは担当医が替わったときほとんどの医師が最後のカルテを見て、それ以前の評価や彼の令状に書いてあるもともとの診断をそのまま書き写し、自分自身でその根拠を再考してみないからだと彼は気づいた（精神科医であり弁護士であるモートン・ビンバウムの意見では、「州の医師たちは毎年その患者の令状の内容を書き写している」）。精神科医たちは自分たちが絶対に間違いを犯さないと信じているようで、その確信は周囲の人たちにも伝染する。つまり医者がなにかを間違えることなどないとみなが思うようになるのだ。ブライアンは重警備の病院の扉の向こうでなにがおこなわれているか、ほとんどの人がぼんやりとしたイメージしか持っていないことがわかってきた。じっさいのパーキンズは他の州立の組織と同じように、予算の削減や煩雑な事務作業、お役所仕事的な能率の悪さに悩んでいる。しかし多くの人々には、拘束衣を着たハンニバル・レクターみたいな狂人でいっぱいの監獄というイメージしかないだろう。

この噂はブライアンの記録の新たな汚点になり、あんなに努力して獲得した特権を楽しむことも難しくなった。それより問題なのは、噂がいっこうに収まる気配がないということだった。クッキーのシートの洗い方についてキッチンスタッフともめた後、彼は「奇妙な行動を取る」と書かれた。彼にわかるかぎりでは、シートにチーズがこびりついていたので水に浸けようとしたことぐらいしか抵抗したことはないという。キッチンスタッフは彼にごしごしこすってチーズを洗い落とせと言ったが、ブライアンは過去にも皿洗いの仕事の経験があり、その際に鍋やクッキーのシートが焦げついているところはいくらこすっても無駄だと学んでいた。水に浸けておくしかない。単純な話だ。

「ベクトールド氏はアフリカ系アメリカ人のスタッフとトラブルがあると知られている」ブライアンのファイルの次のメモにはそう書いてある。「彼はアフリカ系アメリカ人のスタッフたちが申し合わせて彼に嫌がらせをしていると考えている。彼が認識している例の一つは彼がシャワー兼洗面所で排尿したと言われてトラブルになった件だ。彼はやったのは自分ではなく、アフリカ系アメリカ人のスタッフが彼を陥れるためにやったと強く主張している」これを読むとブライアンはいらだたしげに上を見上げた。なにがあったのかというと、ある朝、彼は風邪を引いていて、喉の痛みをいやそうとコーラの缶を取りにいった。ただ、缶は凍っていたので、バスルームの蛇口の下に置いて飲めるようになるまで溶かしていた。それをバスルームの床を掃除しにきた清掃員が、ブライアンが「シンクで排尿した」と訴えたのだ。

ブライアンはファイルの中のこの間違いに異議を申し立てるため臨床部長の部屋に向かった。ドアをノックして待ったが、誰も出てこない。臨床部長が休暇中であることを知らないブライアンはこんどは少し大きくノックをした。これを見た誰かが、彼が「ドアをがんがんたたいていた」と主張した。新たな汚点だ。

ブライアンは一夜のうちに病棟の生け贄になったように感じた。みなが彼への不満を一斉に言い出した気がして。絶えず周囲に警戒を怠らなくなり、噂や嘘の告発に神経を尖らせ、ほかの患者を疑った。特に有名なトラブルメーカーで、ブライアンの部屋に忍び込んで彼のズボンのポケットの小銭を漁ったことがあるバート・フェンには目を光らせた。目を覚ましたブライアンが現行犯でフェンをとらえると、彼はネズミのようにあわてて逃げていった。ブライアンが避けているもう一人の患者レロイ・ジョーンズは金持ちの子どもで、母親をハンマーで殺した。ジョーンズは自分は彼の一族が持つ「シャンプー財産」を相続するのだと言って、ほかの患者を見下し「ゴミ」と呼んでいた。退院の申し立てが却下された彼が神経衰弱になったときには、みな全然気にしなかった。あるときは複雑な実験の一環だといって、自分の尿を特別なカップにためて、バッテリーをその中に浸けた。ジムに行けば、トレーニング用のバイクに乗って、ものすごくゆっくりとしたスピードで何時間もこぎつづける。午後いっぱいを使って、病棟のみなに小槌で肉を柔らかくする方法を講義しつづけたこともある。賢明な人は彼には近寄らないだろう。

ブライアンが限界を超えた最後の一撃はジェイソン・ファーリーとのセラピーセッションだった。ソーシャルワーカーとして新しいことを試したがっていたファーリーは、催眠術の研修を受けてきたと言い、ブライアンには催眠術の効果があると思うと告げた。

「横になってほしい」ファーリーはブライアンに言った。

「本気なのか？」ブライアンは言った。「無理だ」

ファーリーはちゃんと教育を受けているはずなのに、普段のセラピーセッションのときでさえ自分がなにをしているのかよくわかっていないような節があった。だからブライアンは、彼がにわか仕込みの催眠術を雑にかけようとしてきてもまったく信用できなかった。

その結果、ファーリーはカルテに、ブライアンが「セラピーを拒んだ」と記した。これは問答無用で病棟を移される違反に該当する。彼は中警備の病棟に送り返された。たしかに痛手だったが、とにかくこれで嘘と噂が渦巻く病棟を離れ、ブリスキン医師の病棟へと戻ったのだった。

10 過剰に宗教的

中警備の病棟に戻ってみると、すべてが変わっていた。ブリスキン医師は病院を去り、後任はステファン・ストルツベルグという精神科医だった。ブライアンは一貫して統合失調症の治療薬ステラザインを最低量しか受け付けなかったので、ストルツベルグ医師は彼には電気ショック療法が効くかもしれないと考えた。しかしブライアンは拒否した。その週のうちに彼は靴を二足買うため口座から一五〇ドルを引き出したいと申請した。今度はストルツベルグ医師が拒否する番だった。医師の理屈は、ブライアンによれば「そんな額の金があったら、殺し屋を雇えるから」だという。

ブライアンは思った。靴二足の値段で雇えるなんて、いったいどんな殺し屋だ?

さらにひどいことに、次の面談の際にストルツベルグ医師はブライアンに、投薬量を増やさねばならないと告げた。

たしかに彼はステラザインを五ミリグラムしか飲んでいない（推奨される一日の摂取量は二〇ミリグラム）が、ブライアンは相変わらず、低用量に抑えていたほうが調子がいいという印象を持っていた。頭がはっきりし、エネルギーが十分にある。なんのトラブルもなくいられたが、ストルツベルグ医師はなぜか疑っているようだった。なにか自分の噂でも聞いたのだろうかとブライアンは思っていた。それが理由で投薬量を増やされるのは不当ではないか。二〇ミリグラムを服用しているほかの患者は太り、動きが遅くなり、見る影もなくなっていたし、もちろん糖尿病や心臓疾患のリスクが上がる。彼らのほとんどは服薬についてブライアンと同じように感じていた（「誰とも関わらなくていいなら、薬を飲まないほうがうまくやれる」とクリフは話してくれた。「俺はほかの人が俺とつきあいやすくなるように薬を飲んでいる」）。また薬を飲んでうとうとしっぱなしの状態になるのかと思うとブライアンは落胆し、その不安から落ち込んだ。一九九八年六月に新しい病棟ができるらしいと聞いた彼はそこに入りたいと希望を出した。じっさい、そちらの病棟のほうが制限は厳しいのだが、少なくとも担当の精神科医が替われば、薬でぼんやりさせられないですむのではないかと考えたのだ。

新しい病棟での生活はあぶなっかしいはじまり方をした。スタッフはボルティモア郊外にあるエドモンソンビレッジの出身者ばかりで団結していて、誰も彼らに注意する人がいない状態で病棟を支配していた。彼らが最初に出した命令は、患者が週に一度許されていた食事の取り寄せを禁止することだった。理由はなにも説明されなかった。もとより理由などなかったからだ。ブライアンには力を誇示するためにしか見えなかった。

新しい病棟「ＩＤＤ」には知的障害や発達障害の患者がたくさんいて、その多くは議論をしたり、自分の意志を述べることができなかった。ブライアンはほかの人たちより機能に問題がなく、はっきりと意見を言えたので、立ち上がって、リードした。たくましくタフで怒りを抱えているという、戦いに向いた外見であることも都合がよかった。スタッフに攻撃的に話すことにも躊躇《ためら》いはない。次の病棟ミーティングで、彼らが一線を超えていると言おう。

「我々には権利がある」ブライアンは言った。「我々の大事な特権を理由もなく奪うことはできない」ブライアンが院長に苦情を申し立てると脅すと、看護師たちは引き下がり、週に一度の食事の取り寄せは復活した。

第二ラウンドは文字通り汚い戦いとしてすぐに勃発した。次のミーティングで看護師の一人が、患者たちが石鹸やトイレットペーパーやペーパータオルを使いすぎていると言った。「洗面所の備品のひと月当たりの配給量を決めることにします。もし月末になる前にひと月分を使い果たしてしまったら、最悪なことになりますよ」

そして、本当にひどい状況になった。ブライアンは毎月、月末がくるのを恐れるようになった。トイレットペーパーの備蓄が少なくなると、患者たちは部屋にペーパータオルをため込むようになった。そもそも元から清潔とは言い難い者もいる。座りっぱなし患者や車椅子の患者は痔《ぢ》に悩んでいることも多く、ごわごわしたペーパータオルしか使えなくなると便座で出血する者が続出した。どう考えても不衛生だ。

病棟の中でも動ける患者たちが集まってどうするべきかを話し合った。多くの患者たちは波風を立てるのを恐れた。より制限レベルの低い病棟へ移りたい者たちはいまの立場を危うくしたくないのだ。ブライアンは過去にこの病棟の代表して発言し、食事のテイクアウト禁止をうまく覆した実績があったので、みなは彼にまた発言してほしいと頼んだ。

次のミーティングでブライアンは手を挙げた。外交的にうまくやろうなどとは考えていなかった。「我々にはもっと石鹸とトイレットペーパーとペーパータオルが必要です」彼は単刀直入に言った。「我々を人間としてちゃんと扱ってくれないなら、これから面倒なことになりますよ」

この脅しが効いて、洗面所の備品は元通りになったが、それ以来病院の看護スタッフと警備員のあいだでブライアンは共通の敵ナンバー1になった。彼らはブライアンの「敵意ある行動」を非難し、担当の精神科医に恨みつらみを述べた（皮肉なことに、担当医はまだストルツベルグだった。新しい病棟に新しい医師を雇うまで彼が代わりに担当していたのだ）。

ブライアンはあるとき、患者は自分に関する病院の記録を閲覧することができると法律で定められているのを知り、それ以降は定期的にカルテをチェックするようになった。トイレの備品の一件の後、彼のファイルには「支配的で人を脅すような態度を取り、自分の過去の行動や病状が深刻であることについての理解がない」と書き込まれていた。さらに腹立たしかったのは、彼が治療チームに病棟スタッフが自分に不当に厳しいと不満を漏らしたあとで、今度はストルツベルグ医師が「妄想が続いている」、「攻撃的な言動」、「猜疑心」、「恐れ」、「非協力的」、「問題解決能力が乏しい」などと書き込んでいたことだ。

HIPPA法により患者は自分の医療記録の閲覧ができるが、多くの医師は（特に精神科医は）患者が読むことを想定するというより、自分のためやほかの医療関係者に向けてメモを書いているので、患者にはその言葉遣いが曖昧で混乱を招きがちだった。パーキンスでは「辛抱強い」と「理解を欠く」はかなり特定された事柄を表現しているが、患者にそれがなんなのかわかるとはかぎらない。人にわからない言語を使うのは妄想型統合失調症患者にはよくある特徴だ。じっさい、統合失調症〔schizophrenia かつての名前は精神分裂症だった〕という言葉は「分裂した心」という意味だが、これは心が分裂しているのではなく、概念とその関連が分裂している状態を指す。精神科医の短いメモだけでは、疑り深い患者には容易に彼らをだますために作られた暗号に見えてしまう。この言葉の断絶は精神病の自己と自己像の崩壊の一部であり、統合失調症の作家エリン・サックスはこう書いている。経験する現実の本質は不変のものであっても、ときどき「ぼやけ」たり、「不安定」になったりして、「入りの悪い無線信号のように乱れ」たり、「砂の城のように侵食されたりする……引き潮に流されていくように」。別の統合失調症患者本人が書いた記述では、統合失調症患者は言語に関する妄想型の幻覚をこう記述している。

じっさいに、私は隠された意味を表すのに言葉をどう用いるかを考えることに耽溺するようになった。ふつうに通常の使い方をするよりも、言葉のゲームをすることに執着した。その結果、じっさいに起こっている出来事に対する私の解釈はどんどん現実から離れていき、人々がみんなやっていると私が思っていた言語ゲームの解釈そのままのものになっていった。

このことをふまえると、パーキンスでふつうの言葉に予想もつかない意味が持たされているのは皮肉なことだ。たとえば「脱走」という言葉は使われない。すべて「脱出」に置き換えられている。これは「刑務所のような行動制限の暗示を最小限にするため」だとされている（もちろん、本当は「刑務所のよう」なのは患者の行動ではなく、彼らが置かれた環境なのだが）。基本的に「脱走」は強制的に閉じこめられているところから逃げ出すことを指すが、「脱出」はたぶんアルツハイマー症の高齢者が徘徊してしまうような（また、楽しい目的で外に出ることを表す場合も多い）一時的で偶発的な行動を指すのが通常だ。

パーキンスでは言葉は大きな力を持っている。だから人々が言葉について腹を立てたり、頭を悩ませたり、言葉のことで激しくなじったりするのは意外なことではない。医師たちも患者たちも互いの言葉を延々と微に入り細にわたって分析しつづける。医師たちは患者たちが防御的に見せかけているものの奥を探ろうとし、患者たちは医師が自分のことを本当はどのように思っているのか、また、自分は少しでも退院に近づいているのかを知ろうとする。

医療従事者以外のスタッフが精神科の専門用語を適切でない用法で使うことも多い。日々の感情に診断名をつける。不幸な気分は「快感消失」にされる。考えることは「認知」。顔の表情は「情緒」。他人に同情することは「転移」。互いにわかりあえないときや、友達になったときは「境界が混乱している」。こう言うと、ごく通常の感情も経験も、奇妙なものに思えてくる。こうした言葉のせいで患者たちは互いに距離をとるようになってしまう。ほかの人たちが、ほかの誰とも同じ感情は持っていないとでもいうかのように。ちょうど、対面してもファイルの中でもファーストネームでなくミスター、ミセスと呼ぶことと同じような効果があった。患者がこの病院特有の用語を使うと医師たちは腹を立て、その患者を「過度に知的に説明する」と批判することにブライアンは気づいていた。

「外に出る」は聖なる言葉で、みなが追い求めている聖杯だった。「支援」もそうだった。これはすべてを表しているし、同時になにも表していない言葉だ。どんな状況でも使える言葉で、常になにかにあてはまる。「自分の病気を理解」したというのは精神科医の診断を受け入れたという意味であり、「従順」というのは投薬された薬を強制されなくても飲むという意味だ。「安全でない」は「自殺のおそれがある」という意味の隠語だ。重要なのは「十分に適応」していることで、これは自分の「支援体制」に「従って」いること、つまり規則に従っているということだ。

従順さはじっさい、退院への道だ。十分に従順な患者は外に出してもらえる。このときに症状がなくなっているとは限らない。ただその患者は扉を開けるための魔法の言葉を繰り返すことを学んだというだけだ。ブライアンは言うべき言葉は知っていたけれど、それを言えなかったり、言っても説得力が足りなかったりした。彼は規則にはまったく意味がないと思っていたから、抵抗するのが「従順」よりも健康な反応だった。

ブライアンは妄想に加え、「到達不可能な治療目標」を自分で設定しているとも批判されていた。このことに彼はとりわけ落胆した。彼の「治療目標」はいつかパーキンスを退院し、外の社会で自分で暮らしていくことだけだったからだ。これを達成するのはゴールポストが常に動いていなければずっと簡単なのだが、と彼は思った。パーキンスに来て一年目は自分がどれだけ自分自身のことを理解しているのかをみなが気にしていた。それがいまは自身の「理解」など関係ないみたいだ。問題にされているのは、彼の薬を飲むことに関する「従順さ」と、どれだけの「支援」を得られるかだけだ。

幸運にも友人や家族、病院外で彼らの幸せを考えてくれている人たちが定期的に訪ねてきてくれる患者は「十分に支援されている」と見なされ、それが（自立よりも重要な）退院のための新たな指標になっているようだ。ブライアンは、多くの患者と同様に、彼自身にはなんの責任もないが、あまり幸運なほうではない。この五年間、彼の友人や親族やきょうだいたちは電話やメールで簡単に連絡が取れるわけではなかったので、だんだんと連絡も途絶えていった。ほかの患者にも同じようなことが起こるのを彼は見てきた。パーキンスは周囲になにもないところにあるので、公共交通機関ではなかなか足を運べない。面会時間は短く、しかも不便な時間帯で、服装規定は厳しく、警備員にボディチェックされるのも訪問者にとって屈辱的だ。金を持っている患者は電話を使うことができたが、それも時間が制限されていて、しかも回線は各病棟に一本ずつしかない。親族のなかでも、罪を犯したブライアンを受け入れてくれた人たちは遠くに住んでいた。マルシアはアトランタに、おじのウォルターはピッツバーグに、そしてブライアンの外部との主なつながりであるキャシーは最近オハイオに引っ越した。空手道場時代の友達キューはいまも電話で話したり、できるときには面会に来てくれたが、彼自身も問題を抱えていて、いつも連絡できるとは限らなかった。

ブライアンの一番の支えは本当は信仰だった。

しかし彼はそのことを誰にも言わなかった。

私はブライアンと宗教についてはほとんど話し合ったことがない。そうすることでこの友情に亀裂が入るのをお互いに恐れているのがわかっている。私はブライアンに自分は特定の宗教を信仰してはいないと伝え、彼はペンタコスタリズムのようなカリスマ派のキリスト教の一種を信仰していると話してくれた。彼はそれについて長く話すことを好まなかった。過去に詳しく話したら、精神科医はみなそれを精神病の症状と見なしたからだと彼は語った。ブライアンにはとても気の毒だが、精神科医たちの言いたいこともわかる。

パーキンスに来た当初、ブライアンは教会に定期的に参加していたが、二年ほどで通うのをやめた。日曜の礼拝（あいまいで無味乾燥で特定の宗派に限定されない、多目的室での集会だ）には三十人ほどの患者が出席するが、まったく心を動かされるようなものではなかった。しかし教会に通うのはやめたものの、ポート・セント・ジョーで自分が得た啓示のことは信じつづけている。彼は殺人を犯したとき、自分が悪魔に取り憑かれていたのだとかたく信じている。キャンプ場で三日間キング・ジェームズ版聖書を読み、自首した後に移送された拘置所でも部屋には聖書を置いていた。旧約聖書も新約聖書もすべてのページを読み尽くした。パーキンスに来てからは、神による癒しについての本を複数読み、キリスト教のさまざまな宗派を勉強し、その読んだものと自身の経験から聖書の教義に自分なりの解釈を持った。

アメリカにはイスラム革命に理解を示す人もたくさんいて、イスラム教は世界の人口増よりも早い速度で広がっている唯一の宗教だとブライアンは知っている。二十年ほどのあいだに世界を支配するのも簡単かもしれない。旧約聖書ダニエル書第八章の「終末の時」にある「四つの王国が立ち上がる」という部分もよく知っている。彼はこの部分について、イスラムの勢力が放火などによってアメリカを内部から攻撃し、同時に中東、共産主義勢力、東洋の国々が外部から攻撃してくるという意味だと理解している。これこそが苦しい試練のはじまりであり、キリスト教徒たちは彼らの罪の償いとして痛めつけられる。そして激しい戦いの後にイスラム教は打ち破られ、イエスが地上に復活すると信じているのだ。

パーキンスに来た当初はグループセラピーや精神科医との面談でも自分の信仰について話したが、ストルツベルグ医師がカルテに「彼は信仰心が過剰であり、ネーション・オブ・イスラムについての妄想がある」と書いているのを発見して落胆した。ブライアンが慈善事業に寄付しようと考えていた計画さえ病気と見なされていた。「彼はこれを信仰による行動ととらえている」と医師は書いた。「しかし自分を凶暴な犯罪者だと思うことから逃れるための行動だと私は考えている」さらに曲解だ。医師はステラザインの服用量を増やせば「彼の過剰な信仰心を減らす」のに役立つかもしれないと書いている。

ブライアンの経験では、精神科医はだいたい宗教に関する捉え方が画一的だという。「みな石頭だ。ほとんどの精神科医が聖書をほとんど知らないのに、自分たちがなにかについて無知だなんてことはありえないと思っている」パーキンスで誰かと信仰心について話し合うことを恐れた彼は、電話でさまざまな教会の教化担当者と話すことに時間を費やすようになった。彼はそれぞれの宗派が聖書をどれだけ異なって解釈しているか、自分の読解が基本とはほど遠いものであるかを知らなかった。だから、自分と同じ結論に達した信者がほかにもいるのかどうか知りたかった。

この問題を解決するために、彼は電話帳に載っているいくつかの教会に電話をかけて聖職者と話せるかと尋ねた。アポなしの電話をたくさんかけた後、聖書のいくつかの解釈が彼と同じ聖職者を二人見つけた。一人はルター派で一人はバプテスト派だった。しかし二人とも終末の時については彼と意見が異なった。二人ともNATOが地球を征服し、世界は一つだという思想のもとに戦争を始め、それが終末の日々を引き起こすと考えていた。ブライアンは興味を惹かれたが、納得はしなかった。黙示録のこの解釈はエホバの証人がオリジナルだと考えていたからだ。ほかの教会は自分たちの宗派に合うようにアレンジして取り入れているだけだ。

電話では聖職者を見つけられなかったので、メールを試してみることにした。「ご助力をお願いします」という一〇ページにわたるメールを書き、電話帳にメールアドレスが載っていたさまざまな教会の指導者に送った。

ずっと昔、私は正気を失いました。それから五年間の苦しみのあと、私は非常に重大な罪を犯し、そのことを心から悔いています……この一一年間は施設に入っています。特定宗派の教義には触れたことがありませんでした……しかし最近、私の信仰の内容が非常に細かく詮索されています。私はほとんどのキリスト教徒が預言については勉強しないのを知りませんでした。そして私には教師がおらず、時間はたっぷりあったので、自分なりの解釈にたどり着きました。しかし施設の運営側は私が友人に書いた手紙を見て、私を宗教的な妄想を持っているから危険だと即座に決めつけました。決まりではその患者が信仰を告白している宗教の権威である誰かが教義などを説明することになっています。病院のスタッフはこれが必要だとは考えていません。貴教会の解釈が私の解釈に完全に、あるいは部分的に一致するかどうかを教えていただきたいのです。あるいはもし一致する部分がなくても、この状況で私が数多ある預言書の一語一語を結びつけ、未来への時間軸に沿ってまとまりのあるテーマにした理性ある試みをした結果だと証言してくださるだけでも非常に助かります。

返事がまったくないとあきらめかけていたときに、「ウォッチマン・ミニストリーズ」という教会の指導者から手紙が届いた。それはこう始まっていた。

ブライアン殿

あなたの過去と我らが主の国での新しい生活についてのお手紙を読みました。あなたはまったく正しいと思います。悪魔にとらえられ、とらわれていたあなたを神が救い出しました。そればかりでなく神はあなたをすばらしい聖霊で満たしたのです。……あなたの一〇ページにおよぶ記述の内容は（ほとんどの部分が）私が聖霊に与えられたものと一致します。聖霊は我々に聖書の解釈（そしてそれを通してほかの事柄の解釈も）だけでなく、終末の日々に起こる出来事についての一致についても正しさを認めてくれています……私があなたを神に仕える者として少しでも下に見ているなどとは思わないでください。神はもっとも重大な罪人をもっとも偉大な聖人に変えたのですから。

この聖職者は彼の教会が「イスラム（アラブの国々）を使ってアメリカを一掃しようという神の意志」について説明している資料を送ってきた。ブライアン自身の解釈とは違う部分もいくつかあったが、十分に共通点があり、彼は自分の正当性が証明された気がした。ただ、残念なことにこの聖職者は連絡先としてメールアドレスと教会のウェブサイトしか記載していない。パーキンスでは患者はインターネットを使うことができなかった。そして自分の信念がこの聖職者によって裏書きされたとしても、ストルツベルグ医師はそれを統合失調症の症状の一つと見なすだろうとブライアンは悟った。

たしかに宗教的な妄想や執着は精神病の特徴に含まれるが、患者が通常の生活を送れているかぎり、病的なものとは見なさないのが通常だ（そしてブライアンのケースでは彼が警察に自首したのは自身の信仰上の確信に基づいた行動だった）。おそらく精神科医らが懸念しているのは彼の帰依が唐突だったことで、ブライアンにとって自分が悪魔に取り憑かれていたと考えるほうが、自分が両親を殺したのだという事実と向き合うよりも容易だからだ、と考えているのかもしれない。それでも彼の信仰は特に異様だというわけではない。多くの宗教には外部の者から見たら妄想的だったり、健全とはいえないもの（断食、詠唱、恍惚状態で理解不能な言葉を語るとか、蛇使いとか、動物の生け贄とか、自責など）が含まれる。単なる風変わりな信仰と病的なそれを区別するのは、宗教が重要な役割を果たしている犯罪を犯した患者が多いパーキンスのような場所では特に難しい。パーキンスには悪魔払いの儀式をしようとして二人の子どもを殺してしまった女性が二人、大家を黒魔術師だと考えて殺してしまった男性が一人、自分の裁判にモルモン教の預言者一四人を復活させて召喚しようとした患者が一人いる。

ブライアンは自分の信仰心が統合失調症の症状だと断じられてしまうことを知ると、その話はもうしなくなった。しかしこれもまた裏目に出た。ストルツベルグ医師によるとブライアンは「ひそかに代償不全に陥り」、「自らの宗教的妄想を隠す」ことを学んだことになった。それ以降、ブライアンは先を読むことをあきらめ、事実だけを述べることにした。宗教という話題は彼のほうから持ち出しはしないが、ほかの人たちがそれについて話したがったら、避けずに応じた。彼は信じていることをオープンに語った。彼にとってはそれは信じていることではなくて真実だったのだけれど。彼は新約聖書を一字一句変えずに引用できるほど詳しいので、関連があるときは引用した。そのせいでアフリカ系アメリカ人のスタッフたちからさらに嫌われることになった。彼らの多くはネーション・オブ・イスラムの信者だったからだ。彼の治療チームはブライアンが聖書について話すようになったと聞くと、再び彼には「従順さが足りず」、「妄想」と「硬直した思考」といった症状があると見なした。

DSM5は妄想を「事実でないことを確信していて、反証を挙げられても訂正することができない」と定義している。しかし信仰上の信念のようなものの場合、信仰心の強さは通常は美徳と見なされる。なにか意義深いものに感情的に傾倒したときに、自らの視点を変えることは難しい。そこでの真実にしがみつき、反証は信じようとしない。ある意味、自分の信じたいものを信じつづけるための理由を見つけるために、我々のほとんどは「凝り固まった信念」と「硬直した思考」を経験する。しかし我々はまたこうした思考を自分の生活の一部にとどめている。しかしブライアンのパーキンスでの生活はとても制限され、彼の思考は非常に注意深く探られ、分析されるので、なにかを分離したり、自分の中だけにとどめておくことは難しいのだ。

「過剰に宗教的」なことを懸念したストルツベルグはブライアンの投薬量を増やし、ステラザインを一日二〇ミリグラムに変更した。これはそれまで飲んでいた量の四倍だ。平均的な一日の投薬量なのだが、ブライアンにとっては量が多すぎるばかりでなく罰のように思えた。低用量でまったく問題なくやっていたし、精神的に安定していると感じていたのに。これで将来の見通しが厳しくなった。

ブライアンはパーキンスにやってきたのは助けを得るためだと思っていた。しかしいま彼はまるで法廷にいるかのように、来る日も来る日も裁かれている。常に監視され、一言一句の意味を問われる。自分の生活をコントロールできないことに疲れてきた。朝何時に起きて、何時に食事をし、何時に昼寝をし、何時に戸外に出て、何時にテレビを見て、夜何時に就寝するか、スタッフの言うとおりにやらねばならない。彼はアイデンティティを奪われたように感じていた。もう学生ではないし、空手の教師でもないし、弟でも、誰かの恋人でもなくなった。彼はただ精神病の患者であり、それだけだった。

さらに事態を悪くしたのは、この状態に終わりが見えないことだった。彼は一生懸命やってきた。だが、医師たちがまだ社会に対する危険があると考えているかぎり、退院させてもらえない。そしてリスク評価でブライアンは社会への脅威であると見なされていた。これを変える唯一の方法はさらなる「従順さ」を見せることであり、それはステラザインの増量を受け入れることだった。ここで再び、彼にはそれ以外道がなくなってしまった。

ステラザインを増やせば自分が消えてしまうことはわかっていた。そしてその通りになった。彼はほどなくろれつが回らなくなった。通常の会話をするのも難しくなり、なにかを考えたり集中したりしづらくなった。娯楽室を歩いて横切るのが大仕事になった。そしてついに彼は起きていられなくなった。テレビの前にだらしなく座り、一日一六時間眠り、それからベッドに行って一晩じゅう眠った。彼は性的に不能となり、失禁するようになった。

彼はさらに再び、そこから戻ってきた。裏ルートで手に入れたカフェインで頭をはっきりさせたのだ。いまいる病棟ではコーヒーもカフェインが含まれる炭酸飲料も禁止されていたが、軽警備の病棟にいる患者から本物のコーヒーを一瓶買うことができたのだ。たくさんあるわけではなかったが、頭にもやがかかるのを防ぐことができた。しかしこの禁制品を持っているあいだは、片時も警戒心をゆるめてはならない。そして八月には一連の徹底捜索が連続しておこなわれた。彼はそのせいで落ち着かなかった。なにかがおこなわれている。それがなんなのかはわからないけれど。ある日、朝食の前に、すべての部屋が調べられた。警備員たちはブライアンの持ち物も調べたが、ブライアンにとって幸運なことに、彼らはベッドサイドのテーブルの上の帽子の下に隠されたインスタントコーヒーの瓶を見つけることはできなかった。

この年、パーキンスは予算削減の対象になり、いつもの通り、その影響を受けるのは患者たちだった。院長であるフラガラ医師は絶望し、悩んだ末に、ハミルトンハウスを閉鎖すると発表した。ハミルトンハウスというのは移行のための半制限コミュニティで、患者たちが退院に徐々に備えるための場所だった。長年、一〇人から一二人の患者たちが半年ごとにハミルトンハウスに送られてきた。ここが閉鎖されてしまえば、病院の外での生活を予想し、慣れるための場所がなくなる。退院する患者が減れば、前進を待つ患者たちの渋滞が起こる。その渋滞を緩和するために数人の患者たちがシステムを逆戻りさせられることになる。

ブライアンにはこれがどういうことかわかっていた。きっと重警備から脱出するまでに何年もかかってしまう。彼はまだ警備員たちが自分に関する嘘の噂を医師たちに広めていると信じていた。というのは次の臨床ミーティングで彼の治療チームが身に覚えのない謎の規則違反で彼を尋問することになったからだ。「ペーパータオルを燃やした」、「管理員のマグカップを盗んだ」、「中庭で大声で歌った」（ブライアンは歌わない）などが罪状だった。彼が書いたという手紙も見せられた。筆跡すら自分のものではなかった。嫌疑の内容がどれほどばかばかしくても、彼がどんなに強く反論しても無意味だった。チームは常に「精神病の患者」よりもスタッフのほうを信用するからだ。近い将来、彼らはさらに投薬を増やしてくるだろうと彼は悟った。身体に力が入らず、麻痺している彼は簡単に襲えるよい標的になる。そして彼には敵がたくさんいた。

これがはじめてではないが、彼は裁判を受ける能力が自分にあると見なされたら人生はどう変わるだろうと考えた。外部の人たちは精神病院送りになったら懲役刑を免れることができると考えるが、それは間違っている。刑事責任能力がないと見なされた被告は同じ犯罪で服役するよりもはるかに長い期間を病院で過ごすことになるのだ。さらに刑務所では、自分の刑期をつとめれば服役は終わりだ。しかし刑事責任能力なしの場合は最短の刑期もない。三五年から四〇年の判決が下ったら、それはつらいかもしれないが、少なくとも釈放の日はわかっていて、それを励みにできる。

「二件の第一級殺人罪で仮釈放なしの終身刑になるでしょう」ブライアンの弁護士マーク・ヴァン・バヴェルは言う。しかしブライアンは自分はパーキンスを出られないかもしれないことに気づきはじめてもいた。そして一生閉じこめられているなら、刑務所のほうがましだ。ウェイトトレーニングや中庭での運動ができるし、なにもできなくなってしまう薬を強制的に飲ませられなくてすむ。「刑務所のプログラムのほうがここよりもましと言う人がたくさんいる」二〇代はじめの患者ルイスが私にそう話してくれた。しかし刑務所に六カ月いたあとにパーキンスに移ってきたジェレミーの意見は違う。

「ここにいるほうが刑務所にいるより少しましだ。一日じゅう部屋に閉じこめられているわけではないからね。ここでは昼寝の時間までは部屋にいなくていいし、投薬のあとはドアが開いている。刑務所では、大半の人は携帯電話を一日二回、一時間半ずつ使える。先週ここに友人二人が来てくれて、僕は彼らとハグをして、近くに座って話をすることができた……それに自分が望めば外部の決まったレストランに三回食事を注文することができる。地域の病院ではできるけど刑務所ではできないことだ」

ブライアンはもしも奇跡が起きて病院から出られたとしても、また送り返される可能性が高いことを知っていた。そういう例を現実に見てきた。パーキンスを出た患者が戻ってくる可能性は受刑者の再犯率の半分ほどだが、はるかに厳しく詮索される。ほんのわずかな違反、たとえば軽い窃盗のような軽度の違反であっても病棟に送り返される。一方、元受刑者は仮釈放中の面談をすっぽかしてもたいしたことにはならないか、おとがめなしで社会の中に紛れこみ、司法制度そのものから逃れ出てしまうことさえある。

ブライアンは意識がもうろうとするまで投薬されることが嫌になり、退院に向けてまったく前進できないことにも疲れてしまった。彼がずっと同じ場所にいたり、後退してしまったりしているあいだ、パーキンスにやってきては退院していくたくさんの患者たちを見ていることにも不満が募っていた。なかには支えてくれる裕福な親族がいて、個人的に弁護士を雇えるような恵まれた者もいたし、女性はシステムを進みやすい。ブライアンは密かに敵意と妄想を心の中に隠しているとと考えている医師たちは、彼のことを退院の候補者として検討すらしないだろう。まったく進歩がないなかで彼は規則に従わなければならない。つまり薬を飲むということだ。彼は考える。このままだとおむつをして、四十年間ずっとテレビの前に座りつづける老人たちの仲間入りをすることになってしまう。

そんな人生なら生きる価値はない。彼はそう思った。

11 転換点

一度脱走を決断してしまうと、もう戻れなかった。彼は夜、ベッドに横たわったまま寝ずに計画を考えた。ピッツバーグに住んでいる古い友人リチャード・フィリップスの協力を取りつけよう。リチャードは不治の病にかかっているので、失うものがあまりないのだ。ブライアンはリチャードからペンシルヴェニアとヴァージニアの丘陵地帯にある古い廃鉱の話を聞いたのを思い出した。どちらもパーキンスから車で一日で行ける場所だ。彼はリチャードに手紙を書くことにした。電話ではなく手紙のほうが読まれたり検閲されたりしないので安全だ。廃鉱の一つを探して、そこに長いあいだ隠れて生活するための必需品を置いておいてほしいと頼むのだ。期間は五年ぐらい、そう考えていた。

ブライアンは隠れ家生活で必要なもののリストを作った。ベッド代わりのソファ、雨水を浄化するシステム（セラミックがいちばんだが、カタダイン社の浄水装置でも大丈夫）、毛布と本を複数、サバイバル用の食料五年分（生存主義者《サバイバリスト》の雑誌に通信販売で発送してくれる業者の広告があった）、それから番犬とふれあいをかねて、子犬を一匹。しつけは彼がする。すべての準備ができたら中古車を買ってパーキンスの近くに停め、五ガロンのガソリンの缶三つか四つに毛布をかけて後部座席に置き、車のキーを封筒に入れて、その封筒を車台の下にテープで貼りつけておいてほしいとリチャードに頼んだ。夜のあいだに病院を抜け出せば、ガソリンを入れるために止まることもなく、ノンストップで廃鉱までたどり着けるだろう。この計画がうまくいけば、彼がいなくなったことさえ知られないうちに身を隠せるかもしれない。五年ぐらいここで時を送ったあと、ひそかにアメリカを離れるのだ。

成功すれば、自由だ。途中で殺されれば、違う意味で自由になれる。捕まって刑務所に送られれば、少なくとも明確な刑期が決まる。もし仮釈放なしの終身刑になったとしても、いまの先が見えない耐え難い状態よりましだ。最悪なのはパーキンスに送り返されることだ。ブライアンにとってはそうだった。だから負けられない。

しかし準備を進める前にリチャード・フィリップスが亡くなったという知らせが入った。こうなるとブライアンにできることは限られてきた。次に立てた計画は最初のものよりスケールは小さいが、しかし現実的だった。武器を手に入れて人質を取り、警察に撃たれるというものだ。死ななかったら、有罪になって刑務所に送られるだろう。メリーランド州の検察当局は彼を刑事責任能力なしと申し立てはしないだろう。医師たちが彼にはその能力がないと判断したとしてもだ。撃たれて死んでしまった場合は、それでいい。誰かを傷つけるのは嫌だったが、もう我慢の限界を超えていた。

二カ月後、洗濯室に一人でいるとき鉄板でできた支柱を壊して一部を取ることに成功した。長さ約三五センチ、直径五ミリほどの金属片だ。彼は部屋に戻ると、天井のタイルのうちで緩くなっているものを探し、その支柱を中に隠した。その後、チャンスを見つけては取り出して、シャワー室のセメントの部分にこすりつけ磨いた。彼はこの刃のような金属片をおさめる三角巾を作って、普段の衣服の下に常に身につけ、チャンスを待った。

パーキンスの監視カメラ映像より

しかしチャンスは来なかった。だから彼は自分で作ることにした。看護師たちは午後二時半から三時のあいだにシフト交代する。このとき、警備員たちはいつもホールの向こう側にいるかわいい看護師に話しかけるため病棟の裏に行ってしまうので、娯楽室にはスタッフが誰もいなくなるのをブライアンは知っていた。一九九九年一二月五日、日曜日、午後三時五分、あたりを見まわし安全だと判断したブライアンはシャツの袖の中に金属製の刃を結びつけると、病棟のドアの内側でドアのハンドルが動くのを待った。

ブレンダ・ウィリアムズは疲れていた。今日はいつものシフトではなく同僚の代わりに入っていた。日曜日に出勤するのは好きではないが、重警備病棟の午後三時から一一時というシフトは割増料金が魅力的すぎて断り切れなかった。彼女は別の病棟から来た主任看護師と一緒にホールを歩きながら、今日は夜、何時に帰れるのだろうと考えていた。二階への階段を上り、通行証を自動ロックにかざす。ドアが開いた。ブレンダは悲鳴をあげた。

ブライアン・ベクトールドがこちらを向いて立っている。手にはなにか鋭く細長いものが握られていた。長い金属片で、先端が尖っていた。その切っ先は彼女のほうに向けられている。

「下がるんだ、そうしないと痛い目に遭わせるぞ」彼は低い声で言った。「方向転換して、8‐南まで俺を連れていけ」

看護師は動かなかった。彼女は自分の胸の中で心臓が鼓動するのを感じた。

「あっちを向け」ブライアンが言った。

ブレンダは向きを変えたが、怯えすぎていて動けなかった。ブライアンはいらいらした様子で彼女の肩をつかむと、彼の前にあるドアのほうに押し戻し、金属片の先端で彼女の背中をつついた。ブレンダはパニックにならないように自分を抑えながら、先ほど来た廊下を戻った。なにが起こっているのかわからないが、死にたくなかった。

階段にやってくると、その下にあるドアを見て、あのドアを出ればその後自動的に鍵がかかることに気づいた。ブレンダは階段を駆け下りようとした。ブライアンがすかさず彼女の肩をつかんで引き戻した。必要とあればこの男は自分を殺すだろうと彼女は悟った。

「こういうことは二度とするな」彼は言った。その声には怒りがこもっていた。「いいか、お嬢さん。俺は本気だ。行くぞ」

金属片の先を背中に押しつけられたまま、ブレンダは歩いた。どうすることもできなかった。ブライアンは彼女にそのまま廊下を2‐北まで歩かせ、通行証でドアを開けるようジェスチャーでうながした。彼女が言われた通りにしたとき、インカムからアナウンスが入った。「ベクトールドが2‐北を通って逃走している」

ブレンダは職員たちに警告されていることを知って安心した。同時にこの病棟を抜けると、隣は軽警備のエリアだと思い出した。向こう端のドアには鍵がかかっていない。そのドアを抜けたら、ブライアン・ベクトールドが病院から出るのを止めるものはなにもない。彼に人質、つまり人間の盾として連れていかれたらどうしよう。彼を刺激したくはなかったが、自分にとってこれが最後のチャンスだと思った。

そして、母親のような口調で彼に言った。

「ねえ、聞いてちょうだい。私はあなたのことは知らないけれど、言いたいことがあるの、こんなのうまくいかないわ。一瞬でいいから考えてみて。こんなこと本当はしたくないんでしょう」

「止まるな」ベクトールドは彼女を前に押しながら言った。

二人はそのまま歩いて病棟を横切った。ブレンダは前方のナースステーションを見た。近くまで来たとき、そこにいた看護師たちに目で合図しようとすると、みながいまなにが起こっているか知っているのが彼女にはわかった。看護師たちの存在が彼女に再び勇気を与えた。ナースステーションの前を通り過ぎるとき、彼女は足を止めた。

「ちょっとここで寄っていかない?」彼女は訊いた。「ここの女性たちになにか手伝ってもらえるわ」その声は震えていた。

「止まるな」ブライアンはまた言った。

ブレンダはこれが最後のチャンスだとわかっていた。「ここの人たちにちょっとだけ言うことがあるのよ」言うやいなやナースステーションのデスクの向こうに回ると、オフィスの中に逃げ込んだ。ブライアンは気にしていなかった。もう人質は必要なかったのだ。

その日の午後、ハーバード・マッキーサン軍曹はパーキンスの管理センターに詰めていた。病院内のあちこちの様子が映る小さなテレビモニターが並ぶデスクに座っていた。日曜日はだいたいいつも静かで、この日も例外ではなかった。しかし午後三時過ぎに電話が鳴った。2‐北の当直看護師からで、必死な声だった。ブライアン・ベクトールドが逃走し、いま病棟を横切っていった、彼女はそう言った。マッキーサンは管理センターから飛び出ると、ロビーで荷物検査をしていた職員のゲイリー・アデアとともに中警備の病棟に向かってホールを駆け抜けた。警備員二人が角を曲がると、そこにブライアン・ベクトールドがいて、右手に握った鋭利な金属片を彼らのほうに向けながら、こちらへ歩いてきた。

「どうしたんですか、ベクトールドさん?」マッキーサンは声をかけた。なんとか説得し、思い直させることができるかもしれないと考えたのだ。「大丈夫ですか?」

「下がってろ、さもないと殺すぞ」ベクトールドは平板な口調で言った。

マッキーサンもアデアも、その言葉が本当なのか試そうとは思わなかった。パーキンスの患者のほとんどは暴力的な犯罪歴を持ち、スタッフへの襲撃も日常茶飯事だ。警備員は武器を携帯していないし、ベクトールドは死ぬほど本気だ。マッキーサンもアデアも両手を挙げ、ベクトールドが次のスライドドアを通り抜けるのを見送った。マッキーサンは考えた。「あの男はロビーには入るかもしれないが、外に出る前に誰かがドアに鍵を閉めるだろう」

マッキーサンは間違っていた。ブライアンがそのままロビーに入ると、黒髪の若い女性がロッカーに冬用のコートと鍵を取りにいっているところだった。彼女は刃物をみとめたが冷静なふりをし、神経質にほほえんだ。ブライアンはゆっくりと近づいた。彼女をこわがらせたくなかった。おそかった。彼は見つかってしまった。誰かが悲鳴をあげた。身重でお腹の大きな女性ががっくりと膝をつき、祈りはじめた。警備員がロビーに駆け込んできて、ブライアンのほうに突進し、刃物をつかもうとした。ブライアンは武器を反対の手に持ち替えると、振り向いて警備員に対面した。すると警備員はすぐに降伏し、彼の足下にうずくまった。ブライアンは妙に落ち着いていた。病院から歩いて出ると駐車場に向かった。外は思っていたより寒かった。長いズボンをはいてくればよかったな、と思った。

精神科の看護師カサンドラ・メイフィールドはちょうど今日の仕事を終えて、クリフトン・T・パーキンス州立病院の駐車場に停めたシルバーグレーのマーキュリー・クーガーの運転席に座っていた。下を向いてバッグに口紅が入っているか確認していると、誰かが左側のドアのウィンドーガラスを激しくたたいた。カサンドラは驚きのあまり、心臓が飛び上がった。横を見ると、狂ったような様子の男が大きな尖った金属片を持っていた。再び、男がガラスをこぶしでたたく。カサンドラはあわててキーに手を伸ばし、震える手でなんとかエンジンをかけた。ハンドブレーキを解除して、アクセルペダルに足を載せる。車は猛スピードで前進し、金属片をつかんでいる野人のような患者を残して去っていった。

ブライアンは八〇〇メートルほど走ったところで東に向かい、森の中を進んだ。小道に出ると、放置された工場やブロックの山のあいだを縫うように身を隠しながら通り抜けた。鉄道の線路を渡ってさらに進んでいくと、大きな道路に出た。しばらくその道を進んだが、金属片はシャツの袖に隠してはいたものの、開けたところにいるのは無防備で人目に付く気がした。後ろから車が一台走りすぎていく。さらにもう二台。

午後三時一五分ごろ、ハワード郡警察本部トビー・フルトンはニューリッジロードを南にパトカーを走らせていた。無線が入り、クリフトン・T・パーキンス州立病院から患者が脱走したと告げている。両親を殺してパーキンスに送られた患者だという。フルトンは自分の銃を確認し、アクセルを踏み込んだ。

その患者は白人男性で中肉中背、赤い短パンに濃い青か黒い服を着ているという。パーキンスから約一・五キロメートル、カーベル・アイスクリームの倉庫のすぐそばのパタクセント・レンジ・ロードを東に向かって走っていると、前方に路肩に沿って歩く赤い短パンと青い服を着た男が見えた。そして同時に、西に向かって走ってきた白いバンが停車し、中からパーキンスの警備員が飛び出してきた。警備員はフルトンを見ると、赤い短パンの男を指さし、この男が脱走した患者だと示した。フルトンは無線機をつかんで応援を呼んだ後、患者の横に停車し、パトカーを降りた。

「おい！　止まれ！」彼は叫んだ。

ブライアンは振り向いて彼を見た。「止まるか！」

フルトンはホルスターに手を伸ばすと、九ミリのシグザウエルP220を抜き、叫んだ。「地面にうつ伏せになれ！」

ブライアンは足を止めると、フルトンのほうを向き、両腕を広げた。「さあ、撃ってくれよ」

彼は言った。「あんたは俺を撃たなきゃいけない。俺は戻る気はない。頭を撃ったほうがいいぞ」

「いますぐうつ伏せになるんだ！」フルトンはまた叫んだ。

ブライアンは道路の真ん中に立ったまま、フルトンの言葉を無視して言った。「今夜誰かが死ぬことになる」それを聞いて、フルトンはぞっとした。

フルトンは身体の前に銃を構えながら、ブライアンに近づいた。人を撃つのはできるかぎり避けたかった。特に武器を持っていない者を撃つのは。

「こいつは武器を持っているのか？」フルトンはパーキンスの警備員に大声で訊いた。

警備員は質問を聞き違えた。「我々は武器を持っていない」そう答えた。

フルトンは構えていた銃を下ろし、ホルスターに戻すと、唐辛子のスプレーを取り出した。円筒形の容器を振り、ふたを外して、患者にこれからスプレーをかけるぞとわかるようにして近づく。

「銃を抜いて俺を撃ったほうがいい」ブライアンは繰り返した。そしてセーターの袖の中に手を入れると、三〇センチほどの尖った金属片を引き出し、フルトンに向けた。「今夜誰かが死ぬんだ」ブライアンはまた言った。「それがあんたじゃないとしたら」ブライアンは警備員を手で示した。「あの男だ」

フルトンはスプレーの缶をベルトに戻すと、再び銃を抜いた。武器を持っている男を撃つのなら問題はない。特にその男が精神を病み、すでに二人の人を殺している危険人物であるなら。それでもフルトンはどうしても必要でないかぎり撃ちたくなかった。彼は男に最後のチャンスを与えることにした。

「おい、君。こんなことはやめろ。けがをするぞ」フルトンは言った。

ブライアンは金属片を構えたまま向きを変えると、脇道のシャーウィック・コートのほうへ歩いていった。そのとき二台目のパトカーがやってきて、警官が二人降りてきた。ジェイソン・ホールとリンダ・フリーマン巡査部長だとフルトンにはわかった。三人はパーキンスの警備員とともに、ブライアンに止まれと叫びながら、徒歩で追跡した。ブライアンは彼らを無視していたが、振り向くとフリーマン巡査部長に向かって、「おまえたちのなかから一人選ぶ。だから銃を抜けよ、この女《アマ》!」

次の瞬間、ホール巡査がブライアンに向かって走りだし、ペッパースプレーを抜くと、ブライアンをねらって吹き付けた。しかしこの日は風が強く、スプレーはそのまま吹き戻されてホールの顔にかかった。

ブライアンは立ち止まってその様子をしばらく見ていたが、「そのいまいましいスプレーをかけようとするのはやめろ」と言った。

こんどはフルトンはブライアンに近づいた。もう一度説得しようと考えていた。しかしブライアンは突然向きを変えると、フルトンに威嚇するように金属片を突きつけた。

「俺の頭を撃てよ」脅すように言うと、金属片を袖の中に戻し、向きを変えて走りだした。警官たちが後を追う。ブライアンは突き当たりまで走ると右に折れ、アクア・クールの倉庫の脇を通って、〈アポロ引越&倉庫〉と書いてある看板の下に並ぶトラックの搬出口に向かって走っていった。搬出口の一つの前に黒いピックアップトラックが停まっていた。運転席には年配の男性が座って、本に夢中になっていた。ブライアンは二メートル半ほどの距離まで来ていた。

「それ以上近づくな！」フルトンは叫んだ。

ブライアンが振り向いてもう一度言った。「お前は俺を撃たなきゃならなくなる」

この男は本当に死にたがっている、フルトンはそう思った。「おい！」彼はトラックの運転手に言った。「ここから離れるんだ。この男は危険だ！　精神病院から逃げてきたんだ！」

年配の男性は本から顔を上げたが、状況がわかっていなかった。しかしすぐにブライアンを見ると、パニックになりドアを開けて運転席から出ようとした。

「中にいろ！」フリーマンはトラックの後部を蹴って叫んだ。「トラックの中にいてドアをロックしろ！」

ブライアンはフルトンに対峙して言った。「俺は戻らない。撃てよ。なにを待ってるんだ。俺を撃て！」

フルトンは躊躇った。タックルして引きずり倒すことはできないだろうか。

ブライアンは言った。「三つ数える。その後この男を刺して、トラックを乗っ取る。だから俺を撃つ準備をしといたほうがいい。わかったか？」

「そんなことはやめろ、お前」ホール巡査が言った。

「下がれ」ブライアンは近づいてきたリンダ・フリーマンに言った。「そこにいると弾に当たる。あっちに行ってろ」彼はトラックの反対側を指し、彼女は言われた通りにした。

「一、二……」

「やめろ」フルトンは言って、銃を抜いた。

「三」ブライアンはトラックの中の男に向かって突進した。

フルトンは撃った。鋭い音が何発か空気を切り裂いた。


ブライアンは身体の真ん中をバットで殴られたように感じた。息がまったくできなくなり、その場に倒れた。痛みはなく、ただ腹が焼けるような感じがして身体が動けなかった。ピックアップトラックの隣に左半身を下にして倒れていた。ブライアンの身体を片足で押さえていた警官が彼にうつ伏せになれと言い、両手首を乱暴に引っ張り出して背中に回し、手錠をかけた。その後のことはよくわからなかった。誰かが自分の横にひざをつき、右手と右大腿部を押して仰向けにした。そして担架に載せられ、救急ヘリに収容された。

死んでいない。まだ。

12 薬《くすり》男《おとこ》

ヘリコプターはボルティモアのコーリー・ショック外傷センターにブライアンを搬送した。緊急手術の数時間後、腹部にきつく包帯が巻かれ、右腕にはギプス、膀胱にはカテーテル、片方の鼻の穴にはチューブが装着された状態で彼は目を覚ました。腸の損傷が激しく、なにも食べることも飲むこともできなかったので、三週間経口摂取なしで過ごしたところ、二〇キログラム以上体重が減った。三回撃たれたのだと医師から聞いた。右肘に一発、下腹部に二発（手術で腹部から弾のかけらを取り除いた）。ようやく動けるようになると、彼はメリーランド大学医療センターに移送され、受刑者専用になっている病棟に三週間入院した。

腹部は医療用のステープラーで閉じてあり、二十四時間ポンプをつけられ、非常に敏感になっているので指一本でふれただけでも鋭い痛みが走った。あるとき、看護師が彼のステープラーを外して傷口にガーゼを詰め、二時間後にまたやってきてガーゼを取り出した。傷口を出血させ肉を元のように盛り上がらせるための処置のようだ。非常につらい日々だった。

撃たれたときはそれほど痛みを感じなかったが、回復するには時間がかかった。ブライアンは薬全般をいやがり、処方された大麻ベースの鎮痛剤を拒んだのでよけいつらかった。まる三週間まったく動くことができず、いろいろな点滴や排液の管につながれて、常に死ぬほど喉が乾いていた。医師に水を飲みたいと懇願すると、尿が出てからでないと水を飲んではいけないと言う。身体はからからに乾ききっていて水一滴、出なかった。ついに、しばらく警備員がいなくなって、一人になるチャンスが訪れた。彼はなんとかベッドから抜け出すと、点滴や排液の管やカテーテルにも負けずに身体を引きずって部屋を横切り、ウォータークーラーのところまでたどり着いた。大きなプラスティック製のカップになみなみと水を注ぐと、飲んだ。すぐに二杯目も飲み干した。またたくまに彼はよみがえった。それからほどなく、医師が求めていた条件は満たされた。十分な量の尿を出せたのだ。

一九九九年のクリスマスが過ぎてもブライアンはベッドから出られずに過ごしていたが、一月半ばのある寒い朝、ハワード郡警察本部の警官が二人やってきて、事情聴取のために彼の身柄を拘束した。手錠をかけられ、警察のバンの後部座席に乗せられ、警

ブライアン。「拘束衣を解いて」より

察署に移送された。ブライアンは刑務所に送られることを望んでいたので、黙秘権や弁護士の立ち会いを求める権利などを放棄した。警官たちは彼に書類にサインするためのペンを与えようとしなかった。ペンで刺されるかもしれないと恐れたからだ。二人は彼に名前や年齢や住所などの基本的な質問をいくつかしてから、「今日はどうしてここにいるのかわかるか?」と訊いた。

「はい。パーキンス病院を脱走したからですね」ブライアンは答えた。「私は人質を取った。車を盗もうとした。市民を脅迫した。警官に撃たれた」

「わかった。ではその件についていくつか質問に答えてもらえるかな?」

「いいえ」ブライアンは言った。

その後、彼は警官を脅したことによる二件の第二級暴行罪、看護師に対する三件の第二級暴行罪、人質を取ったことによる一件の不法監禁、ピックアップトラック運転手の脅迫による一件の第一級暴行罪で起訴された。さらに「危害を加える目的で武器を携帯した」ことと「収容されている場所から脱走した」ことによっても起訴された。裁判の日程は郵便で知らされるだろうと告げられた。

過去パーキンスから実際に脱走した数少ない患者は、通常病院に送り返されることはなく刑務所に送られてきた。まるで病院での屈辱と制限に反抗するのは正気であることの立派な証拠だとでもいうように。しかしブライアンはパーキンスに送り返された。公選弁護人からは、審問が開かれるまでに少なくとも二年はかかるだろうと言われた。しかもそれは、裁判の案件がたまっているせいではないという。法廷に出る前に、彼に裁判を受ける能力があるかどうかを鑑定しなければならないのだと告げられた。

脱走する前の状況が彼にとって悪かったとしたら、いまや輪をかけて最悪だった。八年前はじめてパーキンスにやってきたときに入った新入院棟から、すべてをやり直さねばならなかった。新入院棟は自殺や脱走を企てるおそれが特にある患者のための病棟だ。彼が再び「脱出」しようとするのを防ぐために、拘束されることになった。パーキンスでは拘束は緊急の場合か、ほかの形の制限の効果がなかった場合にしか許されていない。「拘束ベッドに縛りつけられた瞬間に人権は消し飛ぶ」とクリフは語ってくれた。ジェレミーは病棟でバレエのピルエットをしていたせいで拘束されたことがあるという。「バレリーナのまねをしてふざけてただけなんだ。筋肉注射のあと四点拘束された。『ねえ、みんな本気なの？　僕はただふざけてただけなんだよ』っていう感じだった」

ベッドに縛りつけられたブライアンはいじめられ、嫌がらせをされた。彼は看護師たちが自分の要求を無視し、傷にもおざなりな関心しか示さなかったという。メリーランド大学医療センターで腹部に巻いていたような伸縮性と粘着力があり、交換が容易な大型絆創膏のような包帯――後に彼はそれがモンゴメリー・ストラップという名前だと知った――をしてほしいとリクエストすると、看護師たちはなんのことかわからないと答えた。わざと自分を怒らせ、困らせるために知らない振りをしているのではないかと感じたという。そうだとしたら、それはうまくいっていた。「彼は包帯の交換についてスタッフと権力闘争をしている」とストルツベルグがブライアンのカルテに書いている。

警備員にとってパーキンスは楽な職場ではない。患者たちは常軌を逸していたり、いらいらしていたり、妄想症だったり、危険だったりする。落ち着かなくなって、ホールを延々と歩き回ったり、叫んだり、唾を吐いたり、蹴ってきたりする。警備員たちは物理的な力を使わずに問題のある状況を「平常化」しなければならないし、怒りに駆られることも許されない。警備員のなかには患者を嫌うようになって、電話を使いたいとか戸外に出たいとかスナックを食べたいというような患者の要求を無視することでその恨みを晴らそうとする者もいただろう。病院の規則は紙の上ではもっともなことに見えても、病棟で実行するとなると単純に不可能だった。危険な統合失調症患者を優しい言葉でなだめることなどできるはずがない。警備員たちは自分たちが重傷を負わないようにするため、腕力を使わねばならないときもあった。

患者たちのスケジュールも紙の上では申し分ないように見える。さまざまな活動に参加できると書いてあるが、実状はかなり異なっている。クリフが話してくれた。「我々の病棟では一週間に五二のグループがあることになっている。最後に数えたとき、その週は二六のグループがじっさいにはおこなわれていなかった。午前中は戸外に出ることになっているが、我々は午前中に外に出たことがない。本当に一度もない。医師が運営するエクササイズのクラスがあるはずなんだが、その医師にそんな時間があるのを見たことがない」

パーキンスの看護師や警備員のなかには何十年にもわたって本当に患者のことを考えてきた人たちもいる。しかし敵意を持ったり、患者を恐れていたり、あるいはただ単に能力が足りないスタッフもいる。クリフは間違った薬を渡されたことが四、五回はあるという。「自分がやっていることをちゃんと把握していないんだ。ちゃんと注意を払っていない……よく考えようとしていない。誰も『これは問題だ』と言いたくないんだ。そして誰も罰を受けることはない。対処はなにもない。本当にレベルが低いと思う」

撃たれた傷が回復するまでのあいだ、ブライアンは看護師や警備員たちからずいぶんと嫌な目に遭わされることになった。彼らはブライアンの拘束衣が外されてからも虐待を続けた。ベッド二つでいっぱいの部屋にほかの患者と相部屋にされた。みな個別セラピーとグループセラピーを受けているのに、ブライアンはグループセラピーしか受けさせてもらえなかった。そして抗精神病薬をまた投薬された。ストルツベルグ医師の姿を見ることはほとんどなかったが、彼はまだブライアンの主治医だったのだ。患者たちの「新鮮な空気を吸う休憩」のときに、ブライアンだけ冬用のコートを着ることを許されなかった。コートの中に武器を隠し持つかもしれないから、と看護師は説明した。メリーランド大学医療センターの医師たちは彼に下腹部を支える加圧ベルトを巻かせていたが、パーキンスではそれも許されなかった。さらに、警備上のリスクが大きいという理由で料理やガーデニングなどのボランティア活動にも参加させられないと言われた。ブライアンの目から見ると、これは治療上は逆効果に思えた。それまで彼自身が楽しんでいたことだし、こうした活動は治療になる。人との結びつきを作り、治療チームからよく見てもらえる。いまや彼らは病棟の外で彼を見ることがほとんどない。武器を使って人質を取ったので、彼はベテランのスタッフにも恐れられるようになった。最近入ったスタッフにとっては文字通りの危険人物だった。新しいスタッフは彼が制御不能な悪人であり、いつ誰に襲いかかるかわからないと思い込まされているようだとブライアンは感じていた。

不満で我を失いそうになったブライアンは、誓いを立てた。パーキンスのスタッフに頼るのはやめて、自分で回復していこう。この病院で八年暮らすうちに、スタッフの大半が彼のことを思ってくれているわけではないのはわかっていた。彼らは事なかれ主義だ。病院の食事にも頼れない。ほとんど食べられたものではないから。スタミナを取り戻すには、週に一度のテイクアウトの食事を利用し、できるかぎり早くにエクササイズを再開しなければ。腹部をしっかりと包帯で固定し、激しくない動きからはじめよう。そのうち力が戻ってきたら、腕立て伏せやスクワットやウェイトを持ってカールするなどの厳しいメニューに切り替えるのだ。彼が順調に元の強さを取り戻そうとしていたある日、トイレの戸口の枠で懸垂をしているところを警備員に目撃され、報告された。こんどトレーニングしているところを見たら、また拘束衣を着てもらう。以上。

いつもの通り、この決定の理由は述べられなかった。自分が元の強さを取り戻したらなにをしでかすか、彼らは恐れているのだと彼は思った。あるいは単なる恣意的な罰なのか。どちらにしても彼にとって結果は同じで、身体の具合は悪くなっていった。ブライアンは武術のトレーニングを通して知っていた。エクササイズをすれば血流がうながされる。運動をやめれば腕の傷口の組織がかたまってしまう。血液がそこを通って流れなくなり、傷口から感染する。ある朝、彼は目を覚ますと熱で身体が震えていた。パーキンスのメディカルクリニックで、内科医が抗生剤をくれて、感染は週末のうちに治るだろうと言われたが、ブライアンは薬を飲むのを拒否した。病状が深刻なのはわかっていた。「本物の」病院に行きたいと彼は訴えつづけた。スタッフに事の深刻さを理解してもらい、メリーランド大学医療センターの医師に予約を取ってもらうまでに数日かかった。診察の日が来る頃には、感染は上半身全体と右腕にまで広がっていた。

「敗血症になっている。手術をして傷口を切り開かなければ」ブライアンを診た医師は当然のように言った。

手術前には、感染が動脈にまで達していたら腕を切断しなければならないと宣告された。麻酔で意識が薄れていくなかで、目が覚めたとき片腕がなくなっていたらどんな感じなのだろうとブライアンは思った。病院を訴えて、その賠償金で民間の精神科医を探し、優秀な弁護士たちのドリームチームを雇い、退院し、タヒチのビーチでくつろぐ姿を想像した。太陽の下で寝そべるのに片腕で不都合ということはない。

ブライアンが目覚めると、身体はどこもなくなっていなかった。

彼の最初の反応は落胆だった。

三月になる頃には、ほかの患者たちと一緒に娯楽室で過ごしてパーキンス内の噂話をできるまでに回復していた。噂のほとんどはブライアンの第八病棟時代の主治医ハニフ・ゴパラニのことだった。ゴパラニ医師が奇妙な行動をしているというのだ。約束の時間に遅れ、大事な会議を無断欠席する。患者のファイルにおかしなことを書く。グループセラピーのセッションで自分の卓球の試合での武勇伝を延々と披露する。目が赤く、息がくさい状態で突然病棟に現れる。彼はメリーランド州保健精神衛生局の司法次官補でパーキンスの法定代理人でもあるスーザン・スタインベルグに熱を上げているようだった。スタインベルグは三〇代半ば、肩まで伸びた黒髪となめらかな白い肌の持ち主で非常に魅力的な女性だが、その物腰はいかめしく、荒々しいと言ってもいいくらいだった。彼女はのぼせあがった医師に同情するようなタイプではなかった。

ある日、ブライアンは精神科医の居室が居並ぶホールを行きつ戻りつしていた。ストルツベルグを待っていたのだ。居室のドアにはそれぞれ小さなガラスの窓がついている。ゴパラニ医師の居室の前を通り過ぎたとき、室内の壁に射撃場の紙の的が貼ってあるのに気づいた。的には弾の穴が並んでいた。パーキンスの近くに射撃場があるのをブライアンは知っていた。昼休みにでも射撃をしにいったのだろうと思った。

二日後、シルバーウィングで彼はゴパラニ医師に偶然会った。

「お部屋に的があるのを見ましたよ、先生」ブライアンは話しかけた。「どんな銃を使ったんですか？」

精神科医は強いインドなまりのある抑揚のない声で訊き返した。「なんだって？」

「的です。お部屋にある」ブライアンは言った。「射撃がすごくうまいんですね」

「すまないが」ゴパラニ医師は言った。「君がなにを言っているのかわからない」彼は頭がおかしい人の相手をするのには疲れたというように首を振りながら去っていった。

ゴパラニ医師の態度がおかしいのはこのときが初めてではなかった。患者たちはゴパラニに「薬男」というあだ名をつけていたが、これはゴパラニ医師の患者全員がまるでなにかの伝染病にかかったみたいにけいれんし始めたという噂が元でつけられたものだ。ほかにもろれつが回らなくなり、一点を見つめ、手を振り回し、そわそわと動き回る患者たちもいた。けいれんしながら顔をしかめる者や一日じゅう身動きもせず、奇妙なポーズで凍りついたように立ちつくす者もいた。ブライアンの友達アルヴィン・レジャーは当時「薬男」の病棟にいた。当時のレジャーはゴパラニ医師がなにかの実験をしたのではないかと考えていた。

アルヴィンはブライアンに、薬男が患者全員に抗精神薬の副作用を打ち消す薬を飲むよう指示していたと話した。パーキンスでは精神科医が効果がないと感じた薬の「処方をやめる」ことは珍しくはないが、通常は対象の患者を選択し、時間をかけて、つらい離脱症状が出ないようにおこなう。薬男がやったような、担当している患者全員の投薬をいっせいにやめさせることなどみな聞いたことがなかった。彼の病棟の患者たちはゴパラニはなにを考えているのだろうといぶかしんでいた。アルヴィンのように、ゴパラニが個人的になにか妙な実験をおこなうために患者をモルモット代わりにしているのではないかと考える者もいた。

ブライアンは、薬男は居室に装塡した銃を置いている可能性もあり、なにか大きな問題を抱えているのかもしれないし、危険だと考えていた。同僚の医師たちがどうして気づかないのか理解できなかった。薬男がホールを同僚とふつうに話をしながら歩いているのを見るたびに、あきらかにおかしくなっているこの医師についてなぜ誰も心配しないのか、なぜこの医師がまだ患者を診ることを許されているのかとブライアンは疑問を持った。もしもパーキンスの医師たちが精神病を見極めるのに長けているのだとしたら、なぜ薬男が病気であることに気づかないのか？　あるいは彼らは知っているが、気にしていないだけなのか。

皮肉なことに、ゴパラニ医師は患者の投薬をやめてしまったのに、ストルツベルグ医師はブライアンの薬を増やしたがっていた。拒否したブライアンははじめて「委員会にかけられる」、つまり病院の法医学臨床検討委員会で検討されることになった。委員会はブライアンの意志に反して投薬するよう決定した。ブライアンは驚かなかったが、おとなしく服従するつもりはなかった。彼はこの決定に関してハワード郡控訴裁判所に訴えた。

彼が薬を拒否するのは気まぐれではなかった。いままで飲まされたどんな抗精神薬もまったく効いたとは思えなかったからだ。ただ頭がくもって、意識が薄くなるだけだった。精神科医の意見は違い、薬はブライアンの症状を抑える効果があるはずだと言うのだが、ブライアンにはその

「症状」というのがどんなものを指すのかよくわからなかった。

統合失調症の診断を受けた患者には抗精神病薬が必ず（一生であることも多い）処方される。ブライアンのように「一度の発作」があり、その後「寛解」の状態にある場合もだ。しかし精神科医のなかには精神病の徴候を示す患者にも抗精神病薬が有効だとは考えていない者もいる。アメリカ国立精神衛生研究所元所長のトーマス・インセル医師は彼の経験上、患者のなかには長い目で見ると抗精神薬を減らしたほうがうまくいく場合もあると公式に発言している。そして統合失調症の研究者ドクター・ナンシー・アンダーソンは抗精神病薬は精神病にはほとんど効果がない上に、脳の萎縮を引き起こす可能性もあると主張している。ゲルマン・E・ベリオス、ロゲリオ・ルケ、ジョセフ・ビラグラムによる二〇〇三年の研究論文「統合失調症　概念の歴史」は、統合失調症においては最新の治療法が常に適正であるとされているが、そこに根拠はないと述べている。彼らは「『最新のやり方がもっとも正しい』とか『頻繁に使われることが正当さの十分な証明になる』などを立証するための効果的な実験がおこなわれたことはない」と述べている。

パーキンスの患者の多くにとって抗精神病薬はなくてはならないものであることをブライアンは知っている。彼が話した患者のなかにも回復が薬によって非常に助けられたと言う人は複数いたが、しかし大半の患者にとって、いちばん助けになったのは他人と接する環境にいることだった。

「一日の大半を自分の部屋を出たり入ったりして過ごすことはできるが、ずっと部屋にこもっていることはできない」ジェレミーは話してくれた「そのおかげでほかの人たちと長期的に関わることに慣れる」他人と一緒にいることはよい影響を与え、現実的な外部の世界とのつながりを保つことを助けてくれる。行きすぎた孤独は個人を破壊する。孤独を好む人であっても、常に一人でいると視界が狭くなる。他人と過ごすことで自分はみなと同じ人間であり、他人と無関係なわけでも自分だけ特異なわけでもなく、我々はみな一緒に生きているのだと常に思い出させてくれる。

たくさんの患者が、パーキンスにくる前はさまざまな状況で自分の中に引きこもっていた。家族と同じ家や大学の寮で暮らしていたとしても、いつも機会を見つけては一人の世界に入り込んでいた。しかしパーキンスでは患者は病院のスタッフや医療関係者だけでなく、ほかの患者たちからも常に観察されている。幻想の中に引きこもることはできない。少なくとも長いあいだは無理だ。多少のプライバシーは与えられているものの、人づきあいの習慣や決まったやり方をしぶしぶにせよ練習させられている。ただ単にほかの人々と同じ場にいることのほうがどんな治療や薬よりもはるかに薬になった、と多くの患者が言っている。

ブライアンは罰として（本人は薬を拒んだことへの罰だと考えている）重警備の病棟に戻された。ストルツベルグがファイルに記した、この措置を正当化する「移送メモ」に彼は腹を立てた。不当で予断的だと思ったのだ。このメモでストルツベルグが書いた診断名は「妄想性統合失調症、複数の物質の濫用」だった（実際には一三年のあいだ、医師に飲むよう強く言われた薬以外なにも摂取していなかったのだが、過去のことが常に診断に含まれることを彼は知っていた）。彼は「攻撃的な発言、猜疑心、過剰な信仰心、恐れ、協力的でない、問題解決能力が低い」などの症状が出ているとも書かれている。「彼はネーション・オブ・イスラムに関する妄想を抱いている」とストルツベルグは付け加えている。診断には「自殺傾向」も含まれているが、これに関してストルツベルグは懐疑的だ。「彼は脱走した後、警察に自分を殺してほしいと依頼したことを認めた。しかし下腹部に大きな傷口が開いている状況で、その回復をみずから妨げるようなことはなにもしなかった」と医師は述べている。

「下腹部に大きな傷口が開いている」状態は治ってきて、ブライアンは回復してきた。ストルツベルグが述べていたように「右肘が多少動かなくなったが、ほかには障害は残らないようだ」。医師は特に根拠もあげずに「彼が非常に暴力的な殺人と自殺の妄想を抱いていたことを疑う理由はないが、彼はそれについて話し合うことができない」と付け加えている。おそらくもっともショックだったのは最後の文章だろう。「タイレノール四錠を飲んだ数時間後に、その反応で『偏頭痛』が一度出た」

この偏頭痛につけられた鉤《かぎ》括弧を見たブライアンは、ストルツベルグ医師は自分の状態を過小評価し、単に不平不満を言っているだけで、仮病だという可能性すらあるように見せようとしていると感じた。患者が言った言葉にこうした鉤括弧をつけるのは批判を暗示したもので、パーキンスで常におこなわれている言葉のジャグリングの一例だ。しかしストルツベルグのレポートでブライアンがいちばん腹を立てたのは、その見下すような口調だった。まるでブライアンの動機や欲求を本人よりもよくわかっているとでも言いたげだった。ストルツベルグ医師の見方では、「猜疑心」や「恐れ」は精神科の病棟に八年も閉じこめられていることへの当然の反応ではなく、精神病の症状なのだ。そしてこのファイルに書かれていることはみな永久に記録として残ることをブライアンは知っていた。そこに議論の余地はない。さらに、このカルテを誰が見るかもブライアンは関知できない。HIPAA法で医師たちは患者の情報と記録を共有することを許しているからだ。結果として自分のケースに関わる人がどんな「症状を示す」言葉や行動をここから見つけることになるのか、ブライアンにはわからないのだ。

さらにこの重大な判断を下し、パーキンスでもっとも権力を持っている精神科医たちは、患者たちと過ごす時間がもっとも少ない人たちでもあった。患者たちにとって、自分のヒエラルキーは主治医に会うために待つ時間と実際に会っている時間の比較でわかる。延々と待たされたあげくに一〇分の面談で終わる精神科医たちは自身の病棟に三十人ほどの患者を抱えている。多くの医師にとって病院の仕事は自分の仕事全体の一部分にすぎず、パーキンスの患者一人ひとりと毎週一時間ずつ話をするのはまったく非効率的で、大量の些細な情報の沼に引きずり込まれることになる。そうならないために彼らは一〇分間の面談をしながら患者のカルテをざっと見るか、事前に看護師やセラピストやソーシャルワーカーに簡単にブリーフィングしてもらっているのだろう。パーキンスでは患者との関わりの優先順位はそれほど高くないのだ。

ブライアンは入院してからの八年間に医療記録や精神鑑定やリスク評価の所見は限定的なものでしかなく、医師が望んだ方向にねじ曲げられることすらあるのを知っていた。精神科医が面談や検査でその人の責任能力、どれだけ思考がはっきりしているか、どんな感情を抱いているか、そして怒り、憂鬱、いらいらしている、執着している、恨んでいるなどをはかれるというのは本当だ。検査ではかれないものはその人の気持ちではない。結果はその瞬間を写したもので、スナップ写真のように医師と話したり、検査を受けているそのときの患者を写したものでしかない。患者が新しい薬を飲みはじめたとき、それが彼らの気分や思考にどんな影響を与えるかは評価に表れるかもしれない。暴力に訴える可能性についても検査結果に表れるかもしれないが、実際に暴力を振るうかどうか、振るう場合はその暴力が他人と自分、どちらに向かうかなどはわからない。さらに、有効な評価をおこなうには、患者が心を開き、正直になっていなくてはならない。そしてパーキンスではブライアンが知るかぎり、口に出したことはすべて自分に不利に使われる可能性がある（そしてたいていはそうなる）ので、正直さは常に不足していた。

ストルツベルグの報告を読んでブライアンは退院の可能性がはるかに遠のいていることを悟った。彼が警戒し、敵意を持つようになったとしても責められるだろうか？　彼は病院のスタッフにいじめられていると感じていたし、「治療のための会話」は無駄以下のものだった。彼は警官の発砲によって自殺しようとした（それが失敗したら刑務所に送られるだろうと思っていた）が、負傷しただけに終わったばかりでなく、医師たちに曲解されつづけるという侮辱も受ける結果になった。医師たちは「脱出」を彼の信仰と結びつけ、彼がパーキンスから「脱出」しようとしたのは、世界の終わりが近づいてきたと思い込んでいるからだと結論づけた。マイケル・スウェードという精神科医は二〇〇二年の心理リスク評価でブライアンのことを、「二〇〇〇年に世界が終わると思っていて、平和に暮らすことができるアマゾンに人々を率いていくのが自分の責任であると信じている。それは、自分のことを『大艱難』のなかイスラエルの民を率いる二人の預言者のうちの一人だと信じているからだ」と述べている。スウェード医師はさらに、この情報は「協力者」から得たものと付け加えているが、それはつまり噂を確かな証拠と見なしているブライアンの病棟の別の患者からの伝聞ということだ。

しかし精神科医たちの誤解にも根拠がまったくないわけではない。ブライアンが終末の時を信じているのは本当だ。彼はキリスト教がネーション・オブ・イスラムの攻撃を受けると予想していた。そしてそれとは別に、彼は退院したら、アラスカ（あるいはジャングル）のようなどこか遠くの人里離れた場所に移住したいと話すことがあった。彼が自身の信仰についてオープンに語りたがらないことも、この推測を招く原因となっただろう。

信仰心というのは科学の領域の外にあるので、パーキンスの精神科医たちは複数の人と共有されているものでないかぎり、宗教上の信念を異常だと見なしている。宗教的な経験の中でも世間に広く認知されているキリスト教、イスラム教、ラスタファリニズム、サイエントロジー、ヴードゥー教は「本物」であると分類され、回復の助けになると見なされるが、ほかの特異な宗教体験は「幻覚」と分類されるのだ。パーキンスにはさまざまな宗教の教義に通じている精神科医はほとんどいないので、その宗教についての疑問が起こった場合には患者本人にその宗教の仲介者（通常は牧師、聖職者、心霊治療者など）がいないかと訊く。しかしブライアンの聖書の解釈は入院して以来外部からの助言もサポートもなしに自分で考えたものなので、彼の信念は「幻覚」に分類されてしまう（ウォッチマン・ミニストリーズの牧師が正当性を証言してくれたのに）。

二〇〇〇年五月のCFRBにかけられたときにも彼はこうした「幻想」を抱いているとされた。訴訟手続きのあいだ、州検察官補スーザン・スタインバーグはメリーランド州精神保健衛生局を代表して、ブライアンは「偽の信仰を抱いている……彼はスタッフに妄想を抱いている……彼は世界の終末に関する妄想も抱いている」と法廷で述べた。彼女は「病院は彼にはこの量の投薬が必要であり、この薬で彼が回復すると考えている……投薬に関する記録を見ても、彼になんらかの副作用が出るとは考えられない」と主張した。

この記述は間違ってはいない。ブライアンのファイルには薬の副作用のことはなにも書いていない。抗精神病薬を飲んだ患者はみな常に眠くなり、生気がなくなり、無感覚になるので、その意味ではとりたてて異常なことや予想外のことではない。ただしとても不快ではある。それにもかかわらず、ブライアンには本人の意志に反して投薬を続けることが必要であるという病院側の決定を、判事は是認してしまった。ブライアンは落胆し、不満を感じて、いままでやりたいと思ったことはあっても、実行してはいなかったことをやった。薬を飲んだふりをして頬の内側に隠し、あとでトイレに吐き出す、「チーク」というものだ。多くの患者がやっている。これにはコツがあるが、一度覚えてしまえば簡単だ。

チークすることで、彼の自尊心は少し回復し、病院の臨床部長がゴパラニ医師になにが起こったのかを説明しに病棟にやってきたと知ったときには気持ちがさらに上向いた。ゴパラニ医師はもう二カ月も病院に姿を見せておらず、騒ぎになっていたのだ。このときの臨床部長アリス・シャノン＝ストルツベルグはブライアンの担当精神科医で宿敵でもあるステファン・ストルツベルグの妻であり、ブライアンの病棟にやってきたとき、彼女は威厳を失わずに打ちひしがれて見せることに成功していた。

彼女は婉曲語法と精神科の専門用語を混ぜ合わせたものを駆使して、こう発表した。「ゴパラニ医師は病院を一時的に休んでいます。理由は神経衰弱です」

ブライアンを含む数人の患者たちは真面目な顔を保つのに苦労した。ゴパラニ医師になにがあったのか、彼らはすでに知っていたからだ。「ボルティモア・サン」紙で記事を読み、「運営側」がなんと説明するか小銭を賭けていたのだ。

「パーキンスの誰かが『神経衰弱』という言葉を使うのを聞いたのははじめてだったよ」ブライ

アンはにやっとしながら言った。「ふつうはDSMに載っている詳しい診断名を本当に慎重に言うのに、このときは誰もあの男が妄想型統合失調症だという事実を認めなかった」

二〇〇一年一月半ば、ハニフ・ゴパラニ（四八歳）に州検察官補スーザン・スタインベルグへの接近禁止命令が下った。ゴパラニは彼女にデートを断られてから六カ月以上のあいだ、ストーカー行為をしていたのだ。スタインベルグの家に何度も現れては愛を告白した。接近禁止命令が出されたときゴパラニはすでに二度、パーキンスに遅刻や長期欠勤、注意力の欠如、医師にあるまじき行動、さらにはスタインベルグに対する嫌がらせの件で停職処分を受けていた。接近禁止が出てもゴパラニは彼女につきまとったので、一〇日後、彼女は改めて訴えた。

「ボルティモア・サン」紙の記事によれば、二回目の接近禁止命令が出た日から逮捕されるまでのあいだに、ゴパラニは二二回以上スタインベルグに連絡をしている。二〇〇一年二月九日、彼はストーカー行為、嫌がらせ、保護命令違反で起訴された。それでも彼は止まらなかった。保釈金を払って出てきてから、次に逮捕される三月一九日までのあいだに、スタインベルグに三九回連絡している。スタインベルグの母親が、彼が娘とその夫であるメリーランド州元知事の自宅ドアベルを鳴らしつづけていると警察に苦情の電話を入れたことでゴパラニはついに逮捕された。警官が現場に行ってみると、精神科医はスタインベルグ家の裏藪《やぶ》に隠れていた。ゴパラニは保釈金一〇万ドルを設定され、嫌がらせ、保護命令違反、不法侵入で起訴された。

裁判記録によればハニフ・ゴパラニはクリフトン・T・パーキンス病院で働くかなり前に精神

疾患の病歴があったと「ボルティモア・サン」紙は伝えている。一九九五年、精神科医ラリー・B・シルバーはゴパラニが「深刻な精神障害」であると証言した。さらに一九九七年には、彼は「妄想を抱いている」とされた。一九九八年九月には「偏執的な思考をする」と書かれ、一〇月には、ゴパラニが雇った精神科医によれば個人的な生活において「現実感を失っている」とされている。ブライアンの疑いは間違っていなかった。ゴパラニは精神が混乱した危険な状態だった。

二〇〇一年の逮捕後、ゴパラニは深刻な精神障害のため医師としての仕事を続けるのは不可能であり、二十四時間の監視と精神科の長期治療が必要であると医師から診断された。「彼の認知は減損していて、蓄積された精神医学に関する知識と技術に重大な疑いが生じている」と精神科医は結論づけている。「彼は拘禁し社会から遠ざけておくことが必要」で、ストーカー行為の容疑については「刑事責任能力がない」とされた。

「パーキンスの精神科医は精神病を見つけたり、理解したりすることのすばらしいエキスパートなはずだ」ブライアンは言った。「それなのに同僚の医師の一人が妄想型統合失調症だったことさえわからなかった。彼は何年もここで仕事をしていたのに、実は正気じゃなかったと診断されたんだ。もし彼がパーキンスの精神科医じゃなかったら、きっと新入院病棟に送り込まれていたよ。彼自身が担当していた病棟だ。本当はそこに送るべきなんだ。けれど彼は地域の病院に送られた」

ゴパラニ医師は地域の病院できっと、自分がかつて刑事責任能力がないと鑑定した患者に複数出会うことになるだろうとブライアンは言った。彼が報復されることを考えるとブライアンは満足だった。

これで少しは公平さが保たれる。

13 疑惑

ブライアンの次の精神鑑定はティモシー・ウィスニウスキーという精神科医によっておこなわれた。彼がこの医師に会うのがはじめてだったが、それはこうした鑑定ではふつうのことだ。完全に客観的におこなうために病院外の医師を連れてきておこなうことが多いからだ。このときブライアンはまた構造化面接と「知的レベルと現在進行形の精神病の程度をはかる」ための一連の検査を受け、「パーソナリティ障害の存在を裏付けるようなものがあるかどうか」も診られることになった。ブライアンは過去半年にわたって薬を「チークして」きたので、今回のテストの結果には特に興味があった。

鑑定はインタビューのあとに一連の検査をおこなうという流れだった。その検査とは、ミネソタ多面人格目録、ウェクスラー成人知能検査、ワイドレンジ・アチーブメント・テスト、ベンダー・ゲシュタルト・テスト、ロールシャッハ・テストだ。この試練はまる一日続いた。ブライアンはすべてが終わったときにはほっとした。疲れ切っていたが、鑑定はうまくいったと思っていたし、これまでのところウィスニウスキー医師からもそう聞いていた。彼の報告書にはブライアンは「試験者に非常に協力的」だと書かれ、さらに「おこなわれるテストをすべてやり遂げようという強い意志を見せた」と付け加えられていた。さらにブライアンには「ユーモアのセンスがある」が、「常に評価のためのタスクを非常に真剣にとらえていた」と好意的に述べている。

知能検査の最終的なスコアは一一三と「高水準」であり、被験者の八一パーセントより上の結果になった。彼は「長期記憶」が有意に強かった（このことには私も何度も気づいていた）。七年前、パーキンスにやってきたときに受けた知能検査の結果は九四だった。今回のスコアは有意に進歩していると言える。報告書でウィスニウスキー医師はこの変化はブライアンの治療期間に起こった「認知の回復」のおかげであり、彼は元の機能レベルに戻ったのだと述べている。ロールシャッハ・テストもいい結果だった。じっさい、ウィスニウスキーは「ほとんどの人のテスト結果に見出されるようなこと」しかなかったと述べている。

ここまではすべてブライアンにとって希望に満ちた結果のはずだった。しかし、いいニュースはここで終わる。ウィスニウス

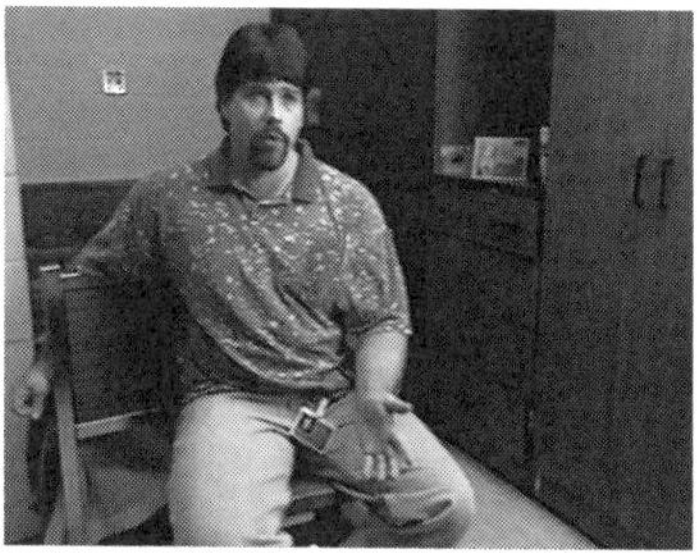
ブライアン。「拘束衣を解いて」より

キーはブライアンを妄想症（「アフリカ系アメリカ人のスタッフが団結して彼に嫌がらせをしていると信じ込んでいる」）で危険でさえあると考えた（「彼は［パーキンスを］出るためには非常に過激な手段に出ざるを得ないかもしれないと述べている……特に［パーキンスから］刑務所に送られるためにはスタッフの誰かに重大なけがをさせなければならないかもしれないと口にした」）。ブライアンがすべては話さず、嘘をつき、検査で不正をしているのではないかと心配していた。ブライアンの語彙の検査結果は「マニュアルに書かれている回答例との一致率が高い」ため「疑わしく、「事前に誰かに指導されたかどうかを知るため」、医師は「やや難しい〜難しいという難易度の単語を三語、追加の問題として出題した」。その三語とは「壮麗（grandeur）」、「墓碑銘（epitaph）」、「効果的な（efficacious）」だ（ブライアンは最初の二つは知っていたが、最後の単語は知らなかった。「この非公式のテストから、ベクトールド氏は指導によって膨らまされた言語力ではなく、本物の言語能力に基づいてこの言葉を定義したという結論が出た」とウィスニウスキーはしぶしぶ認めている）。

全体として、ブライアンの検査結果は「精神病の存在を示す精神測定上のエビデンスはほとんど見られなかった」と報告書は述べている。それにもかかわらず妄想型統合失調症というもともとの診断名は変わらなかった。というより、彼は精神病ではないという結果が出たせいで、診断名が変わらなかった。つまり、患者が精神病を隠している証拠だと見なされたのだ。ウィスニウスキーは病院のスタッフやほかの患者にブライアンのことを訊いた結果、「ベクトールド氏が自分を守り切り、検査中、観察されていても反応を抑えることができるように練習したからだ」と結論づけた。ウィスニウスキーはブライアン自身の受け答えや検査結果より、ほかの患者たちがブライアンについてひそかに話してくれたこと（これは「臨床的なエビデンス」と呼ばれている）のほうに重きを置いたことを認めている（「臨床的なエビデンスは内密に集められたものなので、信頼性が増している」）。

ウィスニウスキー医師はブライアンの六年前からの評価の歴史に基づき、第二軸の「反社会的パーソナリティ障害」と診断した。統合失調症のような精神病は投薬で管理することができるが、パーソナリティ障害は先天的なものであり、生まれつきか非常に若い時期に発症し、治ることがないとされている。しかし一九九九四年におこなわれたブライアンの精神鑑定には第二軸の診断は含まれていない。もしブライアンが反社会的パーソナリティ障害なのだとしたら、彼は生まれつき精神病質者《サイコパス》だったことになるので、七年前にはなぜそれが気づかれなかったのか、あるいは一〇代の頃に精神病院に行ったときになぜわからなかったのか、ということになる。今回の診断結果は、彼が病棟の規則に疑問の声を挙げたり、薬を積極的に飲もうとしないことを根拠に下されたのではないだろうか？

ウィスニウスキーが自分を反社会的だと思ったのは、自身の宗教的な信念に関係があるのではないかとブライアンは疑っていた。ウィスニウスキーは報告の最後にこう書いている。「彼が逃亡未遂を起こした動機は、世界の終わりについての信念、すなわち審判の時期が終わるまでどこか未開の地でその土地のものを食べて生き抜いてほしいと神が彼に望んでいるという妄想的な信念に関連していると考えられる」

これも医師が「内密に」集めた（おそらくほかの患者にブライアンについて訊いた）「エビデンス」の一つなのだろうとブライアンは気づいた。彼は「過剰に宗教的」と見なされるのを恐れて、精神科医とは宗教的な信念について話さないようにしていたからだ。彼は特にウィスニウスキーには宗教の話をしないように注意していた。ウィスニウスキーはそのことについて報告のなかで認めている。

ベクトールド氏はとてもうまく防衛しているので、彼がいまも妄想的な信念を持っているのかどうかははっきりとはわからなかった。彼は信心深いということと自分の宗教的な信念は多くの人に幅広く支持されているものではないということは認めたが、それ以上詳しくは話そうとしなかった。

ブライアンがパーキンスを脱走して、「未開の地に逃げたがっていた」とウィスニウスキーが考えたのは、好きな本の話をしたせいかもしれないとブライアンは思った。「どんな本に興味があるかと訊くと」医師は述べている。「彼が題名を挙げた本は『大艱難』や『都市入植政策』に関連があるものだった。この二つのジャンルは世界の終わりにどう対処するかという、その地で生き延びる方法に関連している。この情報は彼が以前に述べた妄想的信念と一致しているので、こうした妄想をいまも強く持ちつづけていることを示している可能性がある」。ブライアンが選んだ「現在興味がある本」は、実際は「彼のかつて盛んだった精神症状の潜在性の発現」であると締めくくっている。

これは拡大解釈すぎるように思えた。「信心深く」てその地の食べ物を食べて生きていくことに興味がある人はたくさんいるだろうとブライアンは思った。ウィスニウスキー医師はその人たち全員が妄想を抱いていると見なすのだろうか、と。

明るい面の話をすれば、ついにその年、ブライアンの担当医が新しく来た医師に替わった。シルパ・ゴシュタゴレという名のカルカッタ出身の女性医師だ。彼女にも問題点はあるものの、ストルツベルグと比べたら格段によかった。ブライアンはまだ重警備の病棟にいたにもかかわらずゴシュタゴレ医師は抗精神病薬を徐々に減らすことを許可してくれた。ブライアンは少し前から薬を飲み込んでいなかったのだが、もう精神病だとは思われていないのだと思うと少し気分がよくなった。二〇〇二年八月にもう彼は「チーク」しなくてもよくなった。公式にもう薬はいらないことになったのだ。

同じ八月に、ブライアンは脱走未遂以来はじめてパーキンスの外に出ることになった。パーキンスから車で一時間ほどの距離にあるエリオット・シティ郊外にあるハワード郡控訴裁判所に連れていかれ、脱走未遂の件の裁判にかけられるのだ。この件について「ボルティモア・サン」紙のリサ・ゴールドバーグが記事を書いている。ブライアンはダイアン・リージャー裁判長に、「脱走しようとしたのは、病院の運営側に彼を刑務所に送らせたかったから」と述べたとゴールドベルグは書いている。「自分の状況はケン・キージーの『カッコーの巣の上で』の精神病患者のようだと彼は述べた」彼女はブライアンを「従順で」「事実だけを述べ」ていると描写したが、彼が裁判長に「施設の医師たちが彼の偏頭痛を治療してくれなかったので、いつかその『つらさ』のせいで、『理性を失うかもしれない』と脅迫的なことを言ったと述べた」とも書いている。

審問に呼ばれて証言したパーキンスのスタッフと警備員も、ブライアンは物静かで従順だと述べている。彼らはブライアンを「口数が少なく」、「内向的」だとして、さらに脱走に至るまでの七年間、まったく暴力的な兆しは見せなかったと語った。しかし病院の臨床部長アリス・シャノン＝ストルツベルグはこれをブライアンの潜在的危険性の証拠だとした。「この男性は明らかに我々に隠している強い絶望と焦りを抱えています」と彼女は言った。

リージャー裁判長はすべての証言を聴いた後、ブライアンを第二級暴行罪と武器の不法所持で有罪としたが、刑務所には送らなかった。「この件においては刑務所での懲役刑を課すことはベクトールド氏に報いることになってしまう恐れがあるため」と裁判長は述べた。そしてブライアンに一三年間の執行猶予をつけて、パーキンスに送り返すと宣言した。

ブライアンは落胆したが、あきらめて従った。パーキンスにはもう一〇年もいる。これ以上悪くなることはないだろう、そう思ったのだ。

彼は間違っていた。

なにも変わらなかったのだ。それが問題だった。この停滞した状態が耐えられなかった。毎日同じなのだ。その事実についに打ち負かされはじめた。毎日、目を覚ますと見えるのは同じ灰色のブロックと、施設によくある灰色の塗装、蛍光灯の光、積み重ねられるプラスティック製の椅子だ。彼はもう黴臭い空気を吸い、故意に不親切にされるのに耐えられなかった。もう外に出ることには関心がなかった。すべてに終わりがなく、意味もなかった。

そのときは重警備の病棟にいるのが地獄にいるみたいだったとブライアンは語った。戦場などのような立派な意味があるわけではなく知らぬ間にむしばまれていく単調な地獄で、戦いの手段は言葉、つまり裁判の手続きや精神科の報告書やリスク評価などでのごまかしの戦術だ。二〇〇二年、ブライアンはまた中警備の病棟に移りたいと申請し、また評価がおこなわれ、今回はマーク・J・タバックマンという担当医師が、ブライアンがパーキンスに来てからの一三年間で最悪の報告書を書いた。タバックマン医師は自分が見つけたブライアンに関する「治療の効果が乏しいことの表れ」のすべてを、次のようなリストにした。

反権威的態度（病院のスタッフや精神科を嘲笑する）、人づきあいのスキルと心理的、社会的な適応の低さ（グループを崩壊させる）、病識の欠如（精神病であることを否定し、ほかの患者に比べて入院期間が長いことに対する不満を表明する）、施設に適応していない（適応力がなく、規則を破り、限界を試す）、警戒心（治療チームに対する）、治療にあまり従わない（精神科の薬も身体の薬も拒否する）、ストレスに対する反応の悪さ（人のいない場所で暮らすことで解決しようという適応力の低い計画を立てた）、衝動性（将来のための計画性に乏しい）、主な精神障害の症状が軽減していない（統合失調症）、TCO、つまり脅威／制御・蹂躙症状（スタッフが彼を「挑発した」という妄想のような認識）、病的に常軌を逸した思考や幻想（殺人、自殺に関するもの、過剰な信仰心、スタッフが「俺を恐れている」、ゲームには「魔法」の要素がある）、脱走・脱出のリスク（脱走未遂、退院への執着）

このリストを読んだブライアンは当惑した。彼にしてみれば、精神科の病棟で十年以上過ごした後、もしもいつか退院できたら「人のいない場所で暮らそうと計画した」ことは常軌を逸しているとは思えない。そして統合失調症の症状を示してからほぼ十年経っているのだし、すでに投薬なしで完全に機能しているのだから、エビデンスはなにもないのに自分が「主な精神病」を示しているというのは受け入れられないと思った。「入院期間の長さ」を「他人のせいにする」というのも当然だろうと思った。結局のところ、パーキンスの患者になったのは彼が選んだことではないのだから。

彼は決してあきらめないタイプなのだが、それでも気づくと自殺を真剣に考えていたりした。

ここを抜け出す方法はそれしかないように思えた。それでも彼はパーキンスでは死にたくないと思っていたから、脱出のため以外の死には踏み切れなかった。

さらにつらさを与えるかのように、彼は不可解な体調の悪さに襲われた。めっきり疲れやすくなった。食欲が失せた。視界がかすみ、目がかゆくなった。二〇〇五年四月、彼はメリーランド大学医療センターに連れていかれ、そこで肉芽腫性ブドウ膜炎という慢性の目の炎症だと診断された。病院にいるあいだに、彼は通常の検査の一環として胸部のレントゲンを撮ったが、数日後に予想外の結果がわかった。ブライアンにはレントゲン写真の上の小さな傷のようにしか見えない点が、医師によると、彼の肺にある影なのだという。がんの可能性もある、と彼らは言った。

ブライアンはその通りだといいと思った。

穏やかな死に方ではないのは知っていた。けれどほかに逃げ道を知らなかった。脱走未遂後にパーキンスへ送り返されたとき、彼はいつか退院できるだろうという希望を失ってしまった。肺がんで苦しみの末に死ぬのだとしても、いま経験しているゆっくりとした死よりましだった。がんだったら治療を拒否しよう、彼はそう決めた。

MRIの予約が入れられたが、彼はゴシュタゴレ医師にそれには行かないと伝えた。がんなのか、そうではないのか。どちらなのかはどのみちわかる。

しかし事はそれほど簡単ではなかった。彼はそのまま死なせてはもらえないのだ。

担当の精神科医によると、ブライアンにはこれほど重要な事柄を決定する能力がないというのだ。精神病のせいで、彼は先天的に選択する能力がなかったという。ブライアンはそんなのはばかげていると思った。身体の病気を患っている人たちと同じように、彼にだって治療を拒否する権利はあるはずだ。こうした拒否がなにを暗示してしまうかはわかっていたけれど、自分の身体に起きていることへの最終決定権は自分にあるべきだと信じていた。

誰も彼の決意を変えられなかったので、この問題は法廷に持ち込まれた。そしてある患者が話してくれたところによると、「法廷はだいたいは病院の言うことをきく」。公衆精神衛生局はブライアン・ベクトールドは「精神障害により、医療に関して理解し、責任ある選択をする能力が欠けて」いて、さらに「代理人として選択行為をすることができる家族も友人もいない」ことを考慮し、メリーランド州当局はクリフトン・T・パーキンス病院センターに「投薬の管理も含む治療への同意か拒否をするための」後見人をつとめることを許した。

ブライアンは裁判を要求した。彼は自分には正常な判断力があり、治療をしたくないという彼の願いが正当で筋が通ったものであると陪審を説得できると考えていた。裁判は二〇〇五年一二月五日におこなわれることになった。彼の脱走未遂のちょうど六年後の日だ。

それまでのあいだ、重警備の病棟ではなにも変わらなかった。ブライアンはいつものように噂の的になっていた。まず彼はストーカーだと非難されていた。ある警備員がブライアンの治療チームに、彼が「ある特定のスタッフが運営しているグループセラピーの後、その周辺にとどまって、ねばっている」と報告した。ブライアンは警備員がボランティアのコーディネーター、キム・ロバーツのことを言っているのだとわかっていたが、彼はストーカー行為などしていなかった。ただ話がしたくて待っていただけだった。彼はキムが好きだった。共通点がたくさんあったからだ。彼女を魅力的だと思っているのも間違いではない。容姿のいい女性というのはパーキンスではまれな存在だ。しかし一番の理由は彼女が親しみやすい人柄だったからだ。彼はキムにも、ほかの女性にもつきまとったことはないと主張した。いつもの通り、誤った記録を正したいという彼の試みは無視され、「疑わしい待機」という文言が彼のファイルに書き込まれた。

彼は治療チームになにも脅迫的なことや危険なことはしていないとわかってほしかったので、次に彼らと会ったときにどうしたらいいかとアドバイスを求めた。彼のセラピストは「孤立し、引きこもる」のをやめて、もっと「人のためになるような活動に」参加してみたらどうかと言った。ブライアンはセラピストのアドバイス通りに毎年恒例のクリスマスの飾りつけ競争に参加し、窓にクレヨンでキリスト降誕の絵を描いて、病棟を飾った。しかし、これもまた不利に利用された。彼のファイルに、彼が描いた聖母マリアは「刺すような視線と大きな尖った胸」をしており、「ゆがんでいる」と記されることになったのだ。

この絵についてほかの人はなにも言わなかった。あとでブライアンが患者数人に、自分の描いた聖母は「ゆがんで」いるかと尋ねてみると、みな、ほかの女性を描いた絵と変わったところはないように見えると答えた。ここでもまた、治療チームとうまくやろうという彼の試みは裏目に出た。彼はなにをしても負けてしまう。

14 思考犯罪

ブライアンのパーキンスでの親友の一人にレオナルド・ダンモアという患者がいた。彼の父親はメリーランド州アデルフィにある陸軍の研究・開発・試験をおこなう施設ハリー・ダイアモンド研究所に勤めていた。ブライアンの父も短期間、そこで働いたことがあった。レオナルドは軍用武器への興味を父から引き継ぎ、特に爆発物に魅せられ、パーキンスに送られてくる前は手作りの爆弾を試すのが好きだった。彼は一九八三年、二一歳のときにメリーランド州職業訓練リハビリテーションセンターに自作のパイプ爆弾五個を持って侵入し、その後パーキンスに送致された。一二人の人質を取り、地元のラジオ局に電話して、自分の好きな曲をかけろと要求したのだ。爆弾は警察によって無事に信管を外され、けが人は出なかった。

ブライアンとはじめて会ったとき、ダンモアはすでにパーキンスに二十年近くいた。彼がとても頭がいい男であることがブライアンにはすぐわかった。レオナルドはブライアンと同じように夜型の人間で昼間は眠り、夜に起きて計算術や電子工学の本を読んでいる。パーキンスで過ごした約二十年のあいだ、彼は病院にも法廷にもたくさんの苦情を申し立てた。ここには職業訓練もレクリエーションも教育もセラピーも提供が足りないと不平を言ったのだ。いわく、テキストを読むことも、計算機を使うことも、カタログを受け取ることも、通信教育を受けることも許されていないし、過剰投薬のせいで筋肉が麻痺したと。熱い床にほぼ一五分間立たされて足に重度のやけどを負い、外部の医療機関で診察してもらえたのはその一カ月後だったので、その間に傷から感染したとも（彼はこの件でPTSDになったと診断された）。治療を担当する精神科医に英語をもっとはっきり話したらどうかと言った罰として抗精神病薬を注射され、五点拘束されたと申し立て、さらにほかの患者たちに襲撃されたとも主張した。

ブライアンとジョナサン・ブリスキン医師。「拘束衣を解いて」より

二〇〇四年四月、パーキンスに入院してから二二年目、ダンモアの退院についての申し立てが審議され、陪審はダンモアは自身にも他人にも危険をもたらす存在ではないので、社会に戻っても差し支えがないという結論を出した。すぐにソーシャルサービスが彼の今後住む場所や退院計画、社会保障給付を手配し、判事は彼をパーキンスから退院させるよう命じた。しか

し彼はここから出られなかった。それどころかそのまま重警備の病棟に留め置かれた。判事の命令に従わないのはなぜかとダンモアが治療チームに訊くと、不当な扱いを受けて病院に留置されているというのは彼自身の妄想であること、じっさい彼は鬱状態にあること、申し立ては許可を得ずに書かれた病院に対する怒りの発露でしかなく、退院に向けての主な障害はまさにこの不安定さにあるのだ、と答えた。

ダンモアはメリーランド州障害者法律センターに問題を報告し、それを受けて同センターの代表がパーキンスの臨床部長デニス・バートンに、なぜダンモアがまだそこに拘束されているのかと問いただした。バートン医師はこう答えた。「ダンモア氏の病状は深刻で重警備病棟での治療が必要だという病院の意見は変わらない。よって、条件付きの退院の命令が出たとしても、彼に相当なレベルの治療を続けるのは我々の義務である」このときバートン医師は「臨床上の判断については陪審に開示すべき事柄に当たらないので」とも主張している。

メリーランド州障害者法律センターの弁護士たちは当然激怒し、レオナルド・ダンモアによる退院を求める申し立ての人身保護令状でこう述べている。「ある個人を病院の重警備の病棟に拘禁するのが自分の倫理的な義務だとする精神科医の考えは恐ろしく、ナチス・ドイツで権力を持っていた医師たちの考えを彷彿とさせる」さらに、こう付け加えている。

その人物が凶悪な犯罪を犯したと警察や検察が確信しているとしても、陪審が「無罪」だと評決すればその人物は自由になる。検察と警察本部が陪審の判断は間違っていると信じていたとしても、そのことがその人物を拘留しつづける許可にはつながらない。

二〇〇六年、レオナルド・ダンモアはついにパーキンスから解放された。陪審が本人自身にも社会にとっても彼は危険ではないと判断してから二年が経過していた。ブライアンは友人のつらい経緯を間近で見続け、自分にも同じことが起こりえるのだと気づいた。

身体が弱り、息が切れるようになってきたのを感じるとほっとした。肺がんにかかっている証拠だと思ったからだ。彼はいまだに治療を拒否しつづけていて、二〇〇五年一二月にはこの件を争うために再びエリオット・シティのハワード郡巡回法廷に出廷している。審問でブライアンはデニス・スウィーニー判事に、自分で弁護人をつとめたいと述べ、判事は彼にはその権利があると認めた。裁判のあいだ彼は手錠と足枷こそ外されたが、保安官とパーキンスの警備員二人に厳重に監視されていた。

メリーランド州精神衛生局側の弁護士アリス・アイクは、判事がブライアンに自身の弁護を許可した不快感を隠さなかった。裁判の最中、彼女はいらいらした様子で独り言を言い、深くため息をつき、あきれた顔で天をあおぎ、ブライアンの言うことにいちいち異議を申し立てた。冒頭陳述では陪審に、彼はたしかに知的な人物であり、筋の通った弁護を展開するかもしれないが、みなさんは見かけにだまされてはなりませんと述べた。精神疾患は人によってさまざまな表れ方をします。彼は「まったく問題なく」見えるかもしれないが、凶悪な犯罪を犯した、深刻な病気を患っている人物なのです。彼のようなタイプの統合失調症は一般の人々の目にはわかりませんが、資格のある経験を積んだ精神科医にはその徴候を見つけることができるのです、とアイクは述べた。知的能力の問題は「専門家」に任せるべきだと彼女は主張した。

一方、ブライアンは陪審に精神疾患の問題にとらわれてほしくなかった。そこで冒頭陳述は自身の人権と知的能力に論点をしぼった。精神科医によると自分には平均以上のＩＱがあることを挙げ、すべての質問に「はっきりと、論理的に、筋道を立てて、完全に」答えると約束した。彼は陪審に「この国は信教の自由と表現の自由のもとに建国された」ことを思い出させ、個人的な理由で薬を信用しない人には薬を拒否する権利があるはずだと述べた。「もしも医師があなたに生体実験をおこないたいと言ったら、あなたには『けっこうです』と断っても不利益を被らない権利がある」とブライアンは言った。「個人には行動の自由があり、本人の同意なしになにもおこなうことはできないのです」

この主張の明確さに比べると、州側の主張は遠回しで、同じ意味の言葉の繰り返しばかりに聞こえた。州側の主な証人であるアンジェラ・キム＝リーは落ち着いた物腰のはっきりと物を言う精神科医で、「いうなれば」という言葉を好んで用いる。彼女はゴシュタゴレ医師が患者に襲撃されて辞めた後にブライアンの担当になったので、診た期間はまだ一カ月だが、自分の意見では彼は妄想型統合失調症であると述べ、「現実を検討する能力に障害」があり、「誤った信念に執着する」とその特徴を述べた。統合失調症は「慢性の病気であり、ほとんどの患者は悪化と回復の波を繰り返す」とし、ブライアンの場合は、一〇代後半に最初に発症したと述べた。ブライアンが自首した際に警察に供述した「悪魔の手先に尾行されていた」、「魔除けのために尿を容器に溜めていた」などの内容にふれ、陪審に彼は「世界は二〇〇〇年に終わると信じ、自分が人々を率いてアマゾンに行く責任がある」と信じていたからパーキンスを脱走しようとしたのだと説明した。そして彼が現在抱いている数種類の「妄想的な信念」として、次のようなことを語った。「スタッフから嫌がらせをされ、標的にされ、支配され、どんなにおこないがよくても、スタッフが違法に彼を病院に拘禁しつづけている、自分は精神病ではない、投薬は必要ないと思い込んでいる」と。診断を「常に否定する」のも症状の一つであると語り、彼は「従順ではなく、限られた量の投薬しか受け入れない」と証言した。ブライアンの性格については「警戒し、妄想を抱き、非協力的」と特徴づけ、さらに「特にいらだつ時期があり、ストレスがかかると支離滅裂なことをとりとめもなく話し、理由もなくトイレットペーパーを耳に詰めたことがある」と付け加えた。

ブライアンは憤然とした。いつもの通り、彼の行動の原因は環境によるものではなく、精神病のせいにされてしまう。耳にトイレットペーパーを詰めたのは眠れなかったからだ。ホールの向こう側の患者二人がずっとしゃべりつづけ、笑いつづけ、大きな音を立ててドアを開け閉めしていたからだ。そして彼には耳栓をすることも、綿球を詰めることも許されていなかった。彼らに静かにしてくれと頼んでも、なにも効果はなかった。ブライアンにしてみれば、耳にトイレットペーパーを詰めたのはほかに手段がなかったからであり、パーキンスのトイレットペーパーは柔らかくないので、いらいらして耳に深く詰め込みすぎて取れなくなり、外部の病院に行って取ってもらわねばならなくなった。

キム＝リー医師に対する反対尋問で、ブライアンは彼女に妄想型統合失調症が「波がある」病気であると述べたことについて質問した。個人的には、精神科医が彼を見れば統合失調症だとわかると言っていること、パーキンスのほかの患者たちと同じ、単なる統合失調症患者の一人だと断じることにショックを受けていた。ブライアンの経験では、パーキンスのほかの統合失調症患者はだいたいが深刻な病状だ。呆然として無表情なもの、支離滅裂な言動をし、妄想を抱いている者、通常の筋が通った会話のやりとりができない者もいる。しかしキム＝リー医師は、重度の統合失調症にかかっていても「一般の人」には問題があるとわからないように見えることがあるとさらに主張した。彼女は続けた。

統合失調症の患者のなかには非常に支離滅裂に見える者や、非常に身なりが乱れている者、見るからに不適切な行動をしている者もいます。笑っているかもしれない。独り言を言ったり、奇妙な行動をしているかもしれない……統合失調症を理解する上で重要なのは、その人が自分の考えていることをどうとらえているかだと思います。そしてベクトールド氏の考えている内容は、彼と時間をかけて話してみればわかりますが、やはり妄想であり、彼の思考が迫害されているという妄想的な信念に染まっていることはたしかです。

ブライアンは精神病の原因が「考えている内容」であり、その思考が患者のその行動に影響を与えなくても関係がないという彼女の発言について厳しく追及した。その人物が「不適切な内容の思考」をしているとあなたはどうして知ることができるのか、とブライアンが質問すると、キム＝リー医師はその人物の言動から明らかだと答えた。

ブライアン「では、あなたはある人物が統合失調症であるかどうかを判断するのはその人の行動と人とのやりとりによるとおっしゃるのですね？」
キム＝リー医師「いいえ」
ブライアン「行動とやりとり以外からどのようにしてその人が統合失調症であると診断するのですか？」
キム＝リー医師「先ほど言いましたように、患者あるいはある個人を統合失調症であると診断するのはいくつかの要素を検討した結果です。彼らの行動を観察するとともに、考えている内容についてその人に話しかけ、さらに、慎重な精神科医であれば、複数の情報源を参照し、利用する――家族や友人たちや過去の記録などです」

ブライアン「リー先生、統合失調症患者といわれている人の家族や友人や知人に話を訊くとおっしゃいましたが、そもそも彼らはその人の行動や人とのやりとりから判断しているのではないでしょうか。その人物の行動ややりとり以外になにか調べたのでしょうか？」
キム＝リー医師「家族はその人とのやりとりを主な判断材料にすることが多いですね。はい」
ブライアン「ある人が妄想型統合失調症であるかどうかを判断するにはそれが唯一の方法だ。それで正しいですか？」
キム＝リー医師「すみません、なにが唯一の方法ですって？」
ブライアン「その人の行動か人とのやりとりに基づく判断です」
キム＝リー医師「行動とやりとりだけに基づいているわけではありません」
ブライアン「では、ほかにはなにが？」
キム＝リー医師「それは……いくつかの……ほかのルートからの情報で……私が考えるに、こう説明、説明できる……あなたの言いたいことはわかりました。ほかの複合的な形の観察や他の行動や態度に基づいているのです」
ブライアン「行動と態度。ある人が妄想型統合失調症だと証明する方法はほかにないのですね？」
アイク「異議あり。同じ質問と同じ答えの繰り返しになっています。三回も」
判事「では医師は答えをまとめるように」

キム＝リー医師「いうなれば、妄想型統合失調症を調べる検査はありません」

ブライアンはそれからキム＝リー医師に、彼に治療を拒否するための判断能力がないことを証明するためにどんな証拠を提示できるのかと訊いた。彼の精神病である証拠は、彼が治療を拒否していることだ、と彼女はほのめかした。

行動に関しては、彼の信念あるいは妄想的思考が抗精神病薬の拒否につながっていること、考えている内容について治療チームに話そうとしないこと、警戒心が強く疑い深い態度などに表れています。先ほど述べた通り、妄想型の統合失調症に顕著な特徴としては他者の動機を誤って解釈する傾向が挙げられます。彼は病院スタッフの意図を常に誤って解釈しています。身体のクリニックに行くのを何度も拒否しています……医療処置を受け入れるのを拒んでいるのです。これに関しても彼はまたスタッフがいかに彼を支配し、コントロールするかという手段にすぎないと考えているのです。

州側の二人目の証人はパーキンスのソーシャルワーカー、シンシア・シナベリーだった。ブライアンが精神疾患である証拠はなにかと問われたシナベリーは例を挙げた。ブライアンが「病院のスタッフは精神病だ」と言ったとし、さらに彼は「大学病院に行かねばならなくなるほど耳にペーパーを詰めた。ペーパーで耳の中の圧力が高まりすぎたせいだと思う」と述べた。反対尋問の際に、ブライアンは彼女にこの件について尋ねた。

ブライアン「どうしてそんなことをしたのか、あなたはブライアン・ベクトールドと話をしましたか？」
シナベリー「はい、しました」
ブライアン「それでブライアン・ベクトールドは何人かの患者が夜、物音を立てたり、ドアを大きな音を立てて閉めたりするせいで眠れないと述べましたか？」
シナベリー「私の記憶では、夜になると、看護スタッフがナースステーションで話していて、それは病棟の自分の部屋のちょうど向かい側で、夜眠れない、看護スタッフのおしゃべりが聞こえるから、とあなたは言っていました」
ブライアン「夜、騒音から逃れるために耳に栓をするのはふつうの行動ではないでしょうか？」
アイク「異議あり」
判事「異議を認めます。次の質問を」
ブライアン「あなたはスタッフのなかに精神病の者がいるとブライアン・ベクトールドが言っていたと述べましたね？」
シナベリー「はい、述べました」

ブライアン「ハニフ・ゴパラニ医師の名前を聞いたことがありますか?」
アイク「異議あり」
ブライアン「ブライアン・ベクトールドが宗教的な妄想を抱いているという陳述がありました。それについての情報を陪審にお示しいただけますか? ブライアン・ベクトールドは説教をしますか? あるいは宗教についてほかの患者に向かって大声でなにかを宣言したりするのですか?」
シナベリー「ベクトールド氏が宗教について説教をしているのは聞いたことはありません。けれどベクトールド氏は治療チームが使う日記をつけていました。日記には宗教についての言及がたくさんありました。ムハンマドとイスラムがやってきて世界を滅ぼすことについて。ほかにも彼が書いたものにはたくさんの宗教的妄想が読みとれます。彼がほかの人たちに対して言っていることに比べると多いです」
ブライアン「治療チームはブライアン・ベクトールドに日記をつけるよう頼んだのですか?」
シナベリー「最初の頼んだ内容はベクトールド氏が日記に書いている通りです……そして我々が受け取ったのは、彼が信じる宗教的な情報と妄想についての記述でした」
ブライアン「ではあなたがたはブライアン・ベクトールドに宗教的な妄想について書くよう依頼し、彼はそれに従って書き、その結果あなたたちはそれが彼が宗教的妄想を抱いている証拠だと言っているということですね?」

シナベリー「私が述べているのは……彼の思考はもっと凝り固まっているということです。少なくとも治療チームのための日記の中に書かれた宗教的な事柄に関してはそうでした」

州側の三番目の証人は精神科医マーク・J・タバックマンで、彼はパーキンスに二十年以上勤務している。タバックマン医師は一九九二年にブライアンが入院してきたときのことを覚えていた。ブライアンのことが扱われる年に一度の法医学臨床検討委員会の会議にも出席したし、ブライアンのいる病棟の担当精神科医を二年つとめており、彼の最新のリスク評価も担当したと述べた。タバックマン医師の意見では、ブライアンは妄想型統合失調症で、「現在症状があり、寛解していない」状態であり、そのため自分自身で選択をすることが難しいとのことだった。

最後にブライアンは自分自身の弁護人席に立った。検察側が彼に、診断について質問を投げかける。自身の精神病を認めようとしないという事実そのものが、彼が精神病である証拠ではないかと。

アイク「ベクトールドさん、あなたは自分が精神病だと思いますか?」

ブライアン「私は現在自分が精神病であるとは思いません。一八歳から二三歳までのあいだは深刻な精神病でした」

アイク「しかしいま自分が精神病であるかどうかはわからないと?」

ブライアン「私にはいま、どんな症状もありません。どんなタイプの思考障害もありません……私は病院側が精神病の証拠を見つけようとしていたためにつらい思いをさせられました。そしてそれがうまくいかないと、病院側はそう、病気の証拠が出てくるようにちょっと刺激してみなければと言い出したのです。これは基本的にはマニュアル通りです……薬を飲んでいない患者がいたら、その人に困難な思いをさせてストレスを感じさせれば、精神病の徴候や症状が現れるからです。これがさまざまなことが起こる原因の……」

アイク「すみません、ベクトールドさん。質問はあなたはご自身が精神疾患だと思っているかどうかです。あなたは現在精神病ですか？」

ブライアン「いいえ。私は今日、なにも問題ありません。周りの状況を理解しています。肺にこぶが一つあるのも理解しています。今日、訊かれたことすべてもわかっています」

アイク「あなたはご自身が統合失調症と診断されているのを理解していますか？」

ブライアン「はい」

アイク「いいでしょう。ではあなたはその診断に納得していないということですね……リー医師とシナベリー氏とタバックマン医師が証言した診断ですよ。あなたは妄想型統合失調症ですか？」

ブライアン「いいえ、違います」

アイク「その病気にかかったことはありますか？」

ブライアン「私は病気でした。その原因、それが消えた原因は、誰にもわかりません。私のなにがおかしくなっていたのか、それにどうしていま私はおかしくないのかを説明できる人はいません」
アイク「そしてあなたはこの裁判のあいだ、ずっと法廷にいた、そうですか？」
ブライアン「はい」
アイク「そしてリー医師の証言を聴いていましたか？」
ブライアン「はい」
アイク「それからシナベリー氏の証言を聴きましたか？」
ブライアン「はい」
アイク「それからタバックマン医師の証言を聴きましたか？」
ブライアン「はい」
アイク「それなのにあなたはご自分がいま、妄想型統合失調症であるとは思わない、そうですね？」
ブライアン「はい、私は今日、現実を理解しています。周囲の状況をわかっています」
アイク「では、あなたはその病気だと思ってはいないのですか？」
ブライアン「はい、まったくそう思っていません」

最後に判事がブライアンの最終弁論の時間だと告げた（このときアリス・アイクが法廷の録音に残るほど大きな声で、『ああ、これは一日じゅうかかるわ』とつぶやいた）。

ブライアンは陪審に呼びかけたあと、もう一度、自分は若かった頃に精神病だったが、何年も前に回復し、それ以降は正気で正常であると説明した。医師たちがこの事実を受け入れようとしないことへの不満を述べ、パーキンスを脱走しようとしたのは「人々をアマゾンに導く」ためではなく、警察に撃たれ、死ぬか刑務所送りかどちらかになるのを望んでいたからだ、とはっきり説明した。彼の言葉は率直で心に響いた。

私がこうした精神の問題について理解していることは明確だと思います。私の肺にある小さなこぶがなにかの病状であるかもしれなくて、そうではないかもしれないことも、さまざまな合併症のことも理解しています……常習的な酒飲みや薬物依存症のすべての人に監視者がつけられるわけではありません。クラック密売所に強制捜査に入って、「常習者にはみな監視人が必要だ」と言うわけではありません……自分で選んで酒飲みになったら、責められるのは自分です。自分で選んで酒飲みになったら、この社会では「気に入らないね、賛成はできない、でもあなたは自分を傷つけているだけだ」と言うのです。そしてこれと同じように考えると、私は自分を傷つけているだけです。なにか間違いがあったとしても、その結果に苦しむのは私です。メリーランド州当局でも、病院でも、陪審でもありません。私ががんで死んだら、私が報いを受けただけです……子どもやアルツハイマー症の高齢者にはまた別の基準がありますが。認知症の人が現実がわからなくなって、貯金を見知らぬ人にあげてしまったら、ほかの人に影響が出ます。私ががんであったとしても、その影響を受けるのは私だけです……州側の証人の話を聴くと、彼らは精神疾患についての基本的な質問に答えるのにも非常に消極的です……妄想型統合失調症について、それから私のどこが病気なのかについての不正確な評価を口にしました。どんな人でも夜、よく眠るために耳栓をする可能性はあるでしょう。配偶者がいびきをかくとか、隣人の犬が吠えるとか、そういうときは耳栓をするかもしれません。私が同じことを精神病院でしたら、それは統合失調症の証拠になってしまうのです。全然「統合失調症の証拠」ではないのに。彼らと意見が違ったら、私は「病院のスタッフについて妄想を抱いている」とされます。誰かと意見が違っても、それは全然「統合失調症の証拠」ではないのに。

州側の最終弁論で、アリス・アイクは陪審に見かけで判断してはならないと警告した。アイクはブライアンが「容姿がいい男性」であることを認めた。彼が知的であることも肯定した。精神疾患の徴候がまったく出ていないことにも同意した。しかしアイクはキム＝リー医師が言った、すべての精神疾患が「一般の人々」にわかるとは限らないという主張を思い出させた。じっさい、彼女はブライアンの行動のさまざまな側面が精神疾患であることを示しており、それは自分になんらかの問題があることを認めようとしない、治療チームを信頼しない、投薬を拒否する、脱走未遂などの態度と行動に表れていると述べた。また、肺の検査を拒否するというのも筋の通った決断ではないと主張した。最後に彼女は陪審に向かって、数年前に「ブライアンはショットガンで両親を射殺した」と念押しし、「証人である精神衛生の専門家全員が彼が統合失調症であることに同意している」のであって、彼ら全員が間違っているわけはないと述べた。

陪審は結論を出すために退出した。第一にブライアンが精神障害を抱えているかどうか、第二にもし精神障害であるなら、その障害のせいで彼には自分の健康について理解し、責任ある判断をする能力がないのかどうか、第三に責任能力がないのであれば、パーキンス病院を彼の後見人として指名することは、彼の幸福と安全の面において「ほかのより軽い形の介入よりも制限が少ない」のかどうか。

最後の問題は非常にわかりにくかった。一時間ほど時間をかけて熟慮した結果、陪審長は判事に質問状を手渡した。「ほかのより軽い形の介入よりも」と述べられているが、「ほかの形の介入にはどういうものがあるのか？」

「そうですね、それが問題だと思います」スウィーニー判事はそう言った。陪審以上になにかを知っているわけではなさそうだった。「双方にこのことについて聴けたら私もうれしいです。だれか意見はありますか？」

「ほかの選択肢は多くありません」アイクが言った。「みなさんがわからないのは、だれも説明していないからだと思います」

じっさいには、ブライアンのケースで「ほかのより軽い形の介入」を用いることは簡単だった。患者にその人自身が考えている計画を説明してもらうために詳しく訊くとか、家族に関わってもらうとか、裁判所が後見人を指名するか、州の倫理委員会にこのケースを問い合わせるなどだ。

しかしこの日はもう長い時間がかかっていたので、込み入った問題を取り上げて、法廷にさらに長居したいと思う者は誰もいなかった。陪審員たちは落ち着かなくなっていた。審問は午後じゅうかかっていて、大きな冬の嵐が近づいてきていた。車の運転への影響とか渋滞しているかもしれないことなどをささやき合う者たちも現れた。アリス・アイクは「子育ての義務のため」に退出した。州法の曖昧な章句の意味を考えてぐずぐずしたいと思う者はいなかった。

「これは略式判決にすべき問題かもしれません」スウィーニー判事が決着をつけた。「この件の証拠は非常にわかりにくいのです」

この言葉がなにを意味をするのかわからない。ブライアンの責任能力が「わかりにくい」のか、それとも精神疾患について「わかりにくい」証拠しかないという意味なのか。天候についてぶつぶつ言う声が続いた。スウィーニー判事は決断した。

「雪嵐がやってきているいま、陪審をこれ以上引き留めるつもりはありません」

陪審団が呼び戻された。

「わかりました」判事は言った。みなさんの法廷に対する質問は「ほかのより軽い形の介入よりも制限が少ない」という部分がよくわからないということですね。私の審議のあとにみなさんがこの部分に注目したことで、私はこの件のこの部分に関する記録は不十分であり、この裁判で示された情報だけをもとにみなさんに結論を出していただくのは公正ではないという結論に達しました」

この注釈とともに、無効審理が宣言された。

「雪が降り出しました。しかし道路はまだいい状態です。だからお帰りについてはご心配なく」

ブライアンは仕方なく警備員の運転でパーキンスに戻り、書類が処理されて裁判の新たな日程が決まるのを待つしかなかった。その間、法廷は病院に彼の医療行為について代わりに決定する仮の権限を与えた。

ブライアンは刑事責任能力がないと判断されて以来、自分の行動の意味がわかっていない子どものように扱われていると感じていた。精神衛生局ではなく、矯正局に送られていたら、長期間服役しなければならなかったはずだが、少なくとも大人として扱われ、彼の選択と権利をまともに扱ってもらえた。

いま彼はこの件を法廷に持ち込もうとし、法廷は基本的には医師たちに従って、自分たちで考えて結論を出すよりも権限を病院に渡してしまうほうを選んだ。おそらく陪審は彼にとっては二つに一つだと思ったのだ。両親の殺人に関して責任能力がなかったと主張しておいて、その後、自分の健康に関しては自分で決定する能力があると言うことはできないと考えているのだ。人は精神疾患か正気のどちらかであり、その間を都合よく行ったり来たりすることはできないと感じたのかもしれない。しかし人は身体的な病気からは回復する。それなら精神病から回復するのはなぜ認められない？

ブライアンは悟った。問題は精神科医の意見に反対できる覚悟のある人がいないということだ。精神疾患は常に目に見えていると精神科医は強調しつづけている。そしてそもそもブライアンには両親を殺した過去がある。彼をよく知っているはずの担当医たちが彼がいまも病気で危険な存在であると言うのなら、それを否定できる人はいない。重大な問題であればあるほど、自分たちで証拠を検討するより、「専門家」の言うことを受け入れたほうが無難で簡単だ。

これは判事にも言えることだ。ブライアンにもわかってきたが、裁判所が精神科の施設に収容されている原告の訴えを真剣に検討することはほとんどない。こうしたケースは多いものだ。個人の責任の限界を問うもので、倫理的にも道徳的にも込み入っているが、判事や陪審は真剣にとらえて証拠を自ら積極的に検討するより、精神科の権威による診断や予測を聴いて、そこにはたしかな根拠があるという幻想を抱き、それに従うほうを選ぶ。つまり裁判所はこうした問題を人道上の難題というより、むしろ医学上の問題であるととらえ、法的な介入は効果的な治療に対する妨げになると考えがちなのだ。

一九七六年に刊行されたケネス・ドナルドソンの自伝『完全に狂気（Insanity Inside Out）』とい

う本がある。精神科の患者としてフロリダ州立病院に一五年間まったく治療をされることなく、精神病であるという根拠もないまま入院させられていた著者は、退院を求めて争うために何度となく法廷に出た。しかしそのたびに、担当医師たちは彼を最初に診た医師による「適切な証拠なしにあらかじめ決められていた意見」を提出するだけだった。「法廷の場で証拠として吟味されることなくそれが事実として扱われ、弁護側にさえ私の病気の証拠として受け入れられていた」。三〇年後も事情はあまり変わっていないようだ。

翌年、さらに後見人によるいくつかの命令にサインがなされ、ブライアンは肺の精密検査をするため病院へ送られた。

そして、それはあった。すでにもう影ではなく、りんごほどの大きさのはっきりとしたかたまりになっていた。

15 怒りと拘束

ブライアンは新たに撮られたレントゲン写真を見て驚いた。影のようなものはかなり大きく、直径は一三センチぐらいになっていた。

「がんですか?」彼は医師に尋ねた。すでに自分の体調が非常におかしいのは自覚していた。疲れやすく、呼吸がしづらく、食欲も失っていた。

「わかりません」医師は答えた。「もっと詳しく調べなければ」

「腫瘍かもしれないんですか?」

「そうかもしれません。アスベストに曝露したことはありますか?」

「知るかぎりありません」

「肺がんだった場合、三年生きられる確率は二〇パーセントほどです。肺がんの可能性はとても高いと思います。このはっきりとした影は」

ブライアンは気分が高揚した。これでようやくパーキンスから逃れられるかもしれない。

生体組織検査をおこなったが、結果ははっきりしなかった。医師らは当惑しているようだった。なにが起こっているのかわからなかったのだ。医師らはブライアンにありとあらゆる質問をした。もう一度生検をした。レントゲン検査もだ。PETスキャンとCTスキャンの指示が出され、ジョンズ・ホプキンス大のがん専門医にスライドを見せて相談した。検査、スクリーニング、質問が際限なく続いた。

そうしているうちに……それは消えた。あるとき撮ったレントゲンには写っていたかたまりが、次のときのレントゲンでは消えていた。まるで夏の空の雲が消えるみたいに。

14歳当時のブライアン

医師らはわけがわからないまま取り残された。どういうことなのか、まったくわからなかった。
最終的に、彼らは「内発的な退縮」と結論づけた。
「こういうことはときどきあるんです」と医師は言った。「がんが一夜のうちに消えてしまったという症例はたくさんあります。いったいどうなっているのか誰にもわかりません。あなたは幸運だったのだと思ってください」

ブライアンは正反対のことを思っていた。がんで死にたかったのに。それがいまやもう病気でさえないらしい。そしてもしまた病気にかかったとしても、パーキンスが後見人になっているから、彼は望むと望まないとにかかわらず、治療を受けなければならないのだ。これでは完全に逃げ道がない。彼はずっと規則を守ることによってパーキンスを退院しようとがんばってきたが、いつもなにかが起こって重警備の病棟に戻されてしまう。脱走しようとした。撃たれて死のうとした。刑務所に移送されようとした。自殺も何度も考えた。けれどパーキンスで自殺をするのは不可能だ。剃刀《かみそり》の刃は手には入らないし、鏡は割れないものしかないし、シーツや毛布は結べないもので、灯りのスイッチや配管にはひもをくくりつけられないように突き出ている部分がない。壁掛けの電話機でさえ、受話器のコードは堅く、曲がらないようになっている。

病院に来てからのことを振り返ると、最初の六年間とその後はまったく違うのがわかる。最初の六年間のパーキンスは本当に治療の場であり、彼は外に出せないような暴力的な犯罪者ではなく、助けが必要な人として扱われていた。それでも問題はあったが、ブリスキン医師のような患者を対等に見てくれるスタッフが十分にいたから、耐えられた。けれど脱走未遂を起こしてから、すべてが変わってしまった。彼に関してだけでなく、周囲のすべてが。規則が増え、特権が減り、優しさも減った。警備が強化され、いろいろな機会が制限された。もちろん彼が脱走しようとしたせいで事態が悪くなったのだ。それ以来、スタッフは彼にずっと恨みを抱きつづけていて、医師たちはさらに頑固に、自分たちの診断は間違いではなく、ブライアンは危険な妄想失調症患者か、あるいはサイコパスだと言うようになった。

そして自分を救う権利をめぐる争いに敗れたいま、ブライアンにはもうパーキンスを出るチャンスはなくなり、失うものもなくなった。彼は復讐をしたかった。病院側は彼を危険だという。彼は考えた。いいだろう、本当に危険だとわからせてやる。

彼は怒りの矛先を新たな敵に向けた。裁判で彼に不利な証言をした者たちだ。

ブライアンが裁判の際もっとも不快に感じたのは、判事が共感してくれなかったことでも検察側の頑固さでもなかった。けっきょくのところ、判事もそれまで会ったことのない人で、自分の仕事をしただけなのだ。ブライアンが、何もわかっていないのに自己満足で偉そうだと思ったのはキム＝リー医師とシナベリーとタバックマン医師だった。

ブライアンは医師らの証言を個人的な悪意ととらえずにはいられなかった。タバックマン医師が自分を適応不良で逸脱した規則違反者だと考えているのなら、その言葉通りになってやろうと思った。どうせ彼らは自分に、いままでにした以上のことはもうなにもできない。自分がトラブルを起こしつづければパーキンスの運営側は対処するのに疲れて、刑務所送りにしてくれるかもしれない。以前にそういうケースがあったのを見た。病院が手に負えなくなった患者を、裁判を受ける「責任能力を得た」としたのだ。

ブライアンにとって悪いおこないをするのは難しくなかった。人づきあいや病棟のグループに入るのを拒み、不機嫌でいることを叱責されたり、拒否を「変えるように指導」されると、暴力でそれに応じた。治療チームに、刑務所送りになるまでもっともっと攻撃的になってやると言った。「ベクトールド氏は治療チームとのディスカッションで、過去の暴力を自慢し、威嚇するような脅迫的な態度を取った」と医師は書いている。「彼は自分が暴力を振るわないとは保証できないと言った」

このときブライアンは重警備の病棟にいたので、個室でもあり、時間はたっぷりあった（患者の寝室にはカメラがなかった）。彼はチェストの上に立てば部屋の天井のスチール製の通風孔を開けられることを発見していた。そしていま、長年腕立て伏せで鍛えてきた腕の筋力を使って、通風孔を持ち上げ、天井裏の配管作業用の狭い空間に潜り込むことに成功した。その途中で左の上腕二頭筋が断裂してしまい、ひどく痛んだ。しかし、病院のスタッフに手当をしてもらうことはできない（けがをした経緯を詮索される）ので、肘に膝用の保護帯を装着して筋肉を安定させた。外に通じる道があるかもしれないと考えたが、どの方向の端も煉瓦でふさがれていた。それでも彼は夜、消灯後にそこに上っていっては、暗く狭いスペースを手足をついて探索した。ある夜、五本のアルミニウムの棒を見つけた。鉛筆ほどの太さで長さは六〇センチぐらいだ。その棒を持って部屋に降りると、シャワー室の壁のセメントにこすりつけて磨いた。脱走未遂の準備の際に金属片を尖らせたのと同じやり方だ。今回は脱走しようとしているのではない。ただ自分の意見を主張したいだけだ。この襲撃によって刑務所に送られることになってもかまわない。

二〇〇六年二月三日、午後四時四五分ごろ、パーキンスのコンピューターのアップデートを請け負っている情報技術コンサルタントのリー・マーフィーは今日の仕事を終えて、帰ろうとしていた。南側のオフィスの一つで仕事をしていたので、裏口のほうに向かっていた。重警備のエリアを通り過ぎるとき、シンシア・シナベリーが病棟の一つから出てきた。するとその後ろから現れたブライアンが片足を前に出し、金属片をテコンドーの構えで後ろにふりかぶった。そしてまた一歩前に出た。マーフィーから五メートルほどのところだった。

ブライアンは大柄な男性だ。身長は高くないが、がっしりした体格をしている。マーフィーは女性と暴漢のあいだに入り、自分が標的になった。その間にシナベリーは階段に逃げ、非常ベルを鳴らした。金属片はマーフィーの胸に当たった。ブライアンが後ろに下がり、もう一度襲おうとしたときに、金属製の棍棒を手にした警備員が廊下を走ってきた。ブライアンは武器を捨て、両手を上に挙げた。

ブライアンは少し前から襲撃を計画していた。標的はキム＝リー医師かソーシャルワーカーのシナベリーにしようと思っていた。タバックマン医師は違う病棟にいるからだ。けっきょくシナベリーにしたのは、オフィスに鍵をかけてこもっているキム＝リー医師よりねらいやすかったからだが、臨機応変にやろうと決めていた。シナベリーは午後五時まで病棟にいる。襲撃の日、ブライアンはアルミの棒をタオルに包んで娯楽室に持ち込んだ。キム＝リー医師との定期面談に行くときには、袖に尖らせた金属片の一本を隠して持ち込んだ。機会があったら、これを使って襲撃するつもりだったのだ。面談の後、武器を置いていった椅子のところに戻った。シナベリーが帰る支度をしているのを見ると、タオルから棒を一本取り、決然とした足取りでシナベリーのほうに歩いていき、病棟を出る彼女についていったのだ。

ブライアンは襲撃未遂の後、手錠をかけられ、隔離室に入れられて五点拘束でベッドに縛りつけられた。シートベルトとコルセットを組み合わせたようなものだ。一五センチの幅の革のベルトが腹の周りを拘束している。このベルトは身体の両側で厚い緩衝材付きの手錠につながり、その手錠はベッドに直接つながっている。彼は脚を広げられた状態で、足首には手錠と同じ足枷がはめられている。腹の周りのベルトは二本の肩ベルトと首輪につながっているので、頭が動かせない。手錠はきつくないし、拘束ベルトそのものは不快ではなかったが、長時間同じ体勢でいつづけなければならないことがつらくて、まったく眠れなかった。患者を拘束するときは通常、事前に鎮静剤を飲ませてリラックスできるようにするのだが、ブライアンにはその特権は与えられなかった。

彼の隔離――というより彼はそれは罰だと思ったが――は五カ月間も続いた。拘束を外されたときには「一対一（常に専属の警備員一人に監視される）」だった。トレーニングをしてもいいという特権は取り消され、投薬も再開された。今回はジプレキサ三〇ミリグラムとアビリファイ三〇ミリグラム、どちらも抗精神病薬だ。その結果彼の体重は増え、コレステロール値は急上昇し、ふらふらと呆然自失の状態になった。

襲撃計画は失敗だった。シナベリーに対する怒りを表明することには成功したが、それだけだった。ITコンサルタント、リー・マーフィーが負ったのはかすり傷のみ。パーキンスは第一級暴行罪でブライアンを訴えようとしたが、不起訴になった。彼が負わせた傷が軽すぎたからだ。

ブライアンにとって、この五カ月間の拘束のなかで唯一記憶に残っているのは、新たな患者からスタッフへの襲撃事件が起きたという話を聞いた日のことだ。彼は正当な理由のない暴力は許さない主義だが、パーキンスでの生活がときに人々の忍耐の限界を超えることがあるのをみずからの経験で知っていたし、人間以下の扱いをされて殴り返すのは単なる抗議の手段だと考えている。襲撃を受けた被害者が病院でもっとも嫌われている看護師であると知っても彼は驚かなかった。彼が予想もしていなかったのは、彼女をついに倒したのが礼儀正しくて温厚なキング氏だったことだ。

ロバート・キングは四二歳で、普段はもっと文化的な方法で戦っていた。法廷に持ち込むのだ。彼は七年前の一九九九年五月にパーキンスにやってきた。裁判所の建物に武器を隠して持ち込んだ第二級暴行罪の容疑で裁判にかけられたが、刑事責任能力がないと判断された後だった。キングは入院してからもせっせと訴訟当事者になった。パーキンス、臨床部長、CEO、それに数多くの医師を相手取ってたくさんの訴訟を起こした。彼の訴訟は裁判所で真剣に受け止められ、勝ったものも何件かあった。パーキンスに入院しながら裁判所に申し立ての書類を提出するのは簡単なことではないので、これは偉業だった。病院全体に弁護側の公設弁護人が一人しかおらず、患者の大半に十分な収入はないので、キングのような「非本質的な」訴訟は弁護士なしで、自らが弁護人をつとめなければならなかった。患者たちはインターネットにアクセスすることができず、法律書もなく、タイプライターもコンピューターもコピー機も使えないので、申立書はすべて手書きで書かなければならない。裁判所は提出するどの書類も複数のコピーを要求してくるので——ときには八部ということまであった——おそるべき量の作業が必要なのだ。

病院にはよく働き、親身になってくれる看護師がたくさんいるが、予算カットと恒常的な人手不足のせいで、もっとも献身的なスタッフでさえいつも疲れ切り、暗い気分になっていて、さらに申請書の書類を書くといった管理部門の仕事が患者のケアよりも優先されていた。過小評価され、十分な待遇を受けていないことが多い看護スタッフは、患者をデータ化しやすいよう体系的に定量化された形で監視するよう指示され、「治療計画」から逸脱することはいささかも許されない。最近の精神医学界は、患者とともに過ごして話に耳を傾ける(これは時間がかかりすぎる)より、疾患をチェックボックスやスケールではかる傾向にある。それに加えて「適正な境界線を維持する」ことへのプレッシャーがあるので、スタッフは患者の人となりを知ることなどは推奨されない。

パーキンスのようなところでは、真面目に患者のことを考えすぎる看護師はすぐにつぶれてしまう。毎日病んでいる人間を見続けることによって感情的にも精神的にも身体的にも疲れ切ってしまうのだ。それぞれがそれぞれのやり方で対処している。なかには距離を置き、機械的に仕事をこなすようになる者もいる。仕事と自分を分けるようになる者もいる。仕事を怠けるようになる者も現れる。そして特にベテランの看護師のなかには権力を持ったように感じる者もいる。グロリア・ホルト看護師はこのタイプで、患者たちから「最悪の看護師」と呼ばれていた。もう二十年以上パーキンスにいるが、多くの患者から尊大で無礼で偉そうだと思われていて、患者を目下の者のように扱い、苦しめることを楽しんでいるようにさえ見えた。そして二〇〇六年五月、彼女が標的に選んだのはロバート・キングだった。

キングはたくさんの訴訟を起こしていることもあって、長年のあいだに膨大な量の書類をため込んでいた。そしてホルト看護師は極度のきれい好きだった。この部屋は火事のもとだ、とホルトは彼に言った。キングの記録ファイルにホルトは彼のことを「重度のため込み癖がある」と書いている。何週間にもわたって彼に部屋の掃除をするよう言いつづけ、もし書類の山を整頓しなかったら、すべてを取り上げて、ゴミに出すと言った。

キングは自分が書類を書いていることを単によくある異常行動だとホルトが考えていたことに猛烈に腹を立てた。彼女にとってはでたらめに置いてある紙の山にしか見えないかもしれないが、彼にとっては注意深く構築されたファイリングシステムなのだ。どこになにがあるかを正確に把握していた。書類はすべてきっちり分類されている。裁判、宗教、ビジネス、教育、外国語。裁判の山は特に多かった。ちょうど司法による身柄解放のための人身保護令状請求を特別抗告裁判所に出すための書類の要約を作成しているところだったからだ。この長く込み入った文書はもと一月半ばが提出期限になっていたが、彼は三部をすべて手書きで書いていたので、延長を願い出た。二〇〇六年の二月末にようやくこの要約を提出したが、裁判所の職員からこの書類はメリーランド州の規定に適合していない、規則では九部必要だからという手紙がきた。あと六部のコピーが必要で、コピーを裁判所に依頼した場合、一八三ドルかかる。キングにその金額を出す余裕はなかったので、七センチほどの曲がるボールペンを使って、手書きで六部を書かなければならなくなった。書き間違いをするたびに、そのページ全体をまた一から書き直す。ようやく仕上がるまでに、彼は小さな几帳面な文字で三百ページ以上を書き上げていった。飲んでいる薬のせいで手が震えるので、よけいに時間がかかり、つらい試練のようだった。しかし彼は書きつづけた。しかし、ブライアン同様キングも統合失調症と診断されていたので、ホルト看護師は彼が書きつづけているのは精神疾患の症状の表れであり、病的な強迫行動だと見なしていた。

五月にキングはホルト看護師を遠ざけるための対策として、人身保護令状のための書類を書く一大事業を一時休止し、グロリア・ホルトに対する接近禁止命令の請求を提出した。次の週、ホルト看護師が裁判所から書類を受け取ると、大騒ぎになった。彼女は接近禁止命令を認めるかどうか判事の判断を待つつもりなどなかった。そんなものはどうでもいいと思っていた。キングによると、彼女は警備員を二人引き連れて彼の部屋に猛然と入ってきて、一〇分間だけ待ってあげるから衣服を四セット取っておきなさいと言った。

それ以外のものは全部捨てるから、そう宣言したのだ。

キングは彼女の言葉を本気にはしていなかったが、袋を探してきて服を詰めるぐらいには心配していた。

「じゃあ、横にどいてて」ホルト看護師は言った。

彼女は二人の警備員にキングのロッカーの中身を全部出させた。それから彼らに部屋の中のものも全部捨てるよう命じたのだ。キングはその場に立ち尽くし、屈辱を噛みしめながら、彼がこの世で持っているもののすべてが無造作に黒いゴミ袋に投げ込まれていくのを見ていた。四セット以外の衣服、彼の書類、長年かかって集めた本、写真、特別抗告裁判所に送る要約の手書きのコピー九部、そして何よりも決定的だったのは聖書だった。この聖書には最近亡くなった大好きなおばの葬儀の際の追悼のカードを挟んであったのだ。すべては無造作にゴミ袋に投げ込まれた。

キングは怯えた目でホルト看護師を見た。

「じゃあ、全部外に運び出して、緑のゴミの缶の『捨てる』のほうに入れて」ホルト看護師はそう言うと、キングに向かって微笑みかけた。

その夜、キングはホルトを殺す計画を立てた。

数日後の朝早く、病棟がまだ静まり返っている時間に、ロバート・キングはひそかに洗面所に入った。シャワーは首吊りの危険を減らすようデザインされていたが、蛇口には小さなハンドルがあった。キングはそこにタオルを巻いて、全体重をかけて押し、金属のシャワーヘッドを外すことに成功した。彼はそれをズボンに隠すと、急いで自室に戻った。そしてホルトの粛清をかろうじて逃れた封筒の後ろに「故障中」と書いた。それから靴下の片方に金属のシャワーヘッドを入れて、靴下の口を結んで武器を作った。

その日の朝、キングは体調が悪いと言って朝食には行かなかった。みなが階下に行くのを待ち、再び洗面所に行って、壊れたシャワーに『故障中』の紙を貼り、隣の個室に隠れた。ホルト看護師は毎日、朝食が終わるころに出勤してくる。ホルトは壊れたシャワーを見にくるはずだ。シャワーの個室で三十分近く待ちかまえながら、この武器で看護師の側頭部を殴ったらどんな感じがするだろうとキングは想像していた。

ホルト看護師はいつも通り午前八時少し前に第八病棟に出勤した。患者たちが朝食から戻る時間だった。彼女は夜勤の看護師からすべて異常なしで差し迫った問題はなにもないという申し送りを受けて交替した。それから消毒液で手を拭くと、コンピューターにサインインして医師からのメモと指示を読んだ。そして患者たちの様子を見にいこうとしていると、一人の患者がナースステーションにやってきて、シャワーの一つが故障していると言った。

夜勤の看護師はシャワーの故障のことなど何も言っていなかった。なにかがおかしいと悟ったホルト看護師はシャワールームに行き、貼り紙を見た。あきらかに誰かが勝手に書いたものだった。蛇口に異常がないか見ようとしたとき、頭の右側になにかが当たった。よろめいたが、足を踏みしめてこらえた。もう一度、なにかが当たった。先ほどよりも強く。彼女は倒れた。

「殺したかった」ロバート・キングは私に話してくれた。「何度も何度も彼女を殴った。あんなことは生まれてこの方したことがなかった。でも彼女が私をここまでにさせたんだ。どうなるかなんて考えなかった」ホルト看護師のけがが思ったよりも軽くて彼は驚いていた。じっさい命に別状はなく、後遺症も残らず、彼女は病院を相手取って訴訟を起こしてから病院をやめ、示談で解決した。キングは第二級暴行罪で有罪になり、懲役三年の判決が下ってメリーランド州イースタンショアにある中警備の施設、東部矯正センターに移送された。刑務所での生活はパーキンスと比べて驚くほど自由に感じたと彼は語った。塀の中にいるのは同じだが、それ以外は好きなように時間を使えて、やることなすことを批判されたり、精神病の症状だと分析されることもない。「刑務所では自由だと思いました」彼は語る。「あれこれ言われた通りにしなければならないわけではない。昼食を食べにいっても、行かなくてもいい。一日じゅう自室にいることができる。ジムに行くことができる。図書室に行くことができる。ウェイトトレーニングしにいくことができる」教育のある彼は、責任能力がないとされたためにパーキンスで子ども扱いされたことが屈辱的だったが、刑務所では年齢のおかげで敬意を持って扱われた。彼が一人で過ごしていても、誰もそのじゃまはしない。

三年後、拘留期限が満了したキングは、パーキンスに戻さずこのまま刑務所にいさせてほしいと裁判所に申し立てたが却下された。しかたなく嫌々パーキンスに送り返された彼は、「責任能力を回復」することを引きつづきめざしている。

「パーキンスは病院だと思われているが、刑務所よりたちが悪い。刑務所では自分の生活をある程度コントロールすることができ、ある程度独立している。小さな自由だが、自分が人間だと感じるには十分だ」


ホルト看護師襲撃事件の一カ月後、ブライアンは外部の病院へ再び検査のために送られ、悪い知らせを聞かされた。がんが見つかったのだ。肺ではなく、左の精巣に。一年前に肺にあった影が関係しているのだろうか？　はっきりとはわからないが、そうかもしれないと医師は言った。メリーランド大学医療センターに送られてまた検査をした結果、がんはすでにステージ3になっていて、精巣を切除しなければならないということだった。後見命令がまだ有効だったので、たとえ彼が治療を拒否しても、本人の意志に反して治療されてしまうのだ。どうにもできなかった。

二〇〇六年七月、ブライアンは高位精巣摘除術を施され、その後化学療法を四サイクルおこなった。ずっと疲れ切ってみじめな気分だった。何カ月ものあいだ、熱が下がらずベッドで寝込んでいた。吐き気がしないときも弱々しい気分で、脱水し、落ち込んでいた。

化学療法に耐えなければならないのはばかばかしい。がんから回復してなんになる、彼は思った。生きる価値のない人生に戻るためか？

16 煉獄

ようやく拘束を外されたときブライアンは高用量の薬を投与されていた。経口投与ではなく注射によるものだったので、「チーク」することもできなかった。薬のせいで眠ってばかりいて、常に疲れていた。起きているときは周囲の注意を引かないようにしていた。そして、警戒を怠らず、目と耳を大きく開いていようと努力した。油断したくなかった。この病棟は荒廃した場所で、患者のなかにはトラブルメーカーがいるから。

たとえばダンカン・ピープルズは暴力的なだけでなく、何をしでかすか予想がつかない人物だった。ブライアンはピープルズがパーキンス送りになった理由を知らなかったが、みなが彼を避けていた。いや、正確には「ほとんど」みなが。ある日、年配の患者アドラー氏がメディカルクリニックに行く途中、階段のほうからうなるような声が聞こえた。下を見てみると、ダンカン・ピープルズと女性患者タネカ・ピアスが激しい行為の最中だった。心配したアドラー氏はこのことを警備員に通報し、その結果拘束されたピープルズは復讐を誓った。ピープルズは病棟に戻された当日に折れたビリヤードのキューでアドラー氏の顔面を刺し、あごに金属のプレートを入れなければならないほどの重傷を負わせた。一方、この淫行事件のニュースは女性病棟にも伝わり、自分はダンカンの恋人だと思っていたブレンナ・ホベルマンは大いに気分を害した。自分の娘を殺してパーキンスに送られてきた彼女は、パーキンスでは人気の、靴下に物を詰めた武器でタネカを襲った（ブレンナはドミノを詰めた）。

もう一人の危険人物アンソニー・ケリー三九歳はメリーランド州シルバースプリングで有名になった連続事件を起こしたが、裁判を受ける能力がないと鑑定された。五年前の二〇〇二年三月、彼は静かな住宅街で六一歳の女性を殴った後レイプした。その三カ月後、二〇歳の女性にナイフを突きつけて盗んだ車に乗せ、森の中に連れていって、繰り返しレイプした。数日後、かつらとつけひげをしてシルバースプリングの住宅に侵入し、九歳の女児を撃って致命傷を負わせた後、その父親を射殺し、現場から聖書と数ドル分の札を盗んで逃走した。三日後の夜にはワシントンの地下鉄の駅で観光客を殺している。

二〇〇四年六月、ケリーは「精神状態を回復する」ためパーキ

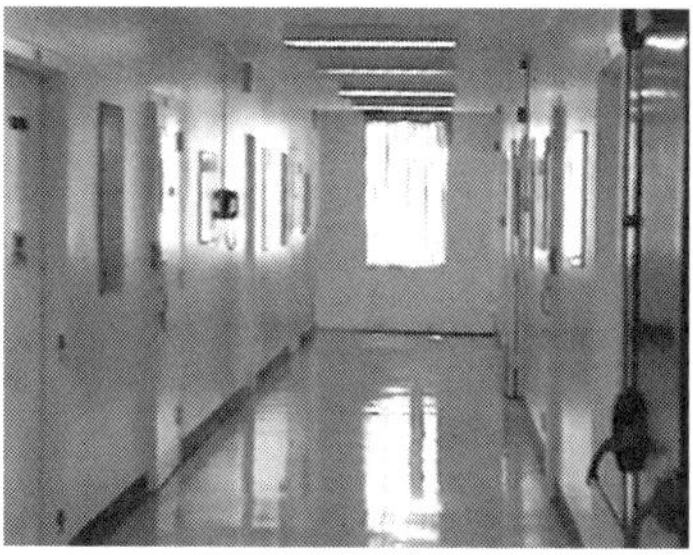

クリフトン・T・パーキンス病院センター

ンスに送られてきたが、本人は喜んではいなかった（刑務所に送られたかったのだろう）。彼は自分で弁護士をつとめ、自分の責任能力の鑑定に異議をとなえる民事訴訟を起こし、医師が彼を「裁判を受ける能力がない」と鑑定したのは名誉毀損だと主張した。賠償金として二万五〇〇〇ドルを請求し、鑑定を担当した精神科医が「はなはだしい不注意による過失」と「プライバシーの侵害」を犯したと申し立てた。この訴えが却下されたのは当然だったかもしれない（裁判所はこの訴えを「あきらかに実体的事項のない法理論」に基づいていると裁定した）。しかし主治医たちにとっては、ケリーは法律に関して玄人はだしの素人であるという警告になった。

最初、精神科医たちは彼が責任能力を回復するまで一年はかからないだろうと考えていた。凶悪な罪を犯したが、病院では模範的な患者で、隔離も拘束も必要なかった。目が覚めているときにケリーをよく観察していたブライアンは、彼がどれだけ清潔で、きちんとした身だしなみをしているかに気づいた。彼はトラブルを起こすことも、人目を引くこともなく、通信教育の勉強に時間を費やしていた。それでも精神科医たちは、ケリーが自分は正常だとか、なにも悪いことをしていないとか、逮捕されたのはひどい間違いだなどといった妄想を抱いていると確信していた。

ケリーのたぐいまれな立派な態度は主治医たちにとってはやっかいな問題だった。彼が妄想を抱きつづけているならば、裁判を受けることは許されない。その一方、被告を裁判にもかけず無期限に拘束しているのは憲法違反であり、そのうえケリーは入院中とても穏やかに過ごしているので、彼は法令上の期限である一〇年がすぎたら、たとえ精神疾患のままであってもパーキンスから退院させなければならない（そうなったら彼はまた誰かを殺すだろうと医師たちは考えている）。

ケリーの主治医たちは「彼の責任能力を回復させる」ためには投薬が必要だと主張したが、ケリーは拒否。医師らはブライアンにしたのと同じ方法をとった。つまり彼を「委員会」にかけたのだ。ここでまたケリーは問題を法廷に持ち込んだ。まず行政審問事務局に申し立てをし、事務局がパーキンス側に有利な裁定を下すと、今度はボルティモア市の控訴裁判所に申し立て、みずから弁護人をつとめた。

法廷でケリーは、入院中自分は危険でも破壊的でもなかったから、退院して社会に戻ったときに危険であるとは誰にも言えないと主張した。驚いたことに、判事は彼の意見に肯定的だった。ケリーの精神科医たちは彼が危険だからと強制的に投薬をしたがっているが、退院させたら危険だと根拠なくただ主張するのではなく、病院内でじっさいに危険であることを立証しなければならないと裁定した。

これは悩ましいパラドックスになった。ケリーは一連の犯行当時、判断能力がなかったので、事件の裁判を受けることができない。彼の責任能力は投薬でしか回復させられないが、現在は危険ではないので投薬することができない。アンソニー・ケリーは頭のいい男だ。あと七年間耐えれば、病院側は彼を退院させなければならなくなる。七年は長いが、退院の期日が決まっていて、それを励みにすることができるなら、きっとやり遂げるだろうとブライアンは思った。

ケリーは人々を惹きつける。ブライアンにはその理由がわからなかった。頭脳明晰だからなのか、有名な事件の犯人だからというだけなのか。ブライアンは軽警備病棟につとめるソーシャルワーカー、ジョアン・バーネットがほぼ毎日ケリーと話すためだけに重警備病棟へやってくるのを見ていた。二人は娯楽室のソファに腰をおろし、ブライアンが見るからにぼうっと力なく座っているその隣で話をしていた。ジョアンがケリーに、刑事責任能力がないと申し立てるよう説得しようとしているのをブライアンは聞いていた。そうすれば、できるかぎり早くに出られるよう私が動いてあげる、と彼女は言った。ケリーは主導権を握られるのを警戒しているのか、なにも約束しなかった。彼は訴訟を起こしつづけた。裁判では彼を弁護した公設弁護人を、主治医たちを、パーキンスのスタッフを、CEOのシーリア・ダヴェンポートを告訴した。訴えはいつも却下されたが、ケリーはあきらめなかった。

二〇〇八年、ついに精神科医たちはケリーには裁判を受ける能力があるという書類にサインした。このとき彼はまだ投薬をせず、あきらかに妄想のある状態だったから、医師らは退院にはならないと確信していたのだろう。法廷でケリーはすべての助言に逆らってみずから弁護人をつとめた。裁判を受ける能力があると判断されたのだから、自身を弁護することに関しても精神疾患を理由に資格がないと却下されることはない。しかしブライアンはケリーが自分を過信しているのではないかと思っていた。法律について少しは知っているのかもしれないが、自分の力ではとうてい無理だと理解するほどには知らないのだろうと。

ブライアンの思った通りだった。ケリーは陪審の共感をほとんど得ることができなかった。特にレイプの被害者を反対尋問でしつこく責め立てたときには反感を買った。陪審は第一級殺人罪で有罪と評決し、彼は四つの終身刑と重警備の刑務所での懲役一〇〇年の刑を言い渡された。

しかしアンソニー・ケリーはパーキンスに大きな遺産を残した。二〇〇七年、メリーランド州当局は「ケリー法」を通過させた。メリーランド州保健精神衛生局を相手取ったアンソニー・ケリーの訴訟の判例により、患者は病院内で危険な徴候を示さないかぎり、本人の意思に反して投薬されることはなくなったのだ。

ケリーは有名人だったが、当時の重警備の病棟には珍しい患者はほかにもいた。もう一人はノーマン・ベルという患者で、その特殊な食癖は、ブライアンにばい菌や衛生についての考えを改めさせた。ノーマンは変わったものを食べるのが好きだった。「本物」の病院に連れていかれたくて、ときにボタンや剃刀の刃や電池やガラスの破片を飲み込む患者の話はそれほど珍しくない。食べられないものを飲み込む行動は象徴的なもので、なにかを手放すことが嫌だと示していたり、施設での生活で個人が失われることに対する非論理的な、しかし本能的な反応であるケースもある。ある意味、筋が通っている。シャツや靴や櫛《くし》や歯ブラシまで、ある人の持ち物がすべてその施設のものばかりになってしまったら、個人的な持ち物はとても大切になる。こういう状況下では、物を蒐集したり、ため込んだり、あるいは禁じられているものを所有するために飲み込んだりするのは、それを自分だけのものにすることによって、ほかの人たちと違う存在になるための手段なのだ。しかしノーマン・ベルはその嗜癖《しへき》を新しいレベルにまで発展させていた。彼は定期的に排泄物を食べた。新しい排泄物ばかりでなく、何週間もトイレに詰まっていたようなものまで。虫や生まれたばかりの蛇も食べたし、あるときは大きな鳥の死骸を食べた。驚くべきは彼が決して病気にはならないことだ。彼は一度も吐き気を催していないし、腹痛も起こしたことがない。冬に風邪を引いたこともなく、それどころか鼻水を垂らしたことさえない。

アンソニー・ケリーやノーマン・ベルのような人物の存在は病棟での変化のないみじめな生活からひとときでも気を逸らしてくれた。もう一つ、ブライアンにこの三年間を耐えさせてくれたものは、ともに苦しみ、果てしない苦闘をしている仲間たちへの忠誠心だった。特に二人の男性患者が彼の精神的支えになってくれた。法律上の助言をしてくれ、彼ら自身の強制的な投薬や法廷でのぶつかり合いの話をしてくれた。

ブライアンのトランプでのパートナー、ジョン・レイ・ジュニアは元恋人を殺そうとした容疑で逮捕された後、二〇〇二年にパーキンスにやってきた。ブライアン同様、レイは入院から二年間薬を拒否し、裁判で兄が法的後見人に指名されてはじめて薬を飲むようになった。審問の際、州検察官補リサ・マーツはレイから数百通の手紙が送られてきたことを証言した。その中には脅すような調子の手紙や、未解決事件の手がかりを教えようと書いてある手紙もあった。担当医たちによると、レイは妄想型統合失調症で、投薬を拒むのは「サイキックパワーを抑えられてしまうと信じているから」だという。彼は「自分がサイキックであるという妄想的な信念を抱き、事件解決の手伝いをするという手紙を政府機関宛に書いている」
　これはブライアンが自身の後見に関する審問で聞いたのと同じような結論だ。キム＝リー医師は、ブライアンがパーキンスを脱走しようとしたのは彼が世界の終わりを信じ、「自分には人々を率いて病院からアマゾンに導いていく責任がある」と考えていたからだと述べた。このときキム＝リー医師は、ブライアンが違うときに違う人たちにした発言を混ぜ合わせていた。刑務所に送られようとする計画、ゴスペルを読み解いた内容、終末の時に関する考え。ブライアンの意見では、キム＝リー医師がそのすべてを組み合わせ、それに彼女自身のアレンジも加え、彼が本当に妄想を抱いているように見せかけたのだ。ジョン・レイ・ジュニアの場合も同じで、精神科医の主張は事実を誇張したものであり、レイは実際にときどき情報提供者として警察に協力していた。

　誇張と妄想のはっきりとした線引きはない。すべての「固着した信念」は、精神病的なものであっても実際の経験に基づいている。じっさい、ＤＳＭ‐５では「妄想」の定義から「誤った信念」という言葉はなくなった。幻想はその内容より、その人の信念の質によって定義されている。その人の「狂気」の内容をその人自身から切り離したくなるのは理解できる。精神疾患も身体の疾患と同じように、かつてはほかの人たちとまったく同じだった人がなにかに「冒された」というように。こう考えるとき、我々はその人の病気をその人の人となりや目標や人生経験と切り離そうとしているのだ。しかしそれは本当ではない。妄想と「現実の生活」は絡み合っていて、同じものでできている。どちらも私たちの人となりの一部だ。どちらも我々の人生経験から引き出されているものなので、常になにか意味がある。真剣にとらえれば、我々にとっていちばん大切なものとその理由に光を当てられるかもしれない。しかし患者の妄想を分析するための時間とやる気を十分に持っている精神科医は少ない。彼らは、だいたい妄想は単なる症状であり、壊れた脳のニューロンが作った失敗作だと考えている。

もう一人の友人、レオナルド・ダンモアもブライアンを元気づけてくれた。ブライアンとレオナルドには共通点がたくさんあった。二人とも機械に強く、デザインや発明をすることが好きだ。二人ともパーキンスに必要以上長く入院させられていると感じていて、二人とも死ぬほど退院したがっている。またとても頭がよく、二人とも自分たちを閉じこめている病院とそのスタッフを軽蔑する気持ちを隠すことが下手《へた》だった。怒りを感じたとき、どちらも自分の中にとどめておけない。彼らの怒りは同じことで引き起こされる。それは自分たちより重大な犯罪を犯した患者が退院していったというニュースだ。とりわけこうした患者たちの入院期間が五年以内だと彼らの不満は大きかった。ある小柄なラテンアメリカ系の女性は自分の赤ん坊を殺した六カ月後には自宅に戻った。レロイ・ジョーンズはハンマーで母親を殺してから三年以内にパーキンスを退院している。しかしブライアンやレオナルドがセラピーでそのことに関して不満を述べても、ファイルに書き込まれて、状況がさらに悪くなるだけなのだ。

ブライアン、レオナルド、ジョン・レイ・ジュニアは協力して法律を調べたり、書類の草案を作ったり、申請書を編集したりし、さらには助言をし合ったり、互いに精神的な支えになって、なにがばかげていると思うかを話し合ったりした。ブライアンにとってこの二人との友情は、パーキンスで受けたどんな「治療」よりも自己意識を保つのに役立った。二人はブライアンに客観的な視点を与えてくれた。三人でよく精神疾患について話し合った。精神疾患とはなんなのか、それは本当に存在するのか、それがどのように危険につながるのか。三人は自分たちをパーキンスにこれほど長く入院させ、生活を甚だしく制限していることでどんな状況が実現できているのかといぶかしんだ。自分たちがもうろうとさせられていることは法律的にはどう定義されているのか、自分たちに本当に責任能力がないのかなぜ疑問を持たれないのか、なぜ自分たちはパーキンスに捨てられ、腐るに任されているのかなどと言い合った。そしてジョン・レイ・ジュニアとレオナルド・ダンモアのおかげでブライアンは希望を取り戻した。二人がどちらも裁判に勝ち、最終的には社会に復帰したからだ。常に理想的な生活とはいえないかもしれないが、少なくとも彼ら自身が選択できたことには違いない。

二〇〇九年、ブライアンはまたリスク評価を受けた。中警備の病棟に戻れる状態にあるかどうかをはかるためだった。検査を担当する精神科医パウロ・ネグロとの面談では、ブライアンは全面的に協力し、率直でいようと努めた。ネグロ医師の評価を見たとき、彼は診断が三度《みたび》変わっていることに驚いた。どうやら彼はもう妄想型統合失調症ではないようだ（じっさい、「妄想型統合失調症」という診断名はこの四年前にDSM-5が出たときに使われなくなっていた）。いまや彼の第一軸の診断は「双極性の統合失調感情障害」だった。第二軸の診断名は変わらなかった（「自己愛性／反社会性パーソナリティ障害」）。反応性のよい精神状態。ネグロ医師はレポートにこう書いている。「躁、鬱どちらでもない。妄想を抱いているというエビデンスはなかった。思考は明晰かつ論理的で目標がはっきりしている……面談のあいだ終始愛想がよく、協力的だった」

この三年間は抗精神病薬でもうろうとしていたので、テレビの前の椅子に座っている以外のことはほとんどしていなかった。だからネグロ医師が「病院の規則によく従い、権力闘争をせず、病院やそのスタッフに異常な恨みを抱いている証拠もなかった」と書いているのも驚きではない。じっさい、ブライアンは年間を通じて、最大限の特権を維持していた。しかしネグロ医師はブライアンの「従順さ」をほめるのではなく、彼が注意深く危険な精神病を隠していると考えていた。「ベクトールド氏には暴力犯罪と脱走の再犯の可能性が十分にある」とも書いている。

彼は重度の精神疾患であり、過去に繰り返している暴力行為と脱走未遂は、彼の病気の症状に関連している。彼の危険さは精神疾患とパーソナリティ障害が合わさっているところに原因がある……その暴動パターンは予想外で、しかし計画的であるところに特徴があり、暴力性は深く隠されているが存在しているという精神病の症状だ。

ネグロ医師はブライアンが以前よりは受け身で従順であることを認め、彼が中警備の病棟に戻されることには賛成している。ただし九〇〇ミリグラムのリチウムを毎日の投薬カクテルに加えるという条件付きだが。ブライアンははじめて抗議しなかった。毎日飲んでいるジプレクサとアビリファイのせいで、彼はすでに多くのことに無関心で衝動もやる気も目的意識もなくなっていた。薬が効いてきたせいで、戦意を喪失したのだ。不活発で消極的で無言になり、ついに警備の軽い環境に移れるくらい「理解がある」と見なされたのだった。

17 レディ・キラー

ブライアンは薬でぼんやりさせられ一時的に戦意を失ってしまったが、戦う気のある者なら患者にもスタッフにもほかに十分いた。州当局の記録によると、パーキンスでは二〇〇八年に患者による患者への襲撃が約一〇〇件発生、二六人の患者が負傷している。二〇〇九年の終わりには、この数字は一二九件の襲撃と四六人の負傷に跳ね上がっている（スタッフによる患者への襲撃は含まない）。その一年後には病院内で二四二件の患者による苦情が申し立てられていて、スタッフがシャワー室で患者の尻をたたいた、患者に悪態をついた、鼻のドレーンチューブを乱暴に引き抜いた、患者の腹部を殴った、頭部をたたいた、失禁するようになった患者の汚れたおむつの交換を拒否した、患者の衣服を引きはがした、女性患者を壁に押しつけて性的虐待をしたなどが報告されている。こうした苦情の大半は無視されるが、この年、過剰に暴力的だったスタッフ五人が解雇されている。

暴力の増加により、病棟には一触即発の雰囲気が生まれた。指導力不足やセラピスト不足、また暴力歴のある患者でさえ相部屋になっているせいで、この緊張状態はさらに悪化した。退屈も原因の一つだった。夜、患者のやることはテレビを観ることぐらいしかなかったし、教育の機会もなく、GED〔高校卒業程度の学力を証明する試験〕を取りたくても不可能だった。

病院の人手不足も常に問題だった。どれだけの危険にさらされているかを考えると警備員の待遇は悲惨なほど悪く、その結果、真面目に仕事をしない者もいる。ブライアンは自分でインターネットに接続したことも携帯電話を使ったこともないが、助手や警備員や看護師たちが本当は患者を見ていなければいけないときにメールしたり、画面をスクロールしたり、着信をチェックしたりしているのを見ていた。シフト中に寝るスタッフもいる。余分な仕事まで抱えて疲れているのだろう。人手不足で割のいい残業の機会が増えたため、多くの者が働きすぎていた。

病院のトップは、勤続年数が長く、患者の背景をよく知っている年配の警備員たちに頼り切りだった。しかし彼らはその年齢のせいで高給取りになっていたし、制度を悪用する方法も知っていた。警備員たちが娯楽室やナースステーションのデスクの向こうで話している内容をブライアンはよく耳にした。ゴシップや病院に対する不満を周囲に聞こえてもまったく気にせずに話していて、まるで患者たちは人間としてカウントされないみたいだった。また故意に患者をけしかけて暴力をふるわせたり、患者にかんしゃくやパニックを起こさせたりして、その現場に対応するためのスタッフの増員を要求する者もいた。こうすると仲間の給料が増えるからだ。警備員が週末にスポーツをやって足首や手首をくじいたら、月曜日に出勤して患者にけがを負わされたと訴える。ブライアンはこのケースを一度ならず目撃した。捻挫が重傷だったら、補償金や六ヵ月の有給休暇をもらえることもある。

CEOのシーリア・ダヴェンポートは年配警備員の多くを若い警備員に替えることでこの問題を解決した。しかしそのせいで別の問題が生まれた。年配の警備員たちは患者のこれまでの来歴をよく知っている。若い警備員たちは簡単に人を信じすぎるし、暴力行為をそれほど目撃したことがないので、常に警戒を怠らないことがどれだけ重要かわかっていない。さらに、自分の力を誇示したがって、特定の患者を標的にそれを実行することもあった。そしてブライアンもその標的にされた。やり返したいのを我慢するのにはとても苦労した。武術の心得がある彼が蹴りを命中させれば、相手に大けがをさせることができるだろう。けれどやらないでいるだけの分別はあった。攻撃的な行為をしたら即刻、隔離室送りだ。

二〇一〇年、ブライアンがパーキンスに来て一八年が経った。ほとんどの医師や看護師やスタッフよりも長くここにいる。彼はベテラン患者のほとんどを知っていて、そのなかにはいったん退院したものの戻ってきた者もいる。複数回それを繰り返した者も多い。そうした患者の一人サラディン・テイラーがこの年の八月にブライアンがいる中警備の病棟に戻ってきた。彼はいまではエイ＝スーダニ・エイ＝ワッハービという名前になっていた。父親が一家全員を一八世紀の聖職者ムハンマド・イブン・アブド・アリ・ワッハーブによって開かれたイスラム教宗派のワッハーブ派に改宗させたとき、名前を変えたという。新しい名は長ったらしいと本人も認めていて、みな彼をただ「エイ」と呼ぶようになった。

エイはもともと一九八四年にパーキンスにやってきた。女性用の下着を身につけて義理の姉妹に性的暴行をはたらくなど複数の犯罪を犯したが、当時の言葉で「精神異常により無罪」という判決が出て、ここへやってきたのだ。その後、女性患者の目に鉛筆を突き刺して刑務所に送られ、一九九五年のはじめに仮釈放によって出獄した。

同じ年の九月五日の夜、二六歳のモナ・ジョンソンがテラスハウスに借りていた自室で性的暴行後に刺殺された。ノースボルティモアのマディソンパークの近くにあるこのテラスハウスのもう一人の借家人が、当時三四歳のサラディン・テイラーだった。刑事は犯行現場の遺体の横に「二五セント硬貨ほどの大きさ」の人間の舌の切れ端を発見する。警察は被害者が犯人と長く争った際に噛み切ったものだろうと考えた。

翌日、テイラーの保護監察官はテイラーが彼らしくない感じでもぐもぐとしゃべっていることに気づいた。モナ・ジョンソン殺害事件について聞いていた保護観察官はこのことを警察に連絡し、テイラーは逮捕された。「ボルティモア・サン」紙のデイヴィッド・シモンの記事によると、事情聴取の際、「テイラー氏は、けがは自宅外にいるときに自分でしたもので、舌の切り離された部分は通りに捨ててきたのに、それがどうして犯行現場で発見されることになったのかまったくわからないと語った」という。刑事責任能力なしとの判決を下されたサラディン・テイラーは一九九七年に再びパーキンスに送られた。彼はそれ以来入院しているが、普段はブライアンとは別の病棟にいる。

エイは元警官でハンサムでたくましく、筋肉隆々としている。ブライアンはエイのことを男性ファッション雑誌のモデルのようだなと思っていた。エイはいつも一人でいたから、彼がブライアンを探して、話しかけてきたときにはうれしかった。エイは引きこもっていて、よそよそしいと思っている者たちもいたが、ブライアンとは気が合った。二人とも知的で野心家で、熱心にトレーニングのメニューをこなしていて、さらに成人してから人生のほとんどをパーキンスで過ごしているのも同じだった。ブライアンが高用量の薬を飲まされるようになる前は、よく二人でバスケットボールのワン・オン・ワンをした（いつもエイが勝った）。ブライアンは何度かエイがエクササイズするところを見たことがあったから、彼が驚くほど力が強いのを知っていた。エイは自室で一人で腕立て伏せをした後に、ジムでウェイトを挙げていた。

エイは身体を鍛えていないときは娯楽室の隅で静かに宗教文学を読んでいることが多かった。この様子を見た患者のなかには、彼は穏やかで宗教的なタイプなのだと思っている者もいた。しかしブライアンはこの病棟の誰よりも長くエイを見てきて、彼が特に性別については非常に混乱していることも知っていた。エイは矛盾している男だった。肉体的にはタフなのに、女性の心を持っていたのだ。エイはあるときブライアンに、自分は男の身体の中に囚われた女なのだと語った。彼と同室になった者たちは彼が女性用の下着を着けていると噂した。その一方でエイにはあきらかに女性的ではない、暴力好きな傾向がある。彼のお気に入りのテレビ番組は『クリミナル・マインド』『ロー・アンド・オーダー』『ジェシー・ヴェンチュラが語る陰謀論』だ。

しかしエイが男の身体の中に囚われた女なのだとしたら、男性に性的興味は持たないタイプの女性だ。ブライアンはパーキンス生活が長いので、ゲイの男性たちはここでは十分にできることがあると知っていた。じっさい、パーキンスはメリーランド州でもっともゲイに優しい施設だという評判だった。警備員やスタッフにもゲイの者が多かった。それを考えるとエイにはたくさんの崇拝者がいたのだろうが、彼はいっさい興味を示さなかった。反対に、病棟に女性が移ってくると必ず最初にチェックしにいった。細菌やバクテリアにも執着していて、HIVはおならでも伝染すると信じていた。突然、予防接種を激しく非難する演説をはじめることもあった。彼は体液には奇跡的な力があると信じていたから、近くにいる誰かがくしゃみをしたり、鼻をかんだり、泣いたり、よだれを垂らしたりすると恐れおののいた。

八月にブライアンの病棟へ移ってきたのはエイ一人ではなかった。スーザン・サックスもこのときにやってきたのだ。二〇〇四年、スーザンは三九歳のとき七一歳のセラピスト、ジョイス・ヘイドルを殺害したが、刑事責任能力はないとされた。ヘイドルの死体はモンゴメリー郡の人里離れた場所にある小屋の下から発見された。ヘイドル医師は地域で困っている人に手をさしのべる人として知られていて、スーザンのように問題を抱えていて家賃を払えないを患者を置いてやることがときどきあった。しかしスーザンがあまりに問題を起こすので、ヘイドル医師は警察を呼んで彼女を退去させた。数日後、ヘイドル医師の姿が見えなくなった。そしてスーザン・サックスを含む三人がヘイドル医師殺害に関与した容疑で逮捕された。

スーザンは不機嫌で感じが悪いとブライアンは思っていたが、ほかの患者たちは彼女が好きだった。彼はエイとスーザンがとても親しいことに気づいていた。ただ、二人の仲の良さに性的な感じはなく、恋愛のような感じもなかった。二人を結びつけているのは、同じ絶望感だった。二人は娯楽室の隅に陰気な感じで座っていて、互いの苦悩を話し、ちょっとした後退もすべて世界の終わりのように受け取った。二人の周りにはみじめな雰囲気が漂っていた。まるで悲しみを食いつくす鬼のように、いつも自殺について話し合っていた。二人は死んだほうがましだとよく言っていたが、誰も本気にはしていなかった。

エイが靴ひもでスーザンを絞殺するまでは。

二〇一〇年九月二五日、土曜日の夜はブライアンにとって奇妙な夜だった。彼は夜更かしをしていた。それ自体はまったく珍しいことではない。彼は夜のほうが元気になるので、病棟が静かな時間にエクササイズとして歩き回っている。しかしこの夜、彼は一人ではなかった。さらに珍しいことに、彼が夜起きていたのは聖書について話していたからで、これは彼が妄想を抱いていると思われないために、やらないほうがいいと学んでいたことだ。しかしこの夜は、スーザンのルームメイト、フェリシアから信仰について訊かれ、すっかり話し込んだ。ブライアンはこういう話ができる機会を喜んでいた。興味を持ってくれる人はほとんどいないからだ。二人は午後一一時三〇分ぐらいまで聖書の教義について話し合い、起きていた。

翌朝、ブライアンはフェリシアとスーザン、そしてエイが朝食にやってきていないことに気づいた。さらに珍しいことに、朝食後はいつものように上の階に戻されるのではなく、完成しているがまだ使われていない病棟につれていかれた。その後ブライアンはフェリシアから、あの日スーザンは朝起こそうとしても返事がなかったことを聞いた。ルームメイトがまだベッドにいるのを見たフェリシアは起きる時間だよと声をかけた。返事はない。フェリシアが毛布をのけると、スーザンはうつ伏せに寝たまま動かなかった。肩を揺すると、スーザンの身体はかたく、冷たくなっていた。

中警備の病棟ではナースステーションに患者たちの寝室のドアロックを制御できるボタンがある。夜にはすべての部屋の鍵が自動的に閉まることになっていた。しかしいつもそれがおこなわれるとは限らなかった。多くの患者が夜に目覚めてトイレに行ったり、薬を取りにいったりするので、警備員は鍵を開けておいたほうがいちいち開けてやらなくてすむので楽なのだ。

その日は偶然、中警備と軽警備病棟のピクニックの日だった。リブステーキやエビが手配されていて、家族や友人が来ることになっていた。午後になるとスタッフが戸外でグリルに火を入れて、何事もなかったように料理をはじめた。しかし警察の捜査はまだ続いていたので、ブライアンのいる中警備病棟の患者たちはピクニックに参加できなかった。外からリブやエビは持ってきてもらえたが。

ブライアンの人生の中でももっとも奇妙な一日だった。とてもパーティと呼べるような感じではなかった。みなしきりにひそひそ話をし、それぞれの推測をささやき合った。食事の後、病院のCEOシーリア・ダヴェンポートが病棟にやってきて、患者たちに話をした。静粛に、みなさんに伝えなければならないことがありますと彼女は言った。

「昨夜、非常に重大な犯罪が起こりました。被害者は4-南の女性患者です。みなさんのなかには警察から事情を訊かれる人もいるかもしれません」

「スーザンは無事なんですか?」誰かが尋ねた。

「悲しいことに、無事でありません」ダヴェンポートは言った。

患者は今後靴ひもを使うことは許されません、と彼女は付け加えた。

スーザンが死にたいと口にしていたのはみなが聞いていた。彼女の遺体が死体置場に運ばれているあいだに、リブやエビのごちそうを楽しむのはいいことだとは思えなかった。事件のニュースは病院の内外にあっという間に広まった。ゴパラニ医師の「神経衰弱」のときと同様に、パーキンスの上層部は患者たちをメディアの報道にふれさせないようにしたが、それは無駄な努力だった。すぐに事件の詳細はすべて知れ渡った。

病棟の監視カメラには午後一〇時五〇分にエイがスーザンの部屋に入り、九分後に出ていった様子が映っていた（フェリシアがブライアンと聖書について話していた時間だ）。映像を見ると、警備がまったく機能していないのがわかる。この夜、この病棟には三人の警備員が勤務していた。彼らは三〇分に一度、すべての患者をチェックすることになっていたが、事件が起きたときは、警備員一人がソファに座ってテレビを見ていて、二人目の警備員はナースステーション内だが患者の部屋が見えない位置にいて、三人目はまったくカメラに映っていなかった。

事件前の映像には衝撃的な証拠が映っていた。七月から九月のあいだに何度も、エイがスーザンの尿と大便を収集して、食べている様子が監視カメラにはっきりと映っていた。そしていままでそのことに誰も気づいていなかった。その場で見た者は誰もいなかったし、ビデオの映像を見た者もいなかった。エイは事情聴取で体液には魔術的な力があるという信念を何度も繰り返し述べた。スーザンの尿と排泄物を食べることで女性になれる、それが自然の意図だと彼は信じていた。

エイによると、事件の半年前である三月に、エイ自身は参加を許されていない会議で、ダヴェンポート医師と臨床部長モハメド・アジャナー医師が彼に対するリスパーダルの処方をやめることを決定した。六月にエイは「精神病の症状」を臨床ソーシャルワーカーに訴えたが、抗精神病薬を飲まなくなったことに身体が適応するための現象なのではないかという答えを得たと本人は語っている。

二〇一〇年九月二七日付けの「ボルティモア・サン」紙にはパーキンスの元警備員ロバート・キュアのインタビューが載っている。キュアはブラジャーとパンティをエイが通信販売で注文していたと証言した。届いたパッケージをエイの部屋まで運んだことが何度かあるという。「エイはよく本を読んでいて、知的だが、あまりしゃべらず、一人でいた」とキュアは言い、自分の意見として、エイは女性の患者と同じ病棟に入れるべきではなかった、と付け加えた。「サラディン・テイラーを置いておくべき場所はたくさんあった、女性の周りでなくても」とキュアはエイを元の名前で呼んで言った。「サラディンが殺人者であることを知ったら、もう彼に対して気をゆるめることはできない。彼は完全に有名な記録に残る女性殺しだ」

ブライアンは同意せざるを得ない。彼は殺人に関しては衝撃を受けなかった。彼はいつもエイは連続殺人犯だと思っていた。彼を男女混合の病棟に置くのは子犬の群れの中に狼を住まわせるようなものだとブライアンは思う。

スーザンとエイは親しい友達だったので、人々は動機がわからなかった。性的犯罪なのだろうと主張する者もいた。エイはスーザンを絞殺する前に彼女にキスしたことを認めている。それにスーザンは下半身裸で発見された。いつも寝るときにはいていたピンクのヨガパンツは、丸まった状態でクローゼットから見つかった。しかし彼は性的な動機で殺したことは否定している。スーザンを殺した後に自分も自殺するという約束をし、非常に長い靴ひもを二本注文していたという。一本はスーザンを絞殺するために、もう一本は自分が首を吊るために。しかし自分を絞殺するのは誰かを絞殺するよりはるかに難しくて、死ねなかったと彼は主張している。

スーザン・サックス殺害事件から一年半後、エイ・スーダニ・エイ＝ワッハービ、別名サラディン・テイラーは裁判を受ける能力があると鑑定された。検察官は、もし本当に一緒に死ぬ約束をしていたとしても、エイはその約束を履行するつもりがなかったのではないかと主張した。検察官によると、エイはスーザンを効率的に絞殺するために彼女の身体の上に立ってひもを引いたため、彼女の身体には彼の足跡が残っていたという。もう一本の靴ひもで首を吊ることに関しては、彼は靴から外すことさえしていなかった。陪審は行き詰まり、無効審理が宣言され、一年後に再び裁判が開かれた。五二歳になったエイ・スーダニ・エイ＝ワッハービは第一級殺人罪で有罪になり、メリーランド州西部にある重警備の刑務所、北部矯正施設に収監された。

エイについて人々が聞いた最後の情報は、彼、あるいは彼女がシャウンテ・アン・レヴィーと改名したことと、性転換手術の申し立てを法廷に提出していることだった（これまでのところ許可は下りていない）。

18
「みな恐れている」

当然のことだが、スーザン・サックス殺害事件により、病院は非常に厳重な監視下に置かれることになった。事件当夜に担当だった警備員三人はすべて自主的に退職した（給付金と州の年金は失われなかった）。四カ月後、ブライアンにとっては残念なことに病院のCEOシーリア・ダヴェンポートもその職から降りた。ダヴェンポートはよくやっているとブライアンは思っていた。上層部が彼女に殺人事件の責任を押しつけたのだと考えた。この事件の影響で警備員が増員され、夜勤のスタッフは以前より厳しく管理され、監視カメラも増設され、女性用の病棟が一つ新設された。後任のCEOが決まるまでのあいだ、保健精神衛生局担当の州検察官スーザン・スタインベルグが暫定CEOをつとめることになった。

パーキンスで患者が死んだことは前にもあった。自然死や病気や自殺や事故などだ。しかし殺人はそうした死とは違う。ジャーナリスト、政治家、精神疾患患者の支援活動家、そして一般市民も、どうして犯行が可能だったのかを知りたがった。どうして有名な性犯罪者であり女性への暴力の過去もある彼が男女混合の病棟に入っていたのか？　どうして彼の投薬は中止されたのか？　彼はどうやって被害女性の寝室に夜、見咎められずに入ることができたのか？

病院の外の人々にとっては説明のつかないずさんな状態に思えるだろう。しかしパーキンスにいる者は状況が理解できる。彼の患者仲間で同じ暴力犯罪歴のある者たちと比べて考えるとエイは静かでおとなしく行儀がいい患者だった。長年問題を起こさなかったし、中警備病棟に移されるぐらいよく適応していた。たしかに異常な執着を持っていたかもしれないが、同じような患者はほかにもいる。なかには執着が高じて事件を起こす前は、成功した有能な人物だった者もいる。

そのうちの一人がヴィターリ・ダヴィドフだ。ヴィターリはブライアン同様、若い頃に大学を途中でやめている。ブライアンの場合と違うのは、ヴィターリの両親が息子が重度の妄想症であることに気づき、非常に心配していたことだ。ノックスヴィルのテネシー大学の学生だった彼は双子の兄弟と一緒に暮らしていたが、混乱し動揺した状態で実家に電話をかけてくるようになった。毎回、両親は心配してメリーランドからノックスヴィルまで夜中に車を飛ばして駆けつける。最初は落ち着かない様子だったヴィターリは二日もするとまた元の様子に戻る。それでもダヴィドフ夫妻はなにかがおかしいとわかった。ベクトールド家とは異なりダヴィドフ家は結びつきの強い家庭だったので、両親は息子の普段とは違う態度に気づいたのだ。

二〇〇六年八月のはじめ、ヴィターリは元に戻ったようにリラックスして落ち着いていた。しかしその月の終わりに近づくにつれて、再び症状が出だしたので、父親のアルバートはメリーランド州ベセスダで開業している統合失調症の著名な専門家ウェイン・フェントン博士の予約を取った。フェントンはアメリカ国立精神衛生研究所の副所長であり、重症の精神病で危険を伴う患者でも診る勇敢さで有名だった。フェントンはヴィターリの面談をおこなうことを快諾してくれた。アルバートは労働者の日の祭日がある週末の日曜日、二〇〇六年九月三日にフェントンの医院へヴィターリを連れていき、自分はほかの用事のためにその場を離れた。そしてヴィターリを迎えに戻ってきたアルバートは、恐ろしいことに、息子の両手とシャツとズボンが血で黒っぽく染まっているのを見た。

アルバートはフェントンのオフィスに駆けていき、窓越しに室内を見た。

フェントン博士は血に染まった東洋風ラグの上にうつ伏せに倒れていた。

ヴィターリ・ダヴィドフはフェントン医師殺害の裁判で刑事責任能力なしとの判決が出て、二〇〇七年四月、一九歳でパーキンスに送られてきた。頭も器量もよいヴィターリにはさらに愛情深い家族の支援があり、大いに有利だった。家族は仲がよく、食べ物や衣服やおみやげを持ってできるかぎり彼に会いにきた。このように患者が病院外との強いつながりを持っていて、さらに友人や家族に民間の弁護士を雇うだけの経済的余裕があると、通常、退院は容易になる。もちろん早期の退院は無理なケースもある。たとえば非常に世間に注目された事件の犯人であるヴィターリ・ダヴィドフのような場合だ（皮肉なことにフェントン博士は統合失調症の専門家として世界的権威の一人だった）。ヴィターリの弁護士は彼が入院してから三年しか経たないうちに、釈放に関する審問を設定した。弁護側が雇った精神科医が精神鑑定をおこない、退院しても問題ないという結論を出したが、陪審は同意しなかった。

それでもヴィターリはパーキンスでよくやっていた。じっさいとても態度がよかったので中警備の病棟に移され、次いで軽警備病棟へと進んでいった。そこで彼は開放病棟という特権を許される。これは好きなときに行き来ができ、自分自身で病院の規則を守れるという信頼を得たということだ。そこでもよくやっていたので、病院外に監視付きで外出し、抗精神病薬の量を減らすことも許された。しかしほどなく、エイと同じように、ヴィターリもまた安定を失い、バランスを取り戻すのが難しくなった。担当の精神科医はいろいろな組み合わせで投薬を試したが、どの薬も彼の落ち着きを取り戻せないようだった。ヴィターリは脅迫的になり、物事に執着し、妄想を抱くようになった。彼はフェントン博士は死にたがっていて、殺してくれと頼まれたと言った。自分の父親がフェントン博士を殺したのだと言うときもあった。別のときに、父親は本物の父親ではなく、そっくりな偽者だと言った（カプグラ症候群という妄想）。けっきょく彼は重警備病棟に送り返された。

ヴィターリがもっとも強く持っている執着はアナル・レイプに関するものだった。彼は父親にアナル・レイプされたと言うときもあれば、兄弟にやられたと言うときもあった。父親が兄弟をアナル・レイプしたと言うときもある。ヴィターリのこの奇妙なこだわりを知っていたブライアンは、二〇一一年の秋にヴィターリの同室患者デイヴィッド・リコ＝ノヨラが性犯罪で有罪になった経歴の持ち主だと知って困惑した。

リコと呼ばれているこの患者は二二歳で、三年前に母親を殺した後に刑事責任能力なしとされ、パーキンスにやってきた。ブライアンは常々、リコはこそこそとなにかをごまかしているような感じがすると思っていた。また、あまり英語が話せず、よく殴り合いの喧嘩をしていて、エルサルバドル系移民のギャング、MS13のメンバーだという噂もあった。リコはゲイであることを隠さなかった。ブライアンがリコと同じ病棟だった頃、娯楽室でデルムス・キンブルという患者をレイプしようとしているところを二度目撃した。どちらのときもキンブルはリコの腹を殴っていたが、リコはやり返そうとはせず、キンブルにキスを迫ったり、下着をつかもうとしたりするのをやめなかった。

その年の一〇月になる頃には、リコとヴィターリ・ダヴィドフはあきらかに不仲な様子で、スタッフもそれを知っていた。

一〇月二一日、午後二時のベッドチェックから三〇分後ぐらいに、ヴィターリ・ダヴィドフが部屋から出てきて看護師のもとへやってきた。

「ルームメイトにレイプされそうになった。だから彼を殴り倒した」彼はそう言った。

看護師が部屋に入ってみると、血塗れのリコが床にうつ伏せに倒れていた。リコはハワード郡総合病院に搬送され、到着と同時に死亡が確認された。

警察が呼ばれ、ヴィターリは連行された。検視報告書によると、デイヴィッド・リコ＝ノヨラの死因は「顔面と頭部に加えられた鈍器のようなものによる外傷」であり、ヴィターリの手には「血液が付着し、拳とその周辺部に細かい裂傷が複数ある」。ヴィターリは性的暴行に抵抗した正当防衛だと主張した。その夜遅く、ヴィターリは第一級殺人罪で起訴された。

私のグループの患者ルイスはこの事件が起きた病棟にいた。「ロシア出身の白人の男、あいつは素手で人を殺してここに来たんだ」ルイスは話してくれた。「彼は強くて、上半身がたくましかった。それに病気で攻撃的になっているときにはすごい力が出るものなんだ。それまではなにもしていなかったけれど。彼は薬をやめたらそのまま崩壊した。薬を飲むのをやめる権利はあるけど、それは暴力的でない場合に限る」事件の夜、ルイスはジムにいてリコの遺体が担架で運び出されるのを見た。「シャツが血だらけだった。彼は横になったままで、死んでいた」

エイがスーザン・サックスを殺してからちょうど一年が経った頃だった。マスコミと人々は怒り狂った。パーキンスの上層部は防衛意識が過剰になった。CEO代理のスーザン・スタインベルグは新しい警備機器を導入したと発表した。管理体制も新しくなる、と。このような事件は二度と起きてはならない、彼女はそう言ったのだ。

しかし起こった。

その八日後に。

ロゲリオ・モンドラゴンは二〇一〇年に四〇歳でパーキンスにやってきた。共犯二人とともにシルバースプリングのアパートで一一歳の少女をレイプした件で、裁判を受ける能力がないと鑑定されたからだ。二〇一一年一〇月二八日、木曜日の朝一〇時前後にきゃしゃなヒスパニック系の男性でほとんど英語がしゃべれないモンドラゴンは、責任能力の審理のためモンゴメリー郡控訴裁判所に連れていかれた。判事はさらなる治療が必要として彼をパーキンスに送り返した。午後七時頃、ヴィターリ・ダヴィドフがデイヴィッド・リコ＝ノヨラを殺したのと同じ病棟で、患者の部屋を定期巡回していた副看護師長が、ロゲリオ・モンドラゴンが床に倒れて死んでいるのを発見した。

警察が急行してきた。医師が到着した。患者たちはまたもや集められて、犯行現場はテープが貼られて立ち入り禁止になり、捜査されているあいだ別の病棟に移された。この大混乱のさなかに、長い犯罪歴を持つ入院患者で四六歳のアンドレ・マヨが看護師に向かって、静かに自分が犯人だと伝えた。モンドラゴンの顔を殴り、床に倒れたところを拳で殴って殺したと彼は言った。マヨは手錠をかけられて病棟に留め置かれ、一晩じゅうパーキンスで患者たちと話して証拠を検討していた警官から尋問を受けた。マヨの話は本当だった。監視カメラのテープに彼が三〇分間に二回、モンドラゴンの部屋を出るところが映っていた。検死報告書によると、死因は鈍器のようなものによる顔と首への複数回の打撃だった。

メディアはロゲリオ・モンドラゴン殺害事件を「ミステリー」だと報じた。「彼は何の理由もなく殺された」と書かれていたとルイスが教えてくれた。しかしブライアンにとってこの事件はミステリーでもなんでもなかった。彼はアンドレ・マヨがパーキンスにいるより刑務所に行ったほうがましだと言っているのを一度ならず聞いている。マヨは以前に服役したことがあるので、塀の向こう側になんの幻想も抱いていなかったから、これは病院に対する激しい非難を示す行動といえた。ブライアンは、マヨはリコの殺人を見て犯行を思いついたのだと考えている。マヨは病棟でいちばんひ弱な男を選んだ。モンドラゴンは小柄で痩せているし、子どもをレイプした性犯罪者という理由で嫌われていた。さらになにより一人部屋だった。すべてが都合のいい、完璧な被害者だったのだ。

メリーランド州精神保健衛生局は批判を先回りしようとして、翌日に声明を出した。「先週クリフトン・T・パーキンス病院で起きた出来事は悲劇的で受け入れられない」秘書官ドクター・ジョシュア・シャーフスタインは言った。「病院は治療の場であり、暴力の場ではない。パーキンス病院は院内の安全性を強化しようと多くの改革をしてきた。しかしさらに努力する必要がある」モンドラゴンの弁護士ジョナサン・フェルナーはこの言葉に納得していない。「精神に問題を抱えていて、裁判を受ける能力がないと宣告されたクライアントを抱えている場合、施設は彼にとって安全な環境だと誰もが考えるものだ」彼は「ボルティモア・サン」紙のイアン・ダンカンに述べた。「彼が殺されたと知って私は驚き、ショックを受けた。彼はあの病院で安全ではなかったのだ」

病院への非難は、一貫性のない上層部や不適切なスタッフの配置などに向けられた。精神疾患患者の支援団体はパーキンスの患者たちが不当に投薬されていて、夜、退屈しないための活動が十分に提供されていないと主張した。警備員はトレーニングも支援体制もなく、昇進の機会もなく、敵意を向けられる職場環境でありながら給料が低いと不満を述べた。超過勤務も論議を呼んだ。病院は長く徹底的に再検討された。新しいスタッフが雇われ、新しい管理職も呼ばれた。

デイヴィッド・S・ヘルセルは経験豊富で高く評価されている病院長で、メリーランド州カントンズヴィルのスプリング・グローヴ病院センターからパーキンスに異動してきた。急遽開かれた記者会見でヘルセル医師は病院内の暴力と恐怖にどう対応するのかと問われた。

ヘルセルは現実的だった。「完全に恐怖を消し去れるかどうかはわかりませんが、それが目標です。どういう患者がいるかを考えれば、みなが常に注意し、ある程度用心深くなることが必要でしょう」ヘルセル医師は起こった殺人事件は不穏なものだったことを認めながらも、みなに、司法精神病院に入院している者も含む精神病患者のなかで暴力的である人は非常に少なく、実際に再び暴力行為をする人はさらに少ないことを思い起こさせた。

しかし、パーキンスの雰囲気はまだ緊迫していた。病院の外では支援グループの代表が患者とスタッフの権利について発言しはじめた。病院の警備員たちの代弁者である組合は、州当局に、常に妄想を抱いてる人々にとって暴力は避けられないという趣旨の手紙を送った。「医師たちが患者を真剣に恐れている様子をスタッフは見ている」と手紙は主張していた。「患者たちのなかには投薬されている者も少なくないし、過剰に投薬されている者もいる」治療チームは直接ケアに当たっているスタッフからの情報を受け取っておらず、彼らは「最新の状況がわかっていないせいで、非常に危険な患者たちに治療上の判断を下してしまう」と組合は主張している。

「僕は二人の人と部屋にいて、ずっとものすごく怖くてたまらなかった」ルイスは私に語った。精神科の患者たちの権利を代弁するグループ、メリーランド州障害者法律センターのローラ・ケインは州当局を訪れ、彼女の言葉を借りれば治療上の問題と恐怖を生む状況について訴えた。ケインはパーキンスは十分に患者を守っていないと言う。たとえば殺人事件の後、患者たちは配慮をもって扱われるのではなく、拘留に近い状態にあったという。患者たちの誰一人としてグリーフカウンセリングを提供されていないことを彼女は指摘した。病院自体が不都合なことを隠したり、非常に曖昧な言葉でしか語らない。精神科の施設としてとてもいいお手本だとは言い難い。「この文化は本当に変えなければいけません。そして病院の上層部は恐怖を減らすための方法を見つけなければいけません」ケインは言った。「みな怯えています」

ヘルセル医師の理論では、不幸な人は危険であり、幸せな人は安全だということになる。ブライアンはこれにには納得した。そして、ヘルセルは「食事の取り寄せの禁止」をやめた。代わりに月に一度、テイクアウトの夕食を実施し（一〇ドル相当のものまで）、レントゲン装置を買って訪問者が持ち込んだ食物をスキャンし、各病棟に衛生テレビを設置した。この改善は非常に効果があった。ほとんどの人たちはパーキンスが前よりもよい場所になったと認めている。

二〇一二年一月二日、ブライアンはついに、というよりまた、重警備から中警備の病棟に移動した。五人の警備員に付き添われ、彼のささやかな全所有物をおさめたカートを押して、新しい病棟までの廊下を移動した。自分の汚名はもう消えている、彼はそう感じた。自由への道はもうふさがれていない。いま彼はカフェインを摂ることができるし、金も食物も手に入るし、個別セラピーも受けられる。

すべては急速に改善された。彼は新しい精神科医チェルシー・ハウイーのセラピーを受けるようになったが、ハウイーのことは好きだった。六月にデイヴィッド・チャンドランという精神科医に鑑定を受けたが、結果は、妄想を示すものや異常な行動や思考は見られない、思考の過程は現在よく統制が取れている、気分は安定している、治療には従順、この患者には躁病も鬱病も自殺念慮も他害の思考もない、というものだった。その年のうちに担当医が評判のいいアンジェラ・オンウアニベ（オンワナビーというように発音する）という医師に替わった。ほかの患者たちからオンウアニベの病棟に行ったら、そこからはスムーズに進むと聞いていた。彼女は患者を速く、効率的に退院させることで知られていたのだ。

オンウアニベ医師はおもしろい人で、ブライアンのこれまでの医師と比べたら新鮮な変化だった。彼女は毎朝早くに病棟のドアからさっそうと入ってきて、一〇代の若者のように陽気に歩き回り、五〇代半ばという年齢を感じさせない。活発な性格で、えくぼがあり、人を惹きつける笑顔をしていた。ナイジェリアで生まれ育ち、ロンドンで教育を受け、イギリスのサッカーチーム、アーセナルの忠実なファンだ。ブライアンはすぐに彼女の態度が好きになった。彼女は自分なりのやり方でみなを一つにして、病棟の争いや敵対関係を解決した。しかし同時に、もし彼女が患者の側だったら、きっと躁鬱と診断されていただろうともブライアンは思った。彼女の騒々しいエネルギーは、その年齢の女性にしてはしばしば度を超えているように見える。彼女はブライアンに三つの違う種類の仕事を掛け持ちしていると語り、また、ときどき人の話をさえぎってしまうのは、人の心を読めて、相手がこれからなにを言おうとしているかわかるからだとも語っていた。

しかしその風変わりなところは、熱心で効率的な部分の邪魔にはならなかった。オンウアニベ医師の病棟では、ブライアンは支えられていると感じていた。ついに退院に向けて進んでいるような気がした。二〇一三年、ブライアンがオンウアニベの病棟にきて三カ月ほど経ったある日の午後、オンウアニベ医師はブライアンの横に座り、次の法医学臨床検討委員会の会議で彼を軽警備の病棟に移動させるよう推薦しようと思うと言った。そのすぐ後には地域の病院に転院するという予定で、と。

ブライアンは喜んだ。軽警備病棟には以前いたことがある。十年ほど前だ。しかし地域の病院はじめてだ。ついにパーキンスから出られるのだ。しかし彼がこのニュースを噛みしめる前に、オンウアニベ医師の気が変わった。彼女は法医学臨床検討委員会の会議から戻ると、彼の退院の件にはいっさいふれず、投薬を増やす話をしはじめたのだ。ブライアンは誰かほかの医師が、ブライアンを寛大に扱いすぎないほうがいいと彼女に警告したのだろうと悟った。

彼は薬の増量に抵抗しようとした。いまの状態でまったく問題なかったからだ。しかしオンウアニベは、ブライアンが考えを変えないかぎり退院に向かって進むことはありえないと言い切った。彼女の所見はいつも同じだった。ブライアンは自分の病気を「理解」していない。病院を信じておらず、投薬に抵抗し、自分が精神病であることを認めようとしない。つまりブライアンの言葉は健康な人が言った場合のようにそのまま受け取られることはなく、すべて精神病のせいにされてしまうのだ。「どこか極端に多弁」とオンウアニベ医師はブライアンのファイルに書き込んでいる。「患者は妄想症。物事はみな『悪い方向に向かっている』と信じている。理解が非常に限られていて乏しいので、数カ月前、不満があるときに投薬を拒むというような悪い判断を繰り返している。薬の変更については引き続き相反する感情を持っている。投薬は自分の役に立たないと言いつづけている。病院内で進展がないことに不満を感じているが、それが自分のせいであることを理解していない」特に投薬を増やすことを拒んでいることと低用量に戻したことについて、一カ月後に彼女はこう不満を述べている。「彼は投薬で症状がよくなるかもしれないと伝えるといまも非常に動揺する。そして、繰り返し投薬をやめることを提案してくる。そうすれば自分が『いい状態でいつづけようと』計画していることを証明できると言っている。会話を誤って解釈するのは治っていない。いまも妄想症である」彼女はブライアンが「この病院に長く入院していることにこだわりつづけて」いて、「自分はうまくやっているという妄想的信念」を持っているとも書いている。

ブライアンにはどうしようもなかった。彼は薬の増量を受け入れた。八月、オンウアニベ医師はこう書いている。「ベクトールド氏は最近、薬の変更に対して素直になっているが、いまだに『俺は病院が望むことをやっている。へつらっているだけだ』と発言している」彼は何カ月も服用量を増やした薬を飲んだ。いまの状況は非常に不満だった。一歩前に進むたびに、二歩は後ろに退がってしまう。「病院は自分の状況をわかっていない、と感じている」オンウアニベは書いている。「自分はこの何年ものあいだ安定していたのだから、制限の少ない病棟への移送がおこなわれるべきだったのに……病院はその役割を果たしていない、そう感じている」

二〇一三年という年はブライアンにとってさまざまな意味でみじめな年だった。秋には長姉マルシアが六二歳で亡くなったとキャシーから知らされた。ブライアンは長姉をそれほどよく知らなかったが、いつも大好きだった。幼い頃にマルシアが面倒を見てくれたことを覚えているし、事件後に彼の味方になってくれたことには感動した。マルシアは庭園をデザインするのが得意で、ブライアンがパーキンスで園芸の仕事を志願したのはその影響だ。戸外での作業がある仕事は特定の制限があまりない患者たちに割り当てられるので、彼はけっきょくいつもキッチンか洗濯の仕事に回されてしまったけれど。悲しいことに最近はマルシアも精神疾患にかかっていて、診断も入院もしなかったけれど、妄想を抱き、言動に筋が通らなくなり、物をため込むようになっていた。キャシーはマルシアをオハイオの自宅に連れてかえって一時は同居していたが、姉の面倒は見きれないことがわかった。マルシアは一人暮らしの状態で死を迎えた。マルシアはつかの間頭が冴えたときに、キャシーに向かって、父親と同じようにどんな感情もまったく感じられなくなってしまったのだ、とみずから認めていた。

ブライアンは病棟ですべての規則に従いつづけた。彼は治療チームに暴力的なことはしないと約束した。セラピーに積極的で、投薬指示にも従った。彼のファイルのメモには、「現在の治療チームの意見では、彼はもっと制限の少ない環境に移すことができるし、地域病院への転院をもう一度検討してもいい。そうすることによって段階を踏んだ社会への復帰を支えられるだろう」と書かれていた。

しかしそれでもなにも変わらなかった。ブライアンは一年じゅう、ほかの患者たちが軽警備病棟に移り、徐々に特権のレベルがあがり、最終的には監視付きの住宅に移ったり、帰宅したりしていくのを後ろでじっと見ているしかなかった。たくさんの依存症患者、レイプ犯、ドラッグの密売人、児童性愛者、統合失調症患者がオンウアニベ医師によって問題ないと判断されて病院から出ていくのに。退院していく者のなかにはブライアンが最初にパーキンスに来た一九九二年には幼い子どもだった者や生まれていなかった者までいた。

この状況は耐えられなかった。そしてついに、彼は自分を証明するチャンスを得た。力づくでなんとかするべきときだと思ったのだ。今回は脱走を試みるのではなく、違法にならない手段を用いることにした。彼は病院を告訴した。

19 本人訴訟

パーキンスの人々との距離が縮まるにつれ、私は精神病院は刑務所と同じぐらい、法律に関して玄人はだしの収容者が多いことを知った。長期入院患者のなかでも、特に不当な扱いを受けていると怒りや復讐心に燃えている人は正義を求め、さらにいうなら復讐を果たしたくて法廷に出ることが多い。みずからを弁護する訴訟当事者には特別の配慮をするよう法廷は推奨されている。

本人訴訟をする患者のなかには正確で見事な議論を展開する者もいる。一方で、繰り返しばかりで意味のないことを言いつのる者もいる。精神疾患を扱ったフィクションでは裁判に執着するようになる人をしばしば「うるさい患者たち」と呼ぶ。法律の論文では「乱訴の訴訟当事者」と呼ばれる。こうした人々をよく知る人によると、彼らは高い教育を受けた男性であることが多く、年齢は四〇歳から六〇歳のあいだで、平均以上の知能を持ち、冷たく合理的な考え方をし、「異常に気むずかしく論争好き」な性格であることが多い。およそ法律に関して立派で（表面上だけでも）実用的な知識があり、法律用語をよく知っている。外見はやや洗練されていないことが多く、書類で膨れ上がったブリーフケースやかばんを持ち歩いていることもある。自身の正当性の主張に執着する場合もある。医師たちにとっては、常に訴訟を起こしつづける姿勢そのものが妄想症である証なのだ。パーキンスの精神科医でアンソニー・ケリーを担当していたロバート・ウィズナー＝カールソンは、法廷でのケリーは「理屈っぽく、論争好きで、怒りっぽかった。彼は数知れない苦情の申し立てや訴訟や抗議の申し立てなどをするが、なんの得にもならないときでもやっている」と述べている。

判事も精神科医と同様に、アンソニー・ケリーやロバート・キングのような訴訟当事者にはいらいらしてしまうことがある。パーキンスのような病院の患者はよく本人訴訟を起こす。彼らの提出書類はだいたいが手書きで、不完全なことも、理解しがたいこともある。たとえば一九八〇年七月の特別抗告裁判所の本人訴訟の被告で、パーキンスの患者であるジョン・アラン・ラングウォージーの申し立てに対する判事の返答は、「事実上メリーランド州南部の判事はみな審問や裁判や申し立てでジョン・ラングウォージーに十分すぎる注意を向けている」というものだった。裁判

ブライアン。パーキンスにて（2015年）

所の不平は続く。

この記録は大量のさまざまな申し立てでいっぱいで、何百ページも何百ページも続く、びっしりと書き込まれた本人訴訟の手紙……それらをすべて分類しようというのは無駄な試みだ。本質的に上訴人は裁判の場に放たれたやっかいな問題であり、彼のよくわからない迷走のせいでこの件を整然と進めていくことは不可能だ。司法システムのすべての構成要素は立派にこの件を進めるためにひらかれているが、上訴人がなにかと手に負えない好戦的な妨害行為で、そこここに進行を阻む障害をまき散らす。

この返事が示しているのは、司法制度に関わる者たちはこうした手に負えない申し立てに対応しなければならないことに不満を感じている、ということだ。錯乱し、罵倒するような調子の申し立てもあり、判事への個人的な悪口が含まれていたり、彼らを怒らせることを意図して書かれていることもある。たとえば二〇一六年五月、スプリング・グローブ病院センターの患者ドナルド・ゲイリー・レンボールドは、連邦裁メリーランド地方裁判所で「不法に入院させられた」ことを理由にみずからの拘禁状態に意義を申し立て、「二〇二日間にわたる不名誉」の賠償金を請求した。この件はメリーランド地方裁判所の判事ポール・グリムの担当になったが、彼はその返答で、レンボールドの申し立てを「魚売りでも使うことを躊躇うような言葉遣いにあふれている」と述べている。レンボールドはこの返答に怒り、この件の担当を違う判事に替えてほしいという追加の申し立てをした。グリム判事に宛てたこの文書は「おい、この野郎」からはじまり、「俺の件から手を引け、この野郎！」で終わっている。

法廷は本人訴訟の訴訟当事者には特別な基準を与えるよう推奨されているが、こういう侮辱に黙って耐える義務はないようだ。レンボールドのような申し立ては判事たちが全体的に精神科のシステムに手を出さない一因となっている。彼らはクリニックで日々働き、患者やその病歴をよく知っている（とされている）人たちの主張に反する動きをするのにとりわけ消極的だ。治療チームがその患者はまだ退院の準備ができていないと主張しているのに、判事が退院を命じることはまれで、特に過去に凶悪な犯罪を犯している患者の場合はなおさらだ。矯正局に関しては、州当局がみずからの管轄には自治権があるというのが法的に一般的な姿勢だ。

判事たちは誰かを拘禁すべきか、拘束すべきか、意志に反して投薬すべきかなどの問題に関わるのを拒み、医学的な問題ばかりでなく、法律的な問題や倫理的な問題までも精神科医に決定権を与えている。そして精神科医たちは善意からではあるものの、自分たちが探すよう訓練されたものしか見出そうとしない。

「訴訟マニア」は妄想型の障害だと考えられることが多い。そしてその通りであることもたしかに多い。しかし同時に、二十年以上拘禁されてきた人は精神疾患であってもなくても、「倫理的な正当化を求める強い気持ち」を持って当然だ。「うるさい訴訟当事者」が妄想症で不安定な人格なのだとしたら、彼らがそうなったのは、彼らの権利がひどいやり方で何度も踏みにじられたのが原因かもしれない。彼らの不満は根拠がないわけでも、非現実的なわけでもないのだ。

司法制度の中の人々にとって、本人訴訟の申し立て人、それも特に拘禁されている者やあきらかに正常でない者に対する根強い偏見を克服するのは難しいのかもしれない。その意味では、モンゴメリー郡控訴裁判所の判事でブライアン・ベクトールドのメリーランド州保健精神衛生局に対する訴訟を担当したリチャード・ジョーダンが、原告の精神状態について最初から疑念を抱いていたとしてもそれは珍しいことではない。そうでなかったとしたら、二〇一四年二月一〇日の朝、開廷直後にブライアンが後見に関する審問のときと同様に公設弁護人を解任し、自分自身の弁護をすると宣言したとき、心穏やかではなかっただろう。

解任された公設弁護人はブラッド・ハーシーというめがねをかけた几帳面な若い男性だった。メリーランド州司局の保健精神衛生局担当の弁護士として、ハーシーはパーキンスの患者のうち個人的に弁護士を雇っている少数者以外の患者全員の代理人をつとめている。彼のクライアントのほとんどが意志に反して拘禁されていることに抗議したり、警備レベルについて争ったり、投薬の量について抵抗したりする現在進行形の法的案件を抱えていた。

原告が自身で弁護をおこなうつもりでいると知ったジョーダン判事は、ブライアンに前に出るよう求めた。ブライアンの両脚は三〇センチほどの鎖でつながれていたので、彼は脚を引きずって進み出た。

「ベクトールドさん」判事は呼びかけた。「どうしてあなたの弁護士を解任したいのですか?」

「ハーシー氏はとても忙しい方です」ブライアンは言った。「クリフトン・T・パーキンスには約二百人の患者がいて、各人が一年に一度は公判を迎える計算です。そして私はその二百人のうちの一人です。ハーシー氏がこういう件を扱う十分な時間をとるのは非常に難しいでしょう」

「ではあなたは陪審の前でハーシー氏よりうまくこの裁判をやれるだろうと考えているのですね?」判事は疑わしげに訊いた。「彼はロースクールの出身です。司法試験に合格し、この分野の経験は豊富です」

長い沈黙があった。ブライアンはこの質問を真剣に考えた。

そして彼は言った。「ハーシー氏よりもうまくなくても、同じくらいはやれると思います。私はパーキンス病院に私の名前で保存されている自分のデータや書類に詳しいですが、ハーシー氏がこの量の資料すべてに目を通したうえでどこに注目すべきかとか、この件に関する情報をどう解釈すべきかなどを理解するのは不可能だと思います」

ジョーダンはまだ気が進まないようだった。「弁護士がいるのは、支えてくれる弁護士なしよりはるかにいいということを理解していますか?」判事は訊いた。「それがわかりますか?」

「はい、裁判長」ブライアンは答えた。「けれどこの裁判は私がどんな人間であるか、私になにができるか、私が考え、理解できることはなにかということが問題になっています。陪審は私がじっさいに自分の退院の申し立てに参加している姿を見たほうがよりよく判断できるのではないかと思います。というのは私が黙って座って、弁護士にすべてを任せていたら、この裁判そのものに関係がある私の能力や精神状態への疑問を消せないからです」

このときみな、自分の弁護をするというブライアンの決断はその場での思いつきにすぎないと思っていた。そうでなければ、なぜ裁判がはじまるというときに弁護士を解任する？　じっさい、後見に関する審問のときには事前に計画した戦略的なやり方だった。彼はメリーランド州検察官補ロンダ・エドワーズが過去にブラッド・ハーシーと争ったことがあり、エドワーズがハーシーのやり方やテクニックを熟知していることを知っていた。彼女がハーシーに対する防御を用意していることは間違いない。しかし彼女はブライアン自身がどんな方針を採るかは見当もつかないだろう。

判事は非常に真剣に、ブライアンが自身の弁護をするのを思いとどまらせようとしたが、ブライアンは一歩も引かなかった。ついにジョーダンは、ハーシーが自分の顧客に弁護ができると思うなら、ブライアンがみずから弁護人をつとめるのを止めることはできないと認めた。ブラッド・ハーシーが彼は自分のしていることを理解していると応えたため、判事はブライアンの脚の鎖を外すよう指示し、二人の助手がぴったりマークすることになった。そして判事が陪審団を部屋に召喚した。

判事は関係者を紹介し、陪審員の候補にブライアンの申し立てと彼の犯罪の概略を説明し、このなかにこの件に個人的に関係がある者がいないことを確認した。陪審員候補のなかから陪審員が選ばれた。法律家が二人、医師が二人、情報技術コンサルタント、看護師が一人ずつ。このうち精神疾患の患者が知り合いにいる者が二人いたが、みな偏った見方をしないでいられると感じていた。ジョーダン判事は彼らが検討すべき問題の概略を述べた。ベクトールド氏は現在精神障害であるのか？　そうだとしたら彼が病院を退院して社会に出た場合、精神障害のせいで自分や他人や他人の所有物に危害を加える可能性があるのかどうか？　そしてその可能性がないなら、本法廷は彼の退院にどのような条件をつけるのか？

短い休憩の後、ブライアンは冒頭陳述をおこなった。鮮やかな青いジョギングスーツを着た彼は手書きの文字が一面に書かれた紙片を読み上げた。本件は自由意志の問題につながっていると彼は説明した。彼は陪審に、本来は穏やかだった人物が年をとって、アルツハイマー症候群になったところを想像してみてくださいと言った。この人が家族のことがわからなくなり、自分の家に見知らぬ人が侵入してきたと思い込んで暴力を振るったとしたら、その人が責任を負うべきとは誰も思わないだろう。しかし精神疾患とは違い、アルツハイマーはとても特殊な病気だから、医師たちはみな見分けることができ、理解もできる。しかし彼の場合、犯罪を犯した頃には自由意志がなく症状がひどかったとみなの意見が一致しているが、その症状がなんであったのか、それがどのように彼の人格に影響を与えていたのかは誰にもわからないし、その病気がいつ治ったのかも誰にもわからない、と彼は説明した。

「精神疾患の場合、非常にあいまいで、法廷と病院では基本的に意見が異なる」彼は続けた。

「家族に暴力を振るったアルツハイマーの患者に話を戻しましょう。彼らの症状が著しく進んだら、どこかに監禁するべきですか？　正直言って私はほとんどの人が『もちろんそんなことはすべきじゃない』と答えるだろうと思っています。しかしもしも精神病の人が同じ状況になったら、同じように同情し、理解することができますか？　同じように許すことができますか？」

これは興味深い議論であり、ブライアンは緊張しながらもよどみなく、ストレートに語っていた。率直で物腰がやわらかく知的な印象を与え、精神病の徴候は見えない感じだった。しかし州検察官補ロンダ・エドワーズは落ち着き払い、自信ありげだった。ブライアンの犯罪は恐ろしいものだが、それから長い時間が経っていると彼女は認めた。彼女はブライアンが「感じのいい男性」に見えることも認めた。しかし彼女は陪審に外見にだまされないでほしいと言った。精神疾患は必ずしも見てわかるものではなく、医師によるとブライアンは精神病であり、危険な暴力に訴える可能性を抱えているのだと述べた。

「これからみなさんは、医師たちからベクトールド氏がパーキンス病院センターにやってきた後に脱走しようとした話を聞くでしょう」エドワーズは陪審に言った。「その際、彼は金属片を武器にして人質を取っています。一九九九年のことでした……それから二〇〇六年、ベクトールド氏はまたもや病院から脱走しようとしました……外に脱出できる道を探そうと自室の天井裏を調べたのです。脱出口は見つかりませんでしたが、天井のタイルを使って尖った武器を作ったのです……ベクトールド氏はソーシャルワーカーを襲撃しました」ブライアンの医師は彼を社会に出すのは危険だと考えている、とエドワーズは結んだ。そしてもちろん、専門家が証人として呼ばれていた。

原告側である自身の弁護人をつとめるブライアンは証人は用意しておらず、困難な闘いになりそうだった。州側が呼んでいる四人の精神科医を相手に自分を弁護しなければならないのだ。彼が自分は妄想症でもなく危険でもないと主張したら、医師たちは彼のファイルにある「根拠」についての言及すればいいだけだ。こうした書類は間違いや誤解が多く、あまり役に立たないとブライアンは思っていたが、じっさい精神科医らの意見は「科学的な事実」と同等であり、彼らの意見に対して許される態度はただ、宗教に近いほどの服従だけなのだ。

州側はまずロシャ・ヒスブルを呼んだ。ヒスブルは摂食障害を専門とする三一歳の精神科医だ。ヒスブルはブライアンを知らなかったが、法廷審問のためにリスク評価をおこなった。評価は二日間にわたっておこなわれた（ブライアンは一日に二時間ずつ彼女と面談したのを覚えている）。彼女はブライアンのこれまでの記録をよく読み、一連の検査と面談をしたと語った。

ブライアンは主尋問でヒスブルに現在の診断について訊いた。彼女は、彼は統合失調症感情障害と自己愛性／反社会性パーソナリティ障害だと答えた。ブライアンはパーソナリティ障害について説明してほしいと依頼し、彼女はパーソナリティ障害とは「多くが成年後早い時期か思春期の前半に発症することが多く」、「ひろがり、消えることがない」障害だと述べた。

ブライアンは自分がパーソナリティ障害だと診断されたのは最近であることを指摘し、「成年後早い時期」や「思春期の前半」にはじまったことはありえないから、「ひろがり、消えることがない」のもありえないのではないかと訊いた。

「あなたの障害は二二年間のあいだに、症状の観察や表出によって緩和されているのです」と彼女は答えた。

「緩和されている」ブライアンは言った。「それは変わったという意味でしょうか？」

「新たな情報と症状から、診断は変わることがあります。はい」

「それはよくあることですか？　誰かの人格が変わるのは典型的なことなのですか？」

「典型的ではありません」ヒスブルは答えた。

「いいでしょう」

「しかし観察をする人によってその特徴を見分けるのが難しいことがあります」

「では医師によって意見が違う可能性が高いということでしょうか？」

「そうだとは言っていません」

ブライアンは陪審に、長年のあいだに下された自分への診断が非常に矛盾していることに気づいてほしかった。彼の精神科医によると、ブライアンは「三四歳で精神病質者になった」のだ。彼はまた、自分の脱走未遂が無感覚になるまで投薬されることへの絶望と、病院から二度と出られないという気持ち、刑務所にいたほうがましだという思いからおこなわれたものだと知ってほしかった。

州側の反対尋問の際、ロンダ・エドワーズはヒスブル医師に、なぜ彼女はブライアンの将来暴力を振るう可能性が「ハイリスク」であると予想しているのかと訊いた。その答えは次のようなものだった。

彼のこれまでの暴力の歴史と子ども時代にとった行動の問題の記録、薬物などの乱用歴、数件の暴力以外の犯罪歴、もっとも暴力的な犯罪を犯した際かなり若い年齢であったこと、就業の不安定さ、重大な精神疾患であるという診断、パーソナリティ障害、過去の管理の失敗、病院からの脱走未遂などから、彼は中程度の精神病質者に含まれる。

短い休憩をはさんで、州側の次の証人シビル・スミス＝グレイが証言台に立った。彼女は耳が不自由な子どもに対する教育心理学を専門とする五六歳の臨床ソーシャルワーカーだ。州側がなぜ彼女に証言を依頼したのかはわからない。彼女はラテン語や医学用語が苦手だった。ブライアンが彼女に自分の昔の記録は読んだかと訊くと、「過去の軌跡」は考慮しないと答えた。次に現在の自分の書類は読んだかと訊かれると、彼女は「全部」読んだと答えた。

ブライアンはヒスブルへの質問のときと同じように、まず自分に下された診断について尋ねた。特に「反社会性パーソナリティ障害」について説明してほしいと依頼した。

スミス＝グレイ医師は威厳をたたえた口調で答えたが、その内容は混乱し、冗長だった。

反社会性パーソナリティは主な権利の侵害を伴い、また個人の権利を侵害します。小さな規則違反も伴います。反社会性パーソナリティ障害の患者は規則は自分には当てはまらないと考え、自分はほかの人と違う特別な人間だから、規則を破ってもかまわないと考えているのです。これが反社会性パーソナリティ障害に伴うもので、自己愛性パーソナリティ障害についても同様に……私の意見では反社会性パーソナリティ障害の表れは、その人の幼児期にさかのぼれると思います。じっさい、この病気のはじまりは幼少期の「行動障害」と呼ばれる形を取るのが典型的です。それが評価の中の、幼少期の不適応の危険因子が重要な危険因子なのです。だから幼少期の不適応の道筋が行動障害のように見えるのです。そして規則違反を伴います。そして成人してから反社会性パーソナリティ障害の形を取るのです。

パーキンスでこの五年間、自分が高レベルの特権を維持しつづけてきたことにふれて、ブライアンがこれは「広い意味での規則破り」に矛盾すると言うと、スミス＝グレイ医師はそれこそが今後、彼が暴力事件を起こすことを計画しているあきらかな証拠だと言った。

特権システムは常にその個人がどう行動しているかを質的にはかりつづけることになります。これは珍しいことではなく、ええ、まったく珍しいことではないのですが、反社会性パーソナリティ障害を持ち、平均以上の認知能力を持った人は別の行動計画をうまく運ばせるために特権レベルシステムを利用することができるのです。

陪審はブライアンが両親を殺したことを知っているが、今回の裁判においてこの犯罪は無関係であり、なにかの根拠として検討に加えるべきではないと伝えられていた。ジョーダン判事は彼らに、本件は「法廷に示された根拠のみに基づいて」判断されるべきであると述べた。その観点からすると、次のブライアンの質問に対するスミス＝グレイ医師の答えは反則気味の攻撃だった。

ブライアン「あなたはブライアン・ベクトールドには規則破りの問題があると証言していますね？」

スミス＝グレイ医師「はい。殺人は規則破りの一例です」

短い休憩の後、州側の三人目の証人が証言台に立った。司法精神科医インナ・トーラー医師はこのときパーキンスの臨床部長だった。彼女には東欧のアクセントがあり、きびきびとした短い言葉で話すので整然として有能な感じはするが、あまり温かい感じはしなかった。彼女はパーキンスの精神科で部長をつとめてはいるが、ブライアンとはほとんど接触がなかったと認めた。彼女を診たことはないと彼女は言ったが、この裁判の準備のために一時間ほど面談をし、彼の記録に目を通したと言い添えた。ブライアンはあれは面談と言うよりふつうのおしゃべりのようだったなと思い返した。ブライアンの診断について多くのやりとりが続いた後で、自分は二〇年のあいだにパーキンスでどれだけ進歩したのかと尋ねると、トーラー医師はこう答えた。ブライアンは表面上完全に問題なく過ごしているように見えるが、じっさいは経験豊富でよく知る精神科医が長いあいだ調べないとわからないような判じがたい精神疾患にかかっている。「現在ベクトールド氏が示す症状を……見分けることは難しいのです」彼女は陪審に向かって言った。「しかし経験を積んだ者が時間をかけて診れば、臨床精神医学のプロにはそれは明らかです」

ここで陪審の多くが椅子の上で向きを変えた。トーラー医師からブライアンのほうに視線を移し、彼が内に秘めている精神病をかいま見ることはできないかと興味深げに眺めはじめた。

翌日、二〇一四年二月一一日の朝、アンゲラ・オンウニアベ医師が証言台に立った。ブライアンをよく知る唯一の証人だ。自分は委員会認定の精神科医であり、通常の医師としての経験は二六年、精神科と精神薬理学の経験は一二年あると語った。ナイジェリアなまりがあるせいで証言は少し聞き取りにくいところもあった。彼女はブライアンに呼びかけるときは優しく心配しているような、母親のようにも思える声音で話し、ときには静かなささやき声のようになっていた。

オウニアベ医師は証人のなかでもっとも長く証言台にいた。彼女は感情や言動が揺らぐ様子をまったく見せなかったが、主尋問でのブライアンの質問に対する彼女の答えはあいまいでまとまりがなく、内容がとぼしかった。ブライアンに彼の第二軸の診察である自己愛性／反社会性パーソナリティ障害の特徴的な行動の例を示してほしいと言われると、小さな子どもに話しかけるような調子で応じた。

自己愛性と反社会性とその複合型？　そうね、自己愛性の部分については、いま存在しているものをなんとか見抜くのが難しいのよ。どうしていま存在しているものを見抜くのが難しいかと言うと、あなたの第一軸の診断が生きているからなの。そして第四軸でも同じことが言える。私たちのみながそうよ。誰か、病気になって入院している人は、みな同じ。病気のときは意地悪になる。だから、私はいま現在あなたがどちらのパーソナリティ障害を示しているかはあまり重要だと思っていない。あなたが自分の権利が認識されていないと感じているときや誰かになにかを言われたり、誰かが同意してくれなくて傷ついてしまうと感じたときには、自己愛性の部分が出ているのだと思う。だから、それは一部だということ。けれどさっきも言ったように、ベクトールドさん、あなたはとても感じのいい人だわ。私たちはあなたとの仕事を楽しんでいる。あなたの病気がいまも存在し、衰えていないことを知っている。私たちが残念なことはそれだけよ。残念だと思っている。

ブライアンはオウニアベ医師の証言が終わった後、彼女の話しぶりが自分の主張をすべて裏づけているように感じた。自分には理性があること、そして自分に関して語られていることのあいまいさを陪審に示せたと思った。これで陪審が納得してくれないなら、もうこれ以上できることはなにもない。自分は法廷で十分にやれたと満足する一方で、しかし彼の質問に対するオウニアベ医師の最後の答えには傷つき、動揺した。

質問「ベクトールド氏に関する今後の計画は？　彼を一生閉じこめておくのですか？」

答え「それはわかりません」

ブライアンにとって、これは裏切りだった。オウニアベ医師は自分の味方で、退院に向けて力を尽くしてくれていると思っていた。彼女の頭の中には退院予定の日付があると思っていた。自分の将来についてはなにもわからないと彼女が認めるのを聞くのはつらかった。

すべての証言が終わり、陪審が審議のために退出する前に、州側のロンダ・エドワーズは略式判決の申し立てを依頼した。本件はとても内容がとぼしいので、道理をわきまえた陪審なら彼に有利な裁定はできないはず、とばかりに、この場で決定してほしいと陪審に求めたのだ。判事はブライアンが現在精神障害であるかどうかについてのみ、エドワーズの要求を許可した。彼にはすでに診断が下されているので、この部分については審議の対象に含まれないからだと判事は述べた。しかし第二、第三の部分、ブライアンが退院になった場合、自分や他人や他人の所有物に対して危険な存在となる可能性はあるか、また彼は条件なしの退院をすべきかどうかについては、評決の後で自身の決断をおこなうと先送りした。これはつまり、もし陪審がブライアンは退院するべきだする結果を出したとしても、判事には州側の略式判決の申し立てを採択して評決をひっくり返す権利があるということだ。

「これは民事訴訟なので、私は評決を知った後まで申し立ての裁定を先送りすることを法律で許されていて、それはもちろん記録に残されます」彼はブライアンに言った。「陪審の評決であなたが勝ち、申し立て後の私の裁定で負けたとしても記録はすべて残ります。あなたは上訴することができます。

もし陪審が『退院』という結果を出した後、私が『先ほど先送りにした申し立ての裁定をします』と言い、それを認めたら、あなたの主張に反する結果になります。私の裁定によって今回の結果は決まります。けれどあなたには上訴する権利があるので、評決を受けることには、上訴できるようになるというメリットがあります。そしてもし上訴で私が間違っているという結果が出たら、すぐに評決を受ける権利があります。もう一度はじめからすべてをやり直さなくてすむのです」

つまり判事は複数の選択肢を残したのだ。彼はブライアンを退院させたくないが、ブライアンが起こすかもしれない暴力行為の責任は負いたくないので、陪審に決めてほしい。彼一人が決めると、この裁判全体の重要性が損なわれるようにも見えるからだ。

陪審は協議のために退出した。この日彼らは時間いっぱい議論した。翌日の二〇一四年二月一二日は午前九時一五分から短い昼食休憩をはさんで午後四時まで審議した。午後四時、陪審は判事に評決に達することができなかったというメモを送った。それを受け、判事は修正アレン事件型説示をおこなった（陪審に多数意見を考え直すよう勧める指示）。そして陪審はさらに三時間議論を重ねてから、法廷に戻ってきた。

ブライアンが最初に気づいたのは、陪審のなかに微笑んでいる人が何人かいることだった。彼は一瞬、自分をあざ笑っているのかと思ったが、すぐにその人たちは自分の味方である可能性のほうが高いと気づいた。心臓の鼓動が早くなるのを感じた。陪審は頭のいい人たちなのだと彼は思い直した。しかし精神科の専門用語と嘘を見抜けるほど頭がいいのだろうか？

ブライアンは呼吸を落ち着かせようとした。もう一度陪審たちの顔を見る。ほとんどの人がさわやかな、元気づけるような表情をしている。彼は判事を見た。判事の後ろにあるメリーランド州の紋章が飾られた板を見た。心臓が早鐘を打つのを止められなかった。血管が脈打つのを感じる。自分が正常だと証明できたのだ。

陪審長が登壇し、判事にメモを渡した。判事はメモを開いて次の言葉を読んだ。

「我々は一つの意見に合意できることを求めて話し合い、審議を重ねました。我々は議論し、検証し、再検証しました。証拠の重要性や影響に一人ひとりの率直な信念が屈してしまわないように。その結果、我々は満場一致の評決に達することができませんでした」

法廷は静まりかえった。

判事は口をすぼめると、メモを折り畳んだ。「私は陪審がこれ以上審議を重ね、再び評決に達することができないという結果を出す必要はないと思います」

ブライアンは身構えた。また無効審理だ。

「ベクトールドさん」ジョーダン判事は言った。「あなたはおそらく、私がいままでにこの法廷で見たもっとも完璧な紳士です。そして振る舞いもすばらしい……いまから私はこの申し立てを裁定します。私は熟慮しました。私は被告の訴えを認めます。この分野においては。つまりあなたの意見には反するということです」

一瞬、ブライアンは自分の耳が信じられなかった。やがてわかってくる。彼は敗訴したのだ。パーキンスに戻らなければならない……無期限に。

「私があなたに言いたいのは、あなたは振る舞いがすばらしかったということだけでなく、私はあなたが置かれている状況に共感し、同情しているということです。個人的にはあなたはとても優れた人だと思います。とても好感が持てて、優しい人だ」

ブライアンは理解した。彼に唯一残されたものは尊厳なのだ。

「了解しました、裁判長」ブライアンは言った。「あなたはとても優秀な判事だと思います。公平な裁判でした。私にとって長年にわたる裁判のなかではじめての公平なものでした。それはあなたがこの件を裁いてくださったからだと思います。そのことにとても感謝しています」

「ありがとうございます、ベクトールドさん」判事は言った。

20 正気が回復するまで

一九七四年一一月七日、「ニューヨーク・タイムズ」紙の社説欄でケネス・ドナルドソンのケースが報じられた。ドナルドソンは判事に「数週間」「この新しい薬のうちのいくつか」を投薬されるよう宣告されて送られたフロリダ州立病院にその後、一五年間、投薬も治療もまったくされないまま収容されていた。「アメリカには人々が踏みつけられ、壊され、忘れられている暗闇がある」と同紙は綴った。「いちばん悲しく、我々の社会にとってもっとも屈辱的なのは、こうした組織が、税金で運営されている公的機関であり、実社会に暮らす我々の安全や都合のために彼のような人々を隠し、そのままなにもせず弱るに任せているのになんら咎められてもいないことだ」

もっと最近の同様のケースでは、ジョン・マクスウェル・モンティンという男性が一九九二年に妄想の症状が出てネブラスカ州の精神病院に拘禁された。医師らは警察によるモンティンの異常行動についての報告書に基づいて診断を下し、モンティン本人の言い分を無視した。じっさい、モンティンは警察の報告書が間違っていると主張したことで妄想症だと見なされたのだ。病院から退院しようとした努力は精神病の症状と扱われた。モンティンの弁護士の抗議と妄想型の障害をわずらっていないという本人の主張にもかかわらず、彼は二〇年間拘禁された。その間、彼の件は一年ごとに検討し直されていたのに。二〇一二年、モンティンの弁護士は精神科医を説得した。モンティンのケースを真面目に検討し、一九九二年の裁判の五百ページにものぼる記録をすぐに読んで正しい判断を示すようにと。そして精神科医は診断を修正し、モンティンはついに解放された。

著者とブライアン・ベクトールド。クリスマスパーティにて（2016年）

しばしば冤罪で拘禁される人がいるのと同じように、精神病ではないのに精神科の病院に閉じこめられてしまう人もいる。もちろん、ブライアンはこのケースには当てはまらない。彼自身が認めているように、彼はずっと昔、重度の精神病にかかり、その病気のせいで恐ろしい犯罪を犯した。この事実があるために、彼がとっくに「正気を取り戻して」いることを治療チームはなかなか受け入れられない。その結果、尊厳と信仰とよりよい生活への希望を失わないでいるがゆえに、彼はパーキンスから出られないでいるようにも見える。

パーキンスでは多くのことが変わらない（悪くなった部分もある）が、少しずつ改善されてきた部分もある。これは、精神病に対するスティグマを世間の人々が以前より意識するようなった影響もある。たとえば二〇一六年、かつてのパーキンスの患者で氏名は明かされていない女性が、スタッフが監視しているはずのときに、シャワー室でＨＩＶ陽性の男性患者からレイプされたと訴えた。彼女はスタッフにこのことを訴えたが、彼らは同意のない性交だったとは信じようとしなかった。のちに精神科医が州警察に対し、この女性患者には性交に同意するのに必要な認知能力がないと証言した。女性患者は四〇万ドルを賠償金として受け取り、パーキンスは今後同様の性犯罪が起こらないようにするため、さまざまな改善をした。

患者の食事も改善された（プラスティック製のスプーンで食べなければならないのは変わらないが）。軽警備病棟の患者はスタッフのカフェテリアでも食事ができるようになった（カフェテリアの食事は有料だが、とても良心的な値段だ）。ルイスは語ってくれた。「毎日サラダとフライドポテトと果物を食べているよ。昨夜は魚を食べたけど、とてもおいしかった。丸いパンに魚のフライがはさんであって、レタスとトマトとチーズが上に載っていた」ベジタリアン用のメニューまであったという。「ベジタリアン・パテ、ベジタリアン・チキンナゲット、ザワークラウト、代替豚肉、ベジタリアン・エッグ・ロール……。ベジタリアン・エッグ・ロールはとてもおいしかった」彼は付け加えた。「ちょっと酸味がきかせてあるんだ。デザートにはカット・フルーツかニュートリグレイン・シリアルバーを選べるよ」

パーキンスでのスタッフとのコミュニケーションについても改善された（少しだが）。「個人個人それぞれの治療計画があって、治療チームに二カ月に一度会うことになった」ジェレミーが話してくれた。「それぞれの病棟に医師が連絡用のフォームを貼り出しているんだ。なにか必要なことがあったら、ナースステーションに行って症状が出たと言ってもいいし、ただそのシートに書き込んでおくだけでもいいいんだ」

しかしこれだけの時間が経ってもまだブライアンは脱走のリスクがあると見なされていて、監視なしでは庭にも出られない。付き添いを頼むとスタッフはいま誰も手が空いていないと答える。二〇一六年四月現在、彼はもうほぼ一年間外に出ておらず、紫外線に当たっていないせいでビタミンD欠乏症になっている。彼は患者苦情処理委員会に苦情を申し立てたが、なにも起こらなかった。「新鮮な空気は人権に含まれない」と言われたという。

司法病院の患者の約三分の一は最初の精神崩壊後、診断され、治療を受け、二度と暴力事件を起こすことはない。次の三分の一は他人を傷つけることはないが、自傷行為や自殺の可能性がある。最後の三分の一は精神病がずっと続くので、定期的な評価が中年期まで、あるいはその後も必要である。ブライアンのすべての徴候は最初の三分の一、つまり最初の崩壊の後には二度と暴力事件を起こさないグループに属していることを指している。

ブライアンは犯行時、重度の精神病だったと認めている。しかし二七年後、自分の病気は二十年以前から寛解しており、もう妄想型統合失調症ではないと彼は信じている。自分が「変わった考え」を持っていることは自覚しているし、猜疑心を抱いたり、人を信用しなかったり、過剰に警戒心が強くなることがあるのもわかっている。さらには長い拘禁生活の結果、軽い精神疾患になっていることさえ認めている。しかし慢性の精神障害ではなく、決して危険ではないことも同時にわかっている。いまの彼の問題がなんであったとしても、この三十年間に診断された五種類のパーソナリティ障害のどれにもあてはまるとは思えない。

ブライアンは長いあいだ、パーキンスで死ぬのだと確信していた。そう考えていたのは治療方法のせいだけでなく、日々、周囲の様子を見ているからでもあった。建前上、パーキンスは精神の健康を回復するために治療中の患者が入院する場所だ。しかし実際はパーキンスを出ずに一生を終える患者も多い。彼らは「施設に入れっぱなしにされている」のだ。家族が慢性の精神病患者の面倒を見きれなくなることはよくある。友人たちは燃え尽きる。回復に向けて進歩しているように見えても、後退し、また回復し、代償不全になって薬をやめると悪化するようになる。退院した場合、多くの者は行き場がなくて路頭に迷ってしまう。

このことを念頭に置いても、私はなぜ病院がブライアンをそんなにも退院させたくないのか、どうしてもわからなかった。パーキンス側は地域の病院や収容療法のプログラムにさえ消極的だ。

私は何度も、その必要もないのにずっと入院させられている患者はいないと聞かされた。じっさい、入院のベッドを確保できるほど病状が重いと認められるのは非常に難しく、入院した患者もできるかぎり早く退院させられるので、意味のある回復が見られないこともよくあるぐらいだ。入院枠をめぐっては激しい競争があり、そんな状態なので二〇一七年七月一二日にはパーキンスは原告に精神科のベッドを提供するのが遅れている件で、裁判所命令に従っていないと法廷で宣告された（この訴訟は上訴により覆された）。

もちろん、ブライアンのケースが最悪というわけではない。ブライアンよりもさらに長くパーキンスに入院している患者もいる（一九六八年からいる男性もいる）。そしてブライアンにはまだ面会に来る人がいる。彼の親友キューは可能なかぎり訪ねてきてくれているし、元患者だった人たちも連絡をくれている。姉のキャシーはオハイオの自宅から力を尽くして戦ってくれているし、彼が退院になったら自分のところで面倒を見ると言っている。ブライアンは三年前から軽警備の病棟にいて、現在では男女混合病棟にいる（最近は刑事責任能力がないとされてやってくる女性患者が増えている）。二〇一九年七月、彼は脱走以来はじめて病院を出ることを許された。臨床スーパーバイザーが付き添って、ブライアンはもう一人の患者とともにパーキンスから一一キロメートルほど離れたメリーランド州ローレルにあるウォルマートで二時間を過ごした。ブライアンはショッピングセンターの巨大さに驚いたものの、それ以外は二〇一九年の世界は自分の記憶の中の世界とそんなに変わらないと感じた。彼はコーヒー一瓶とマグカップを買った。

ブライアンの姉キャシーは、なぜ弟がいまも退院できないのかわからないと語る。彼女はブライアンは危険ではないし、精神疾患ですらなく、ただなんらかの種類の非言語的な学習障害があるのかもしれないと思っている。ブライアンの友人キューも同じように感じている。「彼をあそこに留めておく理由はない」キューは語ってくれた。「ブライアンは誰にも危害を加えない。彼を退院させるべきだ」そしてこの意見に賛成な人はもっといる。ブライアンの公設弁護人に雇われた司法精神科医ハーツベルグ医師は、もしブライアンがこの数年のうちに再び退院のための審問で法廷に出ることがあったら、彼のために証言するとしている。ただしそれには七五〇〇ドルかかると公設弁護人は言っていたという。ブライアンの収入はささやかな社会保障給付金とごくわずかなパーキンスでの給料だけで、七五〇〇ドルは彼の一年分の収入を超えている。

夜になるとブライアンは時折、キャシーが家を出た後の一〇歳か一一歳ぐらいの頃を思い出す。彼の子ども時代を象徴するような場面だ。父親ジョージは父子の絆を築こうとして、特別なことをしてくれた。ブライアンをメリーランド州にあるソロモン・アイランドという場所に連れていってくれたのだ。彼がそのときの仕事で携わっていた、かつての海軍基地を復員兵のための娯楽施設にする計画の場所だった。ブライアンは父と二人きりで休暇に出かけられるチャンスを喜んだ。彼は父と島《アイランド》を探検し、不発弾から信管を取り除いたりするのだろうと想像していた。しかしソロモン・アイランドに到着してみると、そこは島ではなく半島の先にある単なるかつての海軍基地で、数軒の住宅と廃墟になった映画館しかなかったのでがっかりした。父親は息子を無視して一日じゅう仕事をしていたので、ブライアンはたった一人で、吹きさらしの寂しい通りをうろついていた。

訳者あとがき

一九九二年二月、二三歳のブライアン・ベクトールドは両親をショットガンで射殺した。機能不全の家庭で育ち、薬物使用歴もあった彼は精神を病んでいて、妄想の末の犯行だった。数日後に自首し、すべてを自供するが、裁判で統合失調症により責任能力がないとされ、司法精神病院に送られた。いわゆる「心神喪失状態により無罪」のケースであり、病院で治療につとめることになった。彼にとって長い戦いのはじまりだった。

本書『刑期なき殺人犯　司法精神病院の「塀の中」で』（原題 *Couple Found Slain*）は加害者ブライアンが措置入院になったクリフトン・T・パーキンス病院を定期的に訪問して読書会を主宰していた著者が、彼や周囲の人々に詳しく話を聞いて書いたノンフィクションである。読書会を通じて知り合い、信頼関係を築いた著者に、ブライアンは率直に自身の考えや、司法精神病院の実態を語っている。著者はそれを基に、さらにほかの患者やブライアンの家族や警察関係者などにも取材している。事件について、犯罪事件の加害者のその後について、司法精神病院の実態について、当事者の視点から克明に描かれた貴重な記録である。

原題のCouple Found Slainは一九九二年二月二二日に事件を報じた「ワシントン・ポスト」紙の見出しであり、直訳すれば「夫婦の惨殺死体発見」という感じだ。この記事はいまもインターネット上で読むことができる。日常生活を送っていた自宅で夫婦を息子が射殺したこと、それから凄惨な犯行現場の様子が、当時の人々に衝撃を与えたようだ。

事件の現場となるブライアンの家庭では、優秀なエンジニアである父親が長年、妻子にモラルハラスメントと身体的虐待を加えていて、母親はその虐待に耐え、家事と育児に疲弊していた。ブライアンは末っ子で、歳の離れた姉たちと兄は自立して実家を離れていた。両親とともに実家に残っていたブライアンはしだいに、心を病んでいく。さらに薬物を使用し、妄想や幻覚に振り回され、実家の部屋に引きこもって、飼っている大型犬としか心を通わせられなくなっていった。両親は息子の様子がおかしいのを目にしていながら、それを気遣う余裕はなく、やがて彼は妄想にとらわれているときに両親を殺してしまった。そしていったんは現場である実家から犬を連れて逃走し、あてもなくさまよっていたが、犯行から数日後に聖書を読んだことをきっかけに、正気を取り戻したと本人は語っている。

凶悪な事件の加害者が「心神喪失状態により無罪」となったと聞くと、加害者は刑罰を受けずに済んだと感じる人もいるかもしれない。しかしブライアンをはじめ、じっさいに司法精神病院に措置入院になっている人々の側から書かれたストーリーを読むと、だいぶ印象が変わるだろう。

ブライアンは自身の状態について、犯行時はたしかに統合失調症で、妄想を抱いていたが、その後、病気は治ったのだと主張している。頭脳明晰で、前向きで、できるかぎりトレーニングをして筋肉を保とうとするぐらい健康である彼の目には、病院内の様子は驚きと憤りの連続だった。病院は外部とは隔絶された別世界であり、独自のルールがまかりとおっている。病院内では患者みな退院というゴールをめざして進んでいて、進捗順にランキングが発表されている。日頃の言動を細かく採点され、なにか些細なミスでもあれば日々の行動が制限され、退院への道のりがぐっと遠のいてしまう。看護の都合上もあり、とにかく投薬され、おとなしくさせられるが、それを拒むと非常に冷遇される。

病院にはさまざまな特徴のある人々がいる。身体じゅうにクリームを塗りたくって暴れ、警備員が捕まえようとしてもぬるぬるしていて捕まらない患者。ホールでバレリーナのまねをして、くるくる回っていただけで拘束される患者。高圧的で、患者のどんな言動も精神病の症状にしてしまうが実は長年、自身が統合失調症だったのに気づかれず診療を続けていた医師。患者同士の殺人事件、患者によるスタッフの襲撃事件、スタッフによる患者への暴行事件、トイレットペーパーの配給をめぐるスタッフと患者の権力闘争など、強烈な出来事も日々起こる。

社会への復帰をめざしているブライアンは病院側に素行のよさを認められなければならないが、自身はもう正常であると思っているので、投薬されることが受け入れられない。ほかの患者と交流し、身体を鍛え、自ら前向きに治療に取り組んで、早く社会復帰したいと考えてはいたが、投薬拒否のせいか、退院は遠のいていく。カルテに医師が心ないコメントを書いていたり、ひどいときには拘束されたり、スタッフから嫌がらせをされたりする。担当医が替わるたびに状況が変わり、自分よりも凶悪な罪を犯していながら、後から入院してきて、さっさと退院していく患者を見ると絶望する。プライバシーがなく、人として認められていないと感じ、永遠に先の見えないこの状態に置かれるのかと耐えられなくなった彼は、このまま死ぬまでここにいるぐらいなら、刑務所に入れられるか、もしくは死んだほうがましだと脱走を試みるが、けっきょく病院からは出られない。やがてがんになったブライアンは自らの人生の決定権や正当な扱いを求めて二度の裁判を起こし、自ら弁護人をつとめ、持論を展開した。

関係者がブライアンの主張をそのまま受け入れられないのも致し方ない部分はある。精神疾患を抱える患者が、病院で不当な目に遭っている、自分は正常だなどと言ったとしても、それも症状の一部なのではないかという疑念を払拭するのは難しい。また彼は退院できないことに絶望して人に危害を与える事件を起こしているので、社会にとって確実に危険がなくなったとは言えないかもしれない。しかし病院側の主張にも疑問点はある。入院時は統合失調症と診断されていたのに、入院から長い年月が経ってから、生まれつきのものであるはずの人格障害に診断が変わるなど診断に矛盾があること、彼が精神疾患であるという根拠をほかの患者やスタッフ（医療従事者ではない）の伝聞以外には明確に挙げられないこと、病院が妄想の症状と見なしている彼の信仰心の強さは、どこまでが正常でどこからが異常かがはかり難いことなど。さらに病院スタッフとの軋轢《あつれき》があり、暮らしやすいとは言えない環境に長年閉じこめられていたら、誰でも神経質になったり、猜疑心が強くなったりするという本人の分析にもうなずける部分はある。

彼の主張からは、現在の司法精神科が抱える問題点がいくつも浮かび上がってくる。加害者を措置入院させるのは、本人を治療するためなのか、社会から隔離するためなのか、親族の都合なのか。そもそも精神病とはどういうものか。医師にとっては目に見えるようにたしかなものなのか。投薬を主としている現在の治療の傾向は正しいのか。そして身体の病気のように全快するということはありえないのか。陪審や裁判官など外部の人、ひいては著者やこの本を読んでいる我々は、司法精神病院の人々の本当の状況をどうしたら正しく判断することができるのか。

本書が刊行された二〇二一年現在、ブライアン・ベクトールド氏はまだ退院していない。

著者ミキータ・ブロットマンは人文学の教授、作家、精神分析家で、ノンフィクションの著作が多数あり、邦訳された『刑務所の読書クラブ』（川添節子訳・原書房）では重警備の刑務所で読書会を主宰したみずからの経験を書いています。
末筆になりますが、本書との出合いと翻訳の機会をあたえてくださった亜紀書房の内藤寛さん、編集の労をとってくださった高尾豪さんに厚く御礼申し上げます。

二〇二二年六月

仁木めぐみ

図版提供

3(P.033) Catherine Ann Rogers
4(P.047) Catherine Ann Rogers
5(P.063) Catherine Ann Rogers
6(P.087) Mikita Brottman
7(P.099) A&E Television, 1996
8(P.117) A&E Television, 1996
9(P.135) A&E Television, 1996
11(P.175) A&E Television
12(P.187) A&E Television, 1996
13(P.209) A&E Television, 1996
14(P.221) A&E Television, 1996
15(P.243) Catherine Ann Rogers
16(P.259) A&E Television
19(P.299) Brian Bechtold
20(P.319) Brian Bechtold

ミキータ・ブロットマン
Mikita Brottman

作家、精神分析医。オックスフォード大学で英文学の博士号（D.Phil.）を取得。イースト・ロンドン大学の講師、インディアナ大学の比較文学科客員教授、パシフィカ・グラデュエイト・インスティチュート人文科学プログラム責任者等を歴任。メリーランド大学芸術学部人文科学科教授を務める傍らメリーランド州の刑務所や司法精神科施設へも足を運び精力的に活動。『刑務所の読書クラブ』（原書房）など、現実の犯罪にまつわるノンフィクションを複数上梓。

仁木めぐみ
Megumi Niki

翻訳家。東京都出身。主な訳書にスー・クレボルド『息子が殺人犯になった』、デヴィッド・コンクリン『コンクリンさん、大江戸を食べつくす』、ジェニファー・ベリー・ホーズ『それでもあなたを「赦す」と言う』（以上、亜紀書房）、オスカー・ワイルド『ドリアン・グレイの肖像』（光文社古典新訳文庫）、ヘレン・トムスン『9つの脳の不思議な物語』（文藝春秋）、ブロニー・ウェア『死ぬ瞬間の5つの後悔』（新潮社）など。

亜紀書房翻訳ノンフィクション・シリーズⅣ-3

刑期《けいき》なき殺人犯《さつじんはん》
司法精神病院《しほうせいしんびょういん》の「塀《へい》の中《なか》」で

2022年8月2日　第1版第1刷　発行

著者　ミキータ・ブロットマン

訳者　仁木めぐみ

発行者　株式会社亜紀書房
〒101-0051　東京都千代田区神田神保町 1-32
電話　03-5280-0261（代表）
03-5280-0269（編集）
https://www.akishobo.com

装丁　木庭貴信+青木春香（オクターヴ）

DTP　山口良二

印刷・製本　株式会社トライ
https://www.try-sky.com

Printed in Japan　ISBN978-4-7505-1752-0 C0095